KB001109

김유정문학상

제13회 수상작품집

이 도서의 국립중앙도서관 출판시도서목록(CIP)은 서지정보유통지원시스템 홈페이지(http://seoji.nl.go.kr)와
국가자료공동목록시스템(http://www.nl.go.kr/kolisnet)에서 이용하실 수 있습니다
(CIP제어번호: CIP2019043668)

편혜영

김금희

김사과

김혜진

이주란

조남주

최은미

은행나무

차 례

심사평

2019년 김유정문학상 본심은 총 20편의 작품을 대상으로 진행되었다. 다양한 주제의 작품들을 읽어가는 과정은 심사의 의무를 잠시나마 잊게 만들 정도로 즐겁고 행복한 시간이었다. 본심 심사위원들은 세밀한 토론을 거쳐 편혜영의 〈호텔 창문〉을 제13회 김유정문학상 수상작으로 선정하였다.

수상작 〈호텔 창문〉은 죄의식이라는 화두를 던지고 있는 작품, 보다 정확하게 말하자면 죄 없는 죄의식에 대한 치밀한 성찰을 보여주는 작품이다. 주인공 운오는 사촌형 운규의 기일을 맞아 고향에 간다. 그는 왜 사촌형의 제사에 가는가. 19년 전에 운오는 형의 친구들과 강가에 놀러 갔는데, 강물에 빠져 허우적대다가 간신히 발밑의 바위를 딛고 살아난 적이 있다. 정신을 차리고 나서야 알게 된 사실이지만, 운오가 딛고 올라 선 것은 바위가 아니라 형이었다. 동네 사람들을 협박하고 폭력을 써서 돈을 갈취했던 형, 가정 사정 때문에 큰집에 와 있던 운오를 두고 "죽을래?"라며 위협을 하고 주먹질을 일삼았던 형. "처음에 운오는 자신이 딛고 올라선 바위와 형을 연결 짓지 못했다. 자신의 생존과 형의 죽음은 완전히 별개의 것이었다." 하지만 그날 이후로 죽은 형은 의로운 사람으로 다시 태어났고, 운오는 죄를 지은 사람으로 다시 태어났다. 큰어머니는 운오에게 형의 제사에 참여할 것을 강요했고, 그가 오지 않으면 제사를 시작하지도 않았다. 제사는 운오의 죄를 주기적으로 가시화하는 의례였고, 운오는 제사상에 반드시 올라가야 하는 제물(祭物)이었던 셈이다. 죄의식에 압도당한 운오의 삶이 온전했을 리가 없다. 삶의 의미를 원천적으로 박탈당한, 죽음과도 같은 삶을 살았다. 그리고 다시 제사에 참여하러 고향에 왔다. 고향에 와서 운오가 보고 들은 것은 화재였다. 시장에 있던 한 호텔에서 불이 났고, 화재와 관련이 없던 이웃 호텔에 불이 옮겨 붙었다. 이웃해 있었을 뿐이지 별도로 운영되던 두 호텔이 화재에 휩싸이는 모습은, 자신과는 별개의 것이라 여겼던 형의 죽음이 운오의 삶을 죄의식으로 뒤덮어간 상황을 연상하게 한다. 또한 운오는 우연히 형의 친구를 만나서 그가 근무했던 수도관 보온재 공장의 화재 이야기를 듣게 된다. 공식적인 화재 원인은 자연발화로 판명이 됐지만, 형의 친구는 공장에서 해고되었다는 것. 하지만 형의 친구는 화재 원인이 자연발화였는지, 자신의 실수로 인한 실화였는지, 사장에 대한 반감에서 비롯된 방화였는지, 자신도 알 수 없다고 토로한다. 죄인지 아닌지도 알 수 없고 화재의 원인도 확정할 수 없는 상황지만, 공장의 화재는 형의 친구가 저지른 죄가 되었고 해고라는 벌을 받은 셈이다. 그 사이에 "네가 누구 덕에 산 줄 알아야 한다"는 문자가 여러 통 와 있다. 하지만 운오는 제사에 가지 않는다.

죄의식은 말 그대로 죄에 대한 의식이다. 자신이 지은 죄를 잊지 않고 늘 의식하는 것이 죄의식이다. 따라서 죄의식은 죄를 범했던 스스로에 대한 자기처벌이기도 하며, 똑같은 죄를 저지르지 않을 수 있게 하는 윤리적 근거가 되기도 한다. 소설 〈호텔 창문〉은 죄의식에 관련해서 두 가지의 질문을 던지고 있다. 하나는 죄의식의 전제가 되는 죄와 관련된 것이다. 죄의식이 있으려면 그 이전에 죄가 먼저 있어야 하지 않겠는가. 형의 죽음은 누가 보더라도 매우 안타까운 일이다. 하지만 그렇다고 해서 형의 죽음이 운오의 죄로 치환될 수 있는 것일까. 운오의 생존에 대해 죄라고 확정짓기에는 많은 어려움이 따른다. 살인과 같은 명백한 죄가 존재하며 거기에 대해서는 처벌과 죄의식이 요구되어야 한다. 하지만 이것이 죄인지 아닌지 확정지을 수 없는 상황에서도, 죄의식이 죄보다 먼저 확정되어 강요되는 상황이 있을 수 있다. 돈을 못 벌거나 공부를 못하는 것은 죄인가. 경제적인 문제 또는 부모의 사정으로 친척집에 얹혀살아야 되는 상황은 죄에 해당할까. 부끄러운 일일 수는 있어도 반드시 죄라고 확정짓기는 어려운 것이 사실이다. 상황 자체가 죄라기보다는 그것을 죄라고 보는 사고의 틀이 죄로 확정짓기 어려운 것들을 죄로 만들고 있는 것은 아닐까. 소설 〈호텔 창문〉이 죄의식에 관해 또 다른 물음을 던지는 지점이 바로 여기이다. 우리는 죄의식의 문법에 따라 세계를 해석하고 죄의식에 근거해서 인간관계를 형성하고 있지 않은가,라는 물음이 그것. 소설에 등장하는 형과 운오의 관계는 우리가 살아가는 세계의 축도(縮圖)에 해당한다. 형은 죄를 많이 지었지만 죄의식 없이 살았고 죄 없이 죽었다. 반면에 운오의 경우 죄를 확정할 수 없는 상태에서 죄의식이 먼저 주어졌다. 큰집에 얹혀산다는 상황이 죄가 되건 아니건 상관없이 운오는 죄의식부터 강요받았다. 죄가 있다면 찾아야 하고 죄가 없다면 만들어야 하는 것이 운오의 삶이었다. 죄의식의 위계적인 강요와 수용을 통해서 형과 운오는 친족이라는 사회적 관계를 유지하고 있었던 셈이다. 죄로 확정 지을 수 없는 것들을 죄로 규정하고, 그러기 위해서 과도한 죄의식을 타인에게 부여하고, 그리고 죄 없는 죄의식의 존재를 만들어내는 과정이, 우리가 살고 있는 사회에서 내밀하게 작동하고 있는 원리일 수도 있다는 사실을, 〈호텔 창문〉이 보여주고 있다. 이 지점에 이른다면, 소설 〈호텔 창문〉에 눈길이 오래 머물 수밖에 없었던 이유도 어느 정도 해명이 될 수 있지 않을까. 죄 없는 죄의식에 대해 섬세한 성찰을 보여준 작가에게, 고마움과 함께 축하의 말씀을 전한다.

— 심사위원 **오정희**(소설가), **전상국**(소설가), **김동식**(문학평론가, 인하대 국문과 교수)

노동의 목격

편혜영

아버지가 노동하는 모습을 본 적이 있다. 개장 공사 중인 동물원에서였다. 넷이나 되는 아버지의 자식들 중 하나는 일찌감치 회사에 다니고 있었다. 하나는 고등학생이었고, 하나는 막 중학생이 되었으며 막내인 나는 초등학교 5학년이었다. 그러니 나를 제외하고는 다 큰 것이나 다름없는 자식들이, 어쩌면 나 역시 다 큰 것이나 다름없는 자식이었는데, 새삼스럽게 동물원이나 유원지에 데려가달라고 졸랐을 리 없었다. 만약 졸랐다면 나이로 보나 서열로 보나 내가 그랬어야 마땅하지만, 나는 무뚝뚝한 아버지에게도 낯을 가리는 시기를 지나고 있었다. 동물원이라면 더 어린 아이들이나 가는 곳이고 가족끼리 몰려다니는 것은 명절이면 족하다고 생각할 때였다. 그런데도 우리는 아버지가 일하는 동물원에 갔다.

공사 중인 동물원은 시멘트 바닥과 간격 좁은 철창, 풀 한 포기 없는 돌계단과 회색 돌담뿐이었다. 개장일은 아직 한참 남아 있었다. 우리는 금세 실망한 표정을 지었다. 아버지는 곧 알아차렸고, 당황해서 공사가 끝난 후에 다시 오자고, 하지 않아도 기꺼이 이해했을 약속까지 했다. 어디선가 부르는 소리가 들리자 아버지는 우리에게 동물들을 구경하고 있으라고 일러주고는 소리가 나는 곳으로 뛰어갔다.

텅 비어 있다고 생각했지만 그래도 일찍 도착한 몇 종의 동물이 회색 우리에 앉아 있었다. 맹수들은 병든 짐승처럼 풀 죽어 졸고 있었고 몇 마리의 새들은 날아오르다가 철창에 가로막혀 곧 시멘트 바닥으로 내려앉았다.

한참 기다렸지만 아버지가 오지 않아 우리는 직접 아버지를 찾아나섰다. 비슷한 차림이어서 잘 구별이 안 되는 인부들을 지나 한참만에야 아버지를 찾았다. 작업복 차림의 아버지는 사람들과 큰 종이를 들여다보고 있었고, 그러다 말고 누군가를 부르기도 했고, 성질 급하게 쿵쾅거리며 합판으로 된 임시 계단을 밟고 위쪽으로 올라가 직접 뭔가를 했다. 그런 아버지가 실로 멋있고 듬직해 보였다면 좋았을 텐데 작업복 때문인지 회색 벽돌 때문인지 그저 힘들어 보였다. 아버지가 저 위태로운 나무 계단을 매일 올라가는지 간혹 올라가는지, 올라가서 하는 일은 매번 같은 것인지 다른 것인지 알 수 없었음에도 우리는 단박에 아버지가 하는 일이 고되고 고단한 것임을 알아차렸다. 아버지 모르게 뒤돌아 나오는데 땀 냄새를 품은 바람이 불었다. 바람 때문인지 땀 냄새 때문인지 자식들의 긍지가 되고 싶어한 아버지를, 그러면서도 점점 말수가 줄어드는 아버지를, 갈수록 세상에 무뚝뚝해지는 아버지를 이해하게 되었다.

자라면서 나는 그 순간을 대부분 잊고 지냈다. 그러나 모두 잠든 깊은 밤, 우두커니 앉아 잘 떠오르지 않는 문장을 궁리하다 보면 문득 텅 빈 동물원에 앉아 있는 짐승이나 바람이 가져온 땀 냄새, 위태하던 나무 계단 같은 게 생각난다. 그러면 풀 죽고 병든 것처럼 보이는 동물들과 벽돌, 시멘트 같은 무기물질과 함께 오랫동안 계속된 아버지의 노동이 떠올라 힘을 얻는다.

아버지의 노동은 전적으로 자식들을 키우는 데 쓰였다. 나는 부모의 고된 노동으로 자랐고, 작아졌으며, 웃고, 읽고, 침묵했고, 쓰기 시작했다. 아버지는 성실하고 묵묵한 노동의 방식과 습성을 내게 기꺼이 물려주었다.

그것이 작가로서 내가 가진 거의 전부이다.

이 글은 기실 오래전에 다른 상의 소회로 준비했던 글이다. 시상식장에 아버지와 형제들이 오는 바람에 자칫 울먹일까봐 다른 소감을 말했고 그러느라 이 글을 어디에도 싣지 못했다.

소설이 잘 써지지 않으면, 대개는 그렇기 마련이어서 막막한 두려움을 마주하며 우두커니 시간을 보냈다. 그러고 있자면 회색 작업복을 입은 아버지가 떠올랐다. 마디가 불거진 마른 손도 떠올랐다. 그러면 불평과 자책과 한탄 없이, 방 가운데 놓인 책상 앞으로 묵묵히 돌아가 앉을 수 있었다.

부모에 대해 말하고 쓰는 일이 거의 없어, 어쩌면 내게 유일할지도 모를 이 글을 어딘가에 남겨두고 싶다고 생각해왔다. 그럴 기회를 찾지 못했는데, 운좋게도 백 년 전의 선배 작가인 김유정의 이름으로 깊은 격려를 받게 되었으니, 이곳에 남겨도 좋겠다 싶었다.

작가로서 내가 가진 것은 그때나 지금이나 변함없기 때문이다.

제13회
김유정문학상
수상작

편혜영

호텔 창문

편혜영

2000년 서울신문 신춘문예에 당선되면서 작품활동을 시작했다. 소설집 《아오이가든》 《사육장 쪽으로》 《저녁의 구애》 《밤이 지나간다》 《소년이로》와 장편소설 《재와 빨강》 《서쪽 숲에 갔다》 《선의 법칙》 《홀 The Hole》 《죽은 자로 하여금》이 있다.

강변에서는 노래 대회가 펼쳐지고 있었다. 지방 방송국 주최로, 휴양객과 주민을 대상으로 한 행사였다. 해마다 성황을 이뤘고 그해도 마찬가지였으나 문제가 있었다. 전날 폭우가 내리면서 곳곳에 웅덩이가 생겼다. 음향 시설 일부가 물에 닿으면서 감전을 일으켜 작동을 멈추거나 고장을 일으켰다. 마이크가 꺼지고 반주가 들리지 않는 일이 잦았다. 운오는 형들과 함께 객석에 앉아 있었다. 시시한 행사라는 걸 금세 알 수 있었다. 지루해진 형들은 이내 자리를 떴다. 운오에게는 함께 가자고 하지 않았다. 형들은 운오를 군식구 취급했다. 충분히 근거 있는 생각이었다. 자신을 따돌리고 형들이 뭘 하는지, 운오는 잘 알았다. 형들은 매일 다른 사람의 텐트를 기웃거렸고 밤이 늦어서야 차갑게 식은 몸으로 돌아와서는 운오가 자는지 확인하려고 툭툭 건드렸다. 운오는 자는 척하는 걸 들키지 않으려고 일정한 간격으로 새근거리며 형들이 떠드는 소리를 들었다.

익숙한 노래가 끝나고 형들이 보이지 않을 즈음 운오는 자리에서 일어섰다. 언제나 그랬듯 멀찍이 뒤따를 작정이었다. 운오를 믿고 보내주마. 큰어머니가 형에게 그렇게 말했지만 운오에게 권리를 주었다는 뜻은 아니었다. 그럼에도 운오는 필사적으로 형들 곁을 맴돌았다. 두려워서였다. 형은 친구들에게 운오를 가리키며 말하곤 했다. 이 새끼 버리고 갈까?

형들은 물 가까운 곳에 자리잡았다. 어디서 구한 건지 돗자리를 깔고 누워 있었다. 형들이 이곳에서 하는 일은 대부분 그랬다. 무리 중 누군가를 놀리며 낄낄거리거나 남의 텐트를 돌며 희롱하고 물건을 빼앗았다. 한가하게 술을 마시거나 누워서 담배를 피웠다.

운오는 금세 형들 눈에 띄었다. 어이, 애새끼, 또 몰래 따라왔냐. 형들 중 하나가 말했다. 형은 친구들의 그런 말에도 주의를 주지 않고 쳐다만 봤다. 운오는 눈치껏 굴었다. 형들로부터 멀어져 혼자 물가로 갔다. 강은 여느 때와 달리 한산했다. 다들 무대를 보러 몰려간 탓이었다.

처음에는 발만 담갔지만 이내 두 팔과 다리를 얕은 강물 속에서 자연스럽게 오므렸다 폈다. 숨을 들이마시며 천천히 물속으로 들어갔고 형들이 하던 것처럼 조금씩 물을 밀고 나아갔다. 어느 순간 노랫소리가 툭 끊겼다. 아무도 없는, 이라는 가사가 나와야 하는데 반주가 들리지 않았다. 이런 무대라면 누군가는 꼭 부르는 노래였다. 마이크를 든 사람은 아랑곳하지 않고 노래를 이어갔다. 객석에 앉은 사람들이 함께 노래를 불러줬다. 아무도 없는, 하고 사람들이 다시 목소리 높여 부를 때 운오의 발이 허공으로 떠올랐다. 바닥에 발이 닿지 않는다는 걸 깨닫고 운오는 힘껏 팔을 내저었다. 물이 무겁게 운오를 내리눌렀다. 노랫소리가 뭉개졌고 어느 순간 아예 끊겼다. 사방이 고요해졌다. 헛되이 사지를 내젓다가 간신히 바위를 밟았다. 물에서 벗어났지만 온몸이 덜덜 떨렸다. 두려운 기분과 안도감이 교차했다. 한참 후에야 노랫소리가 다시 들려오기 시작했다.

그 후 많은 것이 달라졌다. 무엇보다 추위에 약해졌다. 조금만 추워지면 심장박동이 빨라졌다. 일반적으로도 추위는 더위보다 위험했다. 사망 확률이 훨씬 높았다. 기차에서 내리며 운오는 재킷을 꺼내 입었다. 여름이라고 해도 추위는 긴장과 함께 불쑥 찾아왔다.

역에서 나와서는 곧장 건너편 식당으로 갔다. 돼지 뼈를 잔뜩 넣고 끓인 해장국을 시켰다. 땀을 흘리며 뜨거운 국물을 천천히 마시고 뼈에 붙은 살을 야무지게 발라먹고 나면 긴장이 누그러졌다. 무엇보다 다 먹기까지 시간이 많이 걸린다는 점에서 운오가 매번 시키는 음식이었다.

국물을 떠 넣는데 옆 테이블에서 술을 마시던 남자가 뚫어져라 쳐다보는 게 느껴졌다. 운오는 그릇째 들고 뜨거운 국물을 마셨다. 익숙한 얼굴이었지만 이곳 사람들은 새까맣게 그을린 얼굴에 비슷한 스포츠 웨어를 입어 구별하기 힘들었다.

하지만 실망스럽게도 곧 기억났다. 강에 함께 갔던 형들 중 하나였다. 이름이나 말투를 떠올리려면 시간이 걸렸다. 눈에 잘 띄지 않는 타입이었다. 좋게 말하면 그랬다. 팬티나 별반 다를 바 없던 그의 수영복은 선명히 생각났다. 형들이 옷차림을 가지고 놀려도 그는 개의치 않고 실실 웃었다. 놀림을 당하고 조롱거리가 되는 일에 익숙한 것 같았다. 형들의 우정에는 확실히 위계가 있었다.

그는 대체로 조용했으나 작은 문제를 일으켰다. 방송국에서 설치해 둔 무대에 몰래 들어갔다가 물에 젖은 마이크를 만져 감전 사고를 냈다. 다행히 곧 깨어났지만 운오는 난생처음 기절한 사람을 보았다. 형들이 그의 따귀를 때리고 몸을 주물러댔다. 구경꾼이 주위를 에워쌌다. 구조대를 불러야 한다는 사람이 있었는데, 다행히 그가 느릿느릿 눈을 떴다. 형들은 이내 깔깔거리며 장난을 치고 여전히 그를 놀려댔지만 운오는 단박에 그가 무서워졌다. 그는 이미 죽은 사람 같았다. 얼굴이 핼쑥하고 표정이 멍했다. 눈을 감고 축 늘어져 세상을 떠난 듯 누워 있던 모습이 잊히지 않았다.

운오는 돼지 뼈를 쥐고 살을 쪽쪽 빨았다. 그가 숟가락을 내려놓고 이쑤시개를 물며 자리에서 일어섰다. 그러고는 운오 맞은편 의자를 질질 소리나게 빼더니 양해도 구하지 않고 앉았다.

"많이 컸네?"

술 냄새가 났다.

"해장국도 먹을 줄 알고, 그새 어른이 다 됐네, 꼬맹이."

운오는 돼지 뼈를 내려놓았다. 어차피 시간이나 때울 셈으로 고른 음식이었다. 손을 냅킨에 닦은 후 그를 똑바로 쳐다봤다. 이제 마흔 초반일 텐데 훨씬 나이 들어 보였다. 그때와 비슷해 보이기도 했다. 세상을 뜬 것 같은 얼굴을 하고 있다는 점에서. 단지 이곳에 계속 산다는 것 때문에 그렇게 보일 수도 있었다.

형들은 언제나 운오를 풋내기 취급했다. 그렇기는 해도 운오를 꼬맹이라고 부른 적은 없었다. 애새끼 혹은 개새끼라고 불렀다. 그는 여태 물고 있던 이쑤시개를 손으로 닦더니 다시 이에 가져갔다. 운오는 못 본 척 자리에서 일어섰다.

"그러고 보니 오늘인가보네. 그럼 꼬맹이 생일도 오늘인가?"

그가 물었다. 술 냄새를 풍긴다고 해서 모든 게 엉망인 건 아니었다. 그도 기억하고 있는 게 있었다.

"가게에서 초코파이를 샀잖아. 담배를 초로 꽂고."

그가 자신을 놀리던 형들처럼 웃었다. 낄낄거렸다. 맞기도 하고 틀리기도 했다. 담배는 있었다. 초를 대신하기 위한 건 아니었다. 형들은 언제나 담배를 피웠다. 초코파이는 없었다. 대신 쥐포나 새우깡 같은 게 있었다. 형이 종이컵에 술을 따라줬다. 생일이라 특별히 주는 거야. 운오는 단번에 마셨다. 형들이 박수를 쳐주었다. 형은 집안 내력이라고 했다.

생일은 아니었다. 형이 군식구를 데려온 게 민망한지 친구들에게 그렇게 둘러댔다. 부모의 허락을 받기 위해서나 용돈이 필요할 때 형은 자주 운오를 써먹었다. 형은 그간 미덥지 못한 일을 많이 했다. 학교에서 몇 가지 문제를 일으켰다. 아침에 가방을 들고 나섰지만 학교에 가지 않을 때가 있었다. 밤 늦게 돌아왔지만 자습을 하거나 보충수업을 하고 온 것은 아니었다. 골목에 몸을 숨기고 있다가 아이들이 지나가면 건들거리며 나타났다. 그러다 보면 누군가를 위협하고 때려야 할 일도 생겼다. 싫은 소리를 하는 선생에게 대들다 발길질도 했다. 퇴학 결정을 번복하려고 큰아버지는 담임 앞에서 무릎을 꿇었다.

식당을 나서는데 큰어머니에게 전화가 걸려왔다. 운오는 발신인을 확인하고 전화기를 그대로 주머니에 넣었다.

"아직도 오는 사람이 있어?"

그가 뒤따라 나오며 운오에게 물었다.

한때 큰어머니는 강에 함께 갔던 형의 친구들을 불러 모았다. 몇 해인가 그녀의 뜻대로 되었다. 형들은 몸에 맞지 않는 검은 재킷을 입고 사진 속 형을 쳐다보며 일렬로 섰다. 입학식 날 전문 사진사가 찍은 사진이었다. 형은 덩치 큰 큰어머니와 큰아버지 사이에서 짓눌린 채 교복 차림으로 웃으려 애쓰고 있었다. 큰어머니는 평소에 그 사진을 벽에 걸어놓았고, 제삿날에는 상 위에 올려두었다. 그 사진에 절을 할 때마다 운오는 큰어머니나 큰아버지가 죽은 게 아님을 상기해야만 했다.

얼마 지나지 않아 형들은 오지 않게 되었다. 그들은 한참 바쁜 시기를 지나고 있었다. 다른 도시의 대학에 갔고, 군대에 갔다. 외국어를 배우기 위해 다른 나라로도 갔다. 죽은 친구가 있지만 살아 있는 친구가 훨씬 많다는 걸 알게 됐다. 대학도 가지 않고 외국도 가지 않아 계속 이곳에 남은 그가 비교적 오래 왔지만 어느 해부터인가 나타나지 않았다.

운오는 그러지 못했다. 처음에는 아버지와 함께 큰집에 갔고, 성장한 후에는 혼자서 갔다. 대학을 졸업한 해에 건축회사의 인턴사원으로 채용되어 몹시 바빠졌다. 정규직 전환을 두고 여러모로 시달렸다. 죄송하다는 운오의 말에 큰어머니는 자상한 목소리로 괜찮다고 했지만 다음날 아침 일찍 회사 앞으로 찾아왔다. 근처 식당에서 함께 이른 점심을 먹었다. 큰어머니는 별것 아닌 말에 크게 울음을 터뜨렸고 점심시간이 지나도 자리에서 일어나지 않았다.

"한잔하고 갈래?"

그가 물었다. 운오는 가봐야 한다고 대답했다. 그저 인사로 한 말이라는 듯 그가 아쉬운 표정 없이 손을 내저었다. 운오는 일단 그와 멀어질 작정으로 역 쪽으로 걸었다. 얼마 가지 않아 흰 연기가 나는 게 보였다. 심상치 않은 일이 벌어진 것 같았다. 연기 때문이 아니라 웅성거리며 몰려가는 사람들 때문에 그런 생각이 들었다. 운오는 그들을 따라가봤다.

역 뒤편에는 한때 번성했으나 지금은 명맥만 유지하고 있는 유흥업소가 모여 있었다. 연기는 그 골목의 허름한 호텔에서 퍼졌다. 운오가 가까이 갈 즈음에는 연기가 흙먼지처럼 누래지더니 거대한 뭉치로 솟아올랐다. 소방대와 구조대가 오고 있는지 긴급 상황을 알리는 소리가 들려왔다. 수월하게 진입하기에 도로 상황이 좋지 않았다. 이면도로이고 주차된 차가 많았다. 수도관 공사를 하느라 헤집어놓은 도로 중앙에는 널찍한 가림막도 쳐져 있었다. 주차된 차를 빼라는 소리가 들렸으나 차 주인들은 좀처럼 돌아오지 않았다. 차 주인보다 견인차가 먼저 도착했는데 그들도 진입하지 못해 애를 먹었다. 그러는 동안에도 연기와 불길은 호텔 전체를 휘감았다. 누런 연기 아래로 오렌지색 불길이 피어오르고 있었다. 건물 목조부가 갈라지는 소리가 났다.

호텔은 리모델링 예정으로 지금은 영업을 하지 않는다고 했다. 다행히 직원과 투숙객이 없다는 뜻이었다. 사상자는 없겠지만 불길이 옆 호텔로 옮겨붙을 가능성이 있었다. 소란을 알아채고 그 호텔 투숙객들이 빠져나오기 시작했다. 구경꾼들은 호텔 출입구를 지켜보며 얼굴을 가린 숙박객이 단정치 못한 차림으로 나올 때마다 소리 죽여 웃었다.

한때 운오는 이 동네를 기웃거렸다. 이곳에서 어린 시절을 보낸 아이라면 대개 그랬다. 대낮의 숙박촌은 사람이 없어 썰렁했지만 커튼으로 가려진 창을 보는 것만으로 야릇한 기분에 사로잡혔다. 간혹 친구를 떠밀어 호텔 현관 안으로 밀어넣고 문고리를 꽉 붙들어 나오지 못하게 하는 것, 그게 초등학생이던 운오가 할 수 있는 유일한 장난이었다.

간신히 길을 만들어 사다리차가 먼저 도착했다. 사다리차에 비해 차폭이 넓은 살수차는 골목길을 빠져나오지 못하는 모양이었다. 사다리 설치를 하는 동안 호텔에서 구조물 떨어지는 소리가 들리고 불길이 더욱 크고 붉게 피어올랐다. 불똥이 떨어질 때마다 구경하던 사람들이 일제히 탄성을 내질렀다.

얼마간 시간이 걸린 후 살수가 시작됐다. 살수 초반에는 변화가 없더니 붉은 빛이 서서히 잦아들고 검은 연기가 피어올랐다. 구경꾼들이 떠드는 말을 들어보니, 주인은 호텔이 이 지경이 되도록 모습을 드러내지 않았는데, 그게 불이 날 줄 미리 알고 있어서라고 했다. 이왕 리모델링을 할 바에야 화재 보험료를 타는 게 낫다고 빈정거리는 소리도 들렸다.

연기가 잠깐 비켜간 사이, 운오는 5층 끝 방에 누군가 어른거리는 것을 보았다. 그 사람은 자신이 갇혔음을 알려주려는 듯 창가에 가까이 서 있었다. 손을 흔들거나 몸을 움직이지 않아 일찍 눈에 띄지 않은 모양이었다. 운오가 다급하게 옆 사람에게 말했다.

"저기 좀 보세요. 5층이오. 사람이 있는 것 같아요."

"어디요?"

옆 사람이 운오의 손끝을 따라 시선을 돌렸다. 연기가 퍼지면서 창이 완전히 가려졌다.

"5층이라고요?"

호텔은 검은 연기에 휩싸였다. 옆 사람이 이번엔 자신의 일행에게 5층에 사람이 있다는데 봤느냐고 물었고, 그걸 들은 사람은 깜짝 놀라서 안에 사람이 있답니다, 하고 크게 소리쳤다. 사람들이 술렁대자 그 사람이 5층이라고 반복해서 외쳤다. 운오가 정확한 것은 아니라고 정정할 새도 없이 소리는 퍼져나갔고 살수를 준비하던 소방대원에게까지 얘기가 전해진 모양으로, 얼마 후에는 구경꾼 무리의 뒤쪽에 있던 운오에게 대원이 호텔로 들어갔다고 웅성대는 소리가 들려왔다.

바람이 불어서인지 연기는 수직으로 솟구치는 게 아니라 옆으로 넓게 퍼졌다. 그 탓에 건물은 완전히 가려져서 세상으로부터 아예 지워진 것 같았다. 불길 속으로 들어간 대원도, 창가를 서성이던 사람도 보이지 않았다. 운오는 연기가 삼켜버린 건물을 올려다보았지만 사실은 아무것도 보고 있지 않았다. 사지로 대원을 밀어넣은 것 같아 겁이 났다.

운오는 꽉 차게 모여든 구경꾼 틈을 슬쩍 빠져나왔다. 옆 사람이 자신을 붙잡지 않을까 생각했으나 그는 구경하느라 정신이 팔려 운오가 자리를 뜨는 줄도 몰랐다. 여러 차례 큰어머니에게 전화가 걸려오고, 점잖게 속내를 숨긴 큰아버지에게도 여러 통의 메시지가 도착해 있었다. 큰어머니는 이번에도 그냥 넘어가지 않을 것이다. 오로지 운오에게 망신을 주려고 회사로 찾아와 울음을 터뜨리고 그것으로 부족하다 싶으면 다음날도 찾아올 것이다. 그럼에도 운오는 해서는 안 되는 행동을 해버렸다. 전화기를 꺼버린 것이다. 자신을 기다리며 제사를 미루고 계속 전화를 걸어댈 큰집 어른을 떠올리면 적개심이 들 지경이었다. 그들 역시 운오를 경멸하며 기다릴 것이다. 살아남은 인간으로 지켜야 할 도리를 다하지 않은 것에 분노하면서.

아버지는 출장 때마다 운오를 큰댁에 맡겼다. 운오를 맡아줄 유일한 친척이었다. 얼마 지나지 않아 출장이 아닐 때에도 맡겼다. 아버지에게는 홀로 어디론가 가야 할 일이 자주 생겼다. 주머니에 기차나 고속버스 티켓이 구겨져 있을 때가 많았다. 큰어머니와 큰아버지는 아버지가 그렇게 하는 이유를 자주 소근거렸다. 엄마 얘기였고 작은 목소리였기 때문에 의미 있게 들렸다. 큰아버지는 엄마를 가리켜 매번 그 여자라고 했고, 큰어머니는 미친년이라고 했다. 운오에게 말할 때면 그들이 운오 엄마를 미워한다는 걸 내색하지 않으려고 엄마를 가리켜 예쁜 사람이라거나 정이 많은 사람이라고 했다. 그러고 보면 그들은 없는 사람을 얘기할 때면 언제나 좋은 말만 했다.

역 근처 술집 중 한 곳의 문을 열었다. 텔레비전 뉴스를 보며 술을 마시고 있는 그가 눈에 띄었다. 이번에는 운오가 양해도 구하지 않고 맞은편에 앉았다. 그는 잠시 놀란 표정을 지었다가 주인에게 잔을 더 달라고 했는데, 어쩐지 으스대는 목소리였다. 이미 상당한 양을 마신 듯 얼굴이 불콰하고 자세를 바로잡으려고 노력하지 않으면 쉽게 흐트러졌다.

"일찍 끝났네."

운오는 대꾸하지 않고 주인에게 소주 한 병과 김치전을 시켰다. 그가 앉아 있는 술집에 들어온 것은 우연이 아니었다. 운오는 이미 일곱 군데 술집의 문을 열어보았다. 그를 찾을 때까지 더 돌아다닐 작정이었다.

"설마 안 갔어?"

그가 웃음을 참으며 말했다.

"할 만큼 했지. 벌써……" 그가 잠시 뜸을 들였다. "19년이잖아."

어느 정도가 할 만큼일까. 운오가 형 대신 물에서 빠져나온 대가로 말이다. 허우적거리던 운오는 다행히 바위를 밟았다고 여겼지만 아니었다. 운오는 아무것도 밟지 않았다. 누군가 정신을 잃은 운오를 힘껏 끌어올렸다. 바위가 그렇게 했을 리 없었다. 형이었다.

처음에 운오는 자신이 딛고 올라선 바위와 형을 연결짓지 못했다. 자신과 형의 죽음은 완전히 별개의 것이었다. 그렇지 않다고 알려준 것이 큰어머니였다. 큰어머니는 병원에서 퇴원한 운오를 품에 안고 울었다. 운오는 직감적으로 자신이 살아나서 우는 게 아님을 깨달았다. 큰어머니는 운오를 데리고 산에 갔고 아직 떼가 나지 않은 봉분 앞에 세웠다. 과일과 포를 놓고 절을 하라고 시켰다. 운오는 그렇게 했다. 큰어머니가 땀이 흥건한 손바닥으로 운오 등을 밀어서였다. 비석에 쓰인 한자가 형의 이름인 건 알았지만 형이 어떻게 여기 있는지 물어보고 싶지는 않았다. 큰아버지와 큰어머니는 내내 운오 뒤에 서 있었다. 그들이 우는 소리와 숨 쉬는 소리를 들었지만 무슨 생각을 하는지 알 수 없었다. 산을 내려올 때 큰어머니는 운오 손을 잡지 않았다. 그들이 실망한 듯 운오가 아직 어려서 그렇다고 말하는 게 들렸다. 자란 후에도 운오의 태도가 달라지지 않은 것에 큰어머니는 매번 서운한 표정을 지었다.

운오는 결코 형이 죽기를 바란 적이 없었다. 간혹 형을 두려워하고 미워했지만, 그럴 이유가 충분했지만 죽기를 바라진 않았다. 자기를 죽일 줄 알았던 형이 자신을 살린 것을 알고 운오는 구역질을 했다. 누군가의 희생으로 살아난 것에 감사를 느끼기에는 아직 어렸다. 형은 늘 운오에게 말했다. 죽을래? 눈을 치뜨며 입술을 비죽거리고 아니꼬운 표정으로 허공에 주먹질을 해댔다. 실제로 주먹을 휘두르기도 했다. 운오는 거실에서 텔레비전을 보고 있어서, 밥을 한 그릇 다 먹어서 맞았다. 얹혀사는 주제에 이 정도도 각오 안 했어? 형이 말했다. 까불면 물에 빠뜨려버린다. 제 친구들 앞에서는 그렇게 위협했다.

그렇기는 해도 형이 죽었다고 생각하면 무섭고 겁이 났다. 죽기 전에도 형은 그런 존재였는데 죽고 나니 더 두려운 사람이 됐다. 고마운 적은 없었다. 자신을 구해줬어도 마찬가지였다. 형이 자신을 살린 걸 생각하면 언제나 의아한 기분이 들었다.

운오 대신 감사 인사를 한 사람은 아버지였다. 경찰을 통해 형을 의사자로 지정하려 애썼다. 잘 되지 않아서 아버지는 뇌물을 써야 했다. 상심해 쓰러진 큰어머니의 병원비와 공장에 휴직원을 낸 큰아버지를 대신해 큰집 생활비도 댔다. 그러느라 목돈이 필요했지만 그럴 만한 돈이 있을 리 없었으므로, 나중에 형사 고발로 밝혀진 대로 회삿돈을 가져다 썼다.

의사자 지정식에는 운오도 갔다. 경찰과 상패를 든 큰댁 어른들과 나란히 서서 사진을 찍었다. 이 아이군요. 제복 입은 경찰들이 번갈아 무겁게 머리를 쓰다듬었다. 강가에는 경찰도 있었다. 그들은 흥분한 인파를 통제하며 잘 보이는 자리에서 무대를 구경하느라 운오가 허우적대는 걸 못 봤다. 형이 운오를 끌어올리는 걸 돕지 않았다.

내내 울고 있던 큰어머니가 가족을 대표해 단상에 섰다. 형이 때로는 말썽을 부리는 악동이었지만 얼마나 용맹하고 정의로웠는지, 부모에게 다정다감했는지, 집안의 든든한 맏이였는지 이야기했다. 죽은 사람 주변에서 그런 일이 흔히 벌어진다는 걸 오래지 않아 깨달았지만, 그때는 놀란 표정을 짓지 않으려고 애써야 했다. 어른들의 대화 속에서 형이 등장할 때마다 운오는 소름이 끼쳤다. 형은 말썽쟁이나 악동이 아니었다. 좋은 사람이 아니었다. 자신에게 한 일을 두고 그리 생각하는 건 아니었다. 어른들도 알았다. 형이 약한 아이들을 위협하고 돈을 빼앗고 툭하면 주먹질을 했다는 것을. 훈계하는 선생에게 대들며 발길질을 했다가 퇴학 위기에 몰렸다는 것을.

자라면서 운오는 누구 덕에 살아났는지 자주 상기했다. 큰어머니는 기회가 있을 때마다 놓치지 않고 말했다. 너는 참 복이 많구나. 운오가 형의 나이를 넘겼을 때, 인턴으로 입사했을 때, 다행히 정규직이 되었을 때도 그렇게 말했다. 큰어머니는 자주 형의 이름으로 운오를 불렀다. 운오가 끝내 쳐다보지 않으면 노인의 실수인 척 과장하며 자책했지만 다음에도 형의 이름으로 운오를 불렀다. 살아 있다는 것만으로 들뜨지 않는 것처럼 자신이 오래전에 죽었을지 모른다고 생각해도 별 감흥이 없었다. 살아 있는 사람만 누리는 이런 무덤덤함을 큰어머니는 결코 알 수 없을 것이다.

"얼마나 장사가 잘되면 불구경도 안 해?"

얼굴이 상기된 노인 둘이 가게로 들어서며 주인에게 말했다.

"불난 거 한두 번 보나."

주인이 대꾸했다. 옆 테이블 사내가 처음 듣는 소리라는 듯 노인들에게 불이 났느냐고 물었다.

"한참 탔어. 지금쯤 잿더미가 다 됐을걸."

두 노인이 텔레비전 가까운 쪽에 자리를 잡았다. 운오는 죽은 사람은 없는지 묻고 싶었지만 잠자코 있었다.

"내가 다니는 공장에도 불이 난 적 있어."

그가 불쑥 말을 꺼냈다.

"아, 거기? 그 공장 다녔어요?"

주인이 끼어들어 물었다.

"작년이었나, 올해였나. 얼마 안 된 것 같은데."

노인 중 하나도 거들었다.

"작년 1월이요. 우리 공장에서 수도관 보온재를 만들거든요. 보온재는 전부 가연성 소재잖아요. 조심한다고 했는데도 야적장에서 제법 크게 불이 났죠."

그가 말했다.

"여기서도 다 보였어. 밤하늘이 번쩍거렸다니까. 공장 뒤에 바로 산이 있잖아. 산 쪽으로 옮겨붙는 줄 알고 시장 사람들도 다 나와서 쳐다봤지."

주인이 대꾸했다.

"불이 왜 났어요?"

옆 테이블 사내가 물었다.

"자연발화래요."

그가 대답했다.

"자연발화? 저절로 불이 붙었단 소리예요?"

"그렇대요."

"그래서 누가 죽었어?"

이번엔 노인 중 하나가 물었다.

"야적장만 탔어요. 다행이었죠. 제가 신고했어요. 불난 걸 제일 먼저 봤거든요. 늦게까지 일하다가 하도 피곤해서 담배나 한 대 피울까 하고 나왔는데 바람이 많이 불더라고요. 바람 때문에 아무리 해도 담뱃불이 안 붙는 거예요. 그런데 어디서 희미하게 탄내가 나데요. 일단 신고부터 했죠. 그 덕에 불이 공장까지 안 번졌어요. 야적장이 타긴 했지만요. 조금만 늦었으면 아마 지옥이 됐을 거예요."

"큰일 날 뻔했네요."

옆 테이블 사내가 술이 든 잔을 건넸다.

"큰일은 아니고요. 돈이 조금 생기긴 했어요."

그가 잔을 받아 냉큼 마시고 사내에게 다시 잔을 넘겨줬다.

"당연히 포상금을 줘야지. 공장을 살렸는데."

주인이 거들었다. 노인들이 갑자기 목소리를 낮춰 호텔이 방화일지도 모른다고 소곤거렸다. 보험금이라는 말과 남는 장사라는 말이 들렸다. 그가 잠자코 술을 마시다가 작게 중얼거렸다.

"퇴직금을 받았어. 잘렸거든."

주인과 노인은 몇 해 전 시장에서 있었던 화재와 그 화재로 불길에 재산을 몰수당한 사람, 보험료로 다른 곳에 가게를 낸 사람들 얘기를 하고 있었다. 옆 테이블 사내도 일행이나 된 듯 함께 떠드느라 그의 말을 듣는 사람은 없었다.

"왜요?"

운오가 물었다. 대꾸할 사람이 있다면 잠자코 있었을 것이다. 그가 뉴스를 쳐다보다가 퉁명스럽게 대꾸했다.

"공장에서 담배 피우지 말라고 사장한테 계속 경고를 받았거든. 불똥 하나만 튀어도 다 타니까 당연한 얘기지만 그게 맘대로 되나?"

운오가 고개를 끄덕였다.

"사장 말대로 내가 담배를 끊었으면 공장이 다 타버렸을 거야. 담배 피우러 안 나갔으면 신고도 못했을 테니까. 그런데도 사장은 내가 불을 낸 것처럼 굴었어. 담뱃불을 그리로 던졌다고 몰아세웠지. 화재 원인이 밝혀질 때까지 날 아주 들들 볶았어. 자연발화로 판정이 났어도 안 믿어줬어."

"억울하네요."

"그렇지도 않아."

"네?"

"잘 모르겠어. 내가 담뱃불을 껐는지, 꽁초를 그리로 던졌는지 아닌지……."

"불도 붙이기 전이라면서요?"

"그거야 그렇지. 두 대째 담배에 불을 붙이기 전이었으니까. 경찰하고 사장한테 이미 한 대 피운 얘기는 안 했지만."

"거짓말을 했네요."

"거짓말은 아니지. 몇 대째였냐고 묻지는 않았잖아."

"불도 안 끈 꽁초를 던져버린 거예요?"

"그랬으면 아직까지 감옥에 있겠지. 자연발화래도 그래."

이미 화재에서 관심이 멀어진 손님들은 텔레비전에서 나오는 건강 정보 프로그램을 보며 술을 마셨다. 패널 여럿의 당뇨 검진 결과가 번갈아 화면에 비쳤다.

"불이 번지니까 말이야. 내가 담뱃불을 끄기는 했는지, 그걸 어디에 버렸는지, 정말 야적장 쪽으로 던졌는지, 하나도 기억이 안 나고 겁만 나는 거야. 아무튼 자연발화라니까 거짓말은 했지만 거짓은 아니게 됐어."

"지금은 끊었어요?"

그가 익살스런 표정으로 주머니에 넣어둔 담배를 꺼내 보여줬다.

"일단 시작한 일을 끝내는 게 얼마나 어려운 줄 알아? 그나저나 뭘 하고 있었어?"

"불구경이요."

"불구경하느라 제사를 놓쳤단 말이야?"

그가 호탕하게 웃었다. 술에 취해서일까. 여전히 운오를 애 취급하려고 허세를 부리는 걸까. 성격이 달라진 것일 수도 있었다. 친구에게도 주눅 들던 때로부터 많은 시간이 지났다.

"처음에는 잠바를 벗어서 불을 꺼보려고 했거든. 마구 휘둘렀지. 그럴수록 불길이 번지는 거야. 잠바는 타버리고 불길은 번지고 얼굴은 홧홧하고 미치겠더라고."

변하지 않은 것 같았다. 조용히 문제를 일으킨다는 점에서 같았다. 운오는 어쩌자고 그를 만나 시간을 때우려들었는지 후회했다. 소방대원을 사지로 몰았을지도 모른다는 두려움 때문인 것 같았다. 사상자가 없다는 얘기를 듣기 전에는 이 도시를 떠나기 어려웠다. 노인들의 얘기를 들어보면 다행히 누군가 죽지는 않은 모양이었다. 처음에는 그걸 알고 싶은 생각이 간절했는데, 지금은 그런 생각을 한 스스로에게 환멸이 느껴졌다.

큰어머니는 늦은 시각임에도 사무실로 여러 번 전화를 걸었을 것이다. 운오가 아직 퇴근하지 않고 남아 있는지 확인하기 위해서. 큰어머니를 떠올릴 때마다 운오는 감정을 억누르려고 애써야 했다. 오래된 기억이 도움이 됐다. 큰어머니는 찌개를 끓일 때면 편식하는 운오에게 먹이려고 말린 표고버섯 가루를 넣었다. 아침이면 갈아입을 팬티를 주었고 일주일에 두 번 베갯잇을 바꿔주었다. 일요일 밤에는 코미디언이 나오는 텔레비전 프로그램을 틀어놓고 손톱과 발톱을 깎아주었다. 큰어머니가 몸을 둥그렇게 말고 운오 발가락을 쥘 때면 웃음이 비어져 나왔다. 그런 순간이 있었다.

기차 시간은 이미 지나 있었다. 서울까지는 아니더라도 가까운 곳으로 가는 막차를 알아봐야 했다. 기차를 예매하려고 휴대전화 전원을 켜자 차분한 톤의 메시지가 연이어 도착했다. 가장 최근에 도착한 메시지는 7분 전 것이었다. 네가 누구 덕에 산 줄 알아야 한다. 그런 말을 들을 때면 운오는 언제나 확률을 생각하며 참았다. 형은 어차피 자신보다 일찍 죽었을 것이다. 운오보다 열두 살이나 위였고, 보통은 그렇게 되기 마련이니까.

운오는 가보겠다며 그에게 고개 숙여 인사했다. 그는 운오에게 불난 데가 어디냐고 물었다. 몰라서 묻는 건 아닌 것 같았다. 운오가 술집을 나서자 그가 이번에도 따라 나왔다.

시커멓게 그을린 호텔은 네온사인으로 번쩍이는 건물들 사이에서 금세 눈에 띄었다. 불은 꺼졌지만 주변이 여전히 어수선했다. 사람들은 웅성거리며 탄내를 풍기는 불탄 건물 주위를 오갔다.

"여기 와본 적 있어?"

그가 까맣게 쪼그라든 호텔을 쳐다보며 추억에 젖은 얼굴로 말했다. 인생이 많이 달라지기 전, 친구들과 커튼이 닫힌 호텔 창문을 멀찍이 쳐다보던 시절을 떠올리는 것 같았다.

"우린 한 푼도 없었어. 여자친구가 있어도 이런 덴 꿈도 못 꿨지. 그래도 어디든 갔어. 텐트하고 쌀만 겨우 챙겨서 말이야. 쌀이야 쌀통에서 몰래 퍼오면 되니까. 운규가 널 데리고 오면서 만 원인가 이만 원인가 친척한테 받아왔는데, 그게 우리가 가진 전부였어. 그러고 보면 네가 돈줄이었어. 네 핑계를 대면 푼돈이나마 챙길 수 있었거든. 그걸로 술을 샀지. 쌀밥만 먹지 않으려면 주변 텐트를 돌면서 참치나 김치를 얻어야 했어. 운규가 제일 구걸을 잘했어. 넉살이 좋아서 뭔가 줄 때까지 절대 안 비켰어."

"늘 그런 식으로 뭔가를 뺏었어요."

그가 의아한 표정으로 운오를 빤히 쳐다보았다. 운오는 후회했다. 그간 지켜온 규칙이 몇 가지 있는데, 형 얘기가 나올 때면 가급적 대꾸하지 말라는 것도 있었다.

"운규는 노래도 하고 춤도 췄어. 심부름도 했지. 공짜로 얻지 않으려면 그런 거라도 내놓아야 하니까."

그가 대수롭지 않게 말했다. 운오가 잠자코 있자 그는 이내 이곳에서 그간 어떤 노력을 해왔는지 떠벌리기 시작했다. 뜻대로 풀리지 않고 실패가 되풀이되면서 인생에 대한 기대를 점차 줄여나간 얘기들.

다행히 형과 관련된 얘기는 아니었다. 당연했다. 그에게는 형의 죽음과 얽힌 죄책감 같은 게 없을 테니까. 부럽다는 생각이 들었다. 그에게는 죽어서까지 인생을 간섭하는 사람이 없어서 새까맣게 타들어간 건물을 보며 자신의 헛된 노력을 떠올릴 수 있는 것이다.

"하루 종일 일을 하다가 퇴근하고 공장을 막 벗어났을 때, 새까만 밤하늘을 보며 담배를 피우면 그게 그렇게 좋을 수가 없어. 그렇게 피우려고 매일 주머니에 담배를 넣어 다녔는데, 사장은 날 보기만 하면 잡아먹을 듯 노려봤어. 의지가 박약하다는 둥 책임감을 말아먹었다는 둥 불로 공장을 날려먹을 놈이라는 둥. 그날도 너무 힘들어서 야근을 하다 말고 몰래 나와서 담배를 천천히 한 대 피웠어. 계속 참다가 담배를 한 대 피우면 말이야. 이 간단한 걸 뭐하러 참았나 하는 생각이 들어. 불을 붙이고, 태우고, 다시 끈다. 그게 다잖아. 이깟 담배 때문에 사장한테 그렇게 욕을 먹었나 싶어지지. 담배가 타는 동안 아무 일도 안 일어났어. 냄새는 남았지만 그뿐이었어. 담배 한 대 피웠다고 공장에 바로 불이 나거나 내가 지옥에 떨어지지는 않은 거야."

그는 잠자코 불에 탄 호텔을 바라보며 담배를 입에 물었다. 불을 붙이지는 않았다.

"그래서 담뱃불을 던지고 싶었던 걸까. 공장을 지옥으로 만들 작정으로?"

"꽁초를 던졌어요?"

운오가 깜짝 놀라 물었다.

"자연발화래도. 꽁초는 바지 주머니에 있었어."

"다행이네요."

"하지만 주머니에 있던 건 전날 피운 담배일 수도 있잖아."

그가 운오를 쳐다보았다.

"자연발화라면서요."

운오가 씩 웃으며 대꾸했다.

"물론 그렇지. 그런데도 내가 불을 제대로 안 끈 꽁초를 던져서 공장에 불이 났다는 생각이 들어."

"자책하지 마세요."

"자책이 아니야. 그렇게 생각해야 후련해. 죽자고 고생하더니 기어이 불이라도 냈구나 생각해야 겨우 기분이 나아져."

그가 담배를 다시 집어넣더니 운오에게 기차 시간이 얼마나 남았느냐고 물었다. 이미 늦었지만 운오는 지금 역으로 가면 된다고 말했다. 그가 앞장서서 역 쪽으로 걸음을 옮겼다.

"이쑤시개요. 쓰지 말아요."

노인처럼 굽은 그의 등을 보며 걷다가 운오가 불쑥 말했다.

"왜? 그게 얼마나 시원한데."

"이쑤시개 때문에 죽는 사람이 번개 때문에 죽는 사람보다 많아요."

그가 운오를 돌아보며 이 쑤시는 시늉을 했다. 운오는 그를 따라 재게 걸으며 계속 얘기했다. 화재로 인한 사망자보다 길거리를 보행하다 죽는 사람이 더 많다고. 그런 관점에서 보자면 뱀이 테러리스트보다 위험하다고도 얘기해줬다. 숨이 찼지만 쉬지 않았다. 그가 의아한 표정으로 자신을 보며 멈춰 선 것도 개의치 않았다. 내친김에 상어보다 나무에서 갑자기 떨어지는 코코넛을 조심하는 게 낫다는 얘기도 해줬다. 그는 별난 농담이라는 듯 헛웃음을 지었다. 역에서 그와 헤어질 때까지 운오는 이건 농담이 아니고 확률적으로 보통 그렇게 되기 마련인 얘기라고 말해주지 못했다.■

제 1 3 회
김 유 정 문 학 상
수 상 후 보 작

김금희

기괴의 탄생

김금희

2009년 한국일보 신춘문예에 단편소설 〈너의 도큐먼트〉가 당선되어 작품활동을 시작했다. 소설집 《센티멘털도 하루 이틀》 《너무 한낮의 연애》 《오직 한 사람의 차지》, 장편소설 《경애의 마음》, 중편소설 《나의 사랑, 매기》, 짧은 소설 《나는 그것에 대해 아주 오랫동안 생각해》, 산문집 《사랑 밖의 모든 말들》이 있다. 2015년, 2017년 젊은작가상, 2016년 젊은작가상 대상, 신동엽문학상, 현대문학상을 수상했다.

1

그날 선생님을 보러 가는 기분은 착잡하고 긴장되었는데 정확히 무슨 위로의 말을 해야 할지 알 수 없었기 때문이다. 우리 부모는 사이가 좋지 않아서 이틀에 한 번은 나가 죽으라든가, 가만두지 않겠다든가 하는 말을 서로에게 서슴지 않았지만 무슨 이유에선지 이혼은 하지 않았고 그렇기 때문에 이혼한 누군가에게 해야 할 적당한 말을 배울 기회가 없었다.

나는 웬만하면 회사에서 개인적인 감정을 드러내지 않았고 그것이 프로다운 거라고 선배들에게 배웠지만 그날은 그러지 못했다. 점심에 부서 사람들과 초밥집에 가 마지못해 초밥 몇 알을 주워 먹으며 선생님에 대해 생각했다. 선생님이 그 한심하기 짝이 없는 대학원생 남자애에게 되돌아가기 위해 이혼을 선택한 상황을. 그건 정말 와사비 같은 일이다,라고 생각했다. 와사비 같다는 것이 뭔지 설명은 안 되지만 한번 그렇게 생각하자 그 와사비 같은 자식을 가만두지 않으리라 싶었다.

선생님은 그 관계가 미뢰를 자극하는 쇄말적 맛이고 눈물콧물을 빼는 통속일 뿐이라는 사실을 알아야 했다. 그리고 다소의 부끄러움도. 선생님은 그런 일을 벌여놓고 감당이 되지 않는 듯 속내를 흘리고 다녔는데, 자기는 나를 포함해 소수에게만 말했다고 생각하겠지만 이미 제자들 상당수가 알고 있었다. 졸업생들이 모인 어느 술자리에서는 그 일을 소재로 농담이 오가기도 했다.

그럴 때의 선생님은 우리의 선생님, 어려서 피아노에 재능을 보여 서울의 유명 예고와 대학을 마치고 영국의 음악학교를 장학생으로 다니다 수석 졸업하고 음악이론 교수법으로 학위를 취득한, 예술대학의 교수이자 연말이면 자작 연주곡으로 콘서트를 열어 불우한 이웃을 돕는 그런 선생님이 아니라 술집 테이블 위라면 하나는 있는, 맥주에 반쯤 젖은 축축한 냅킨 따위가 된 듯한 기분이었다. 아무도 말리지 않았다. 졸업하고 강사로 취직하거나 단원으로 현장에서 뛸 때 선생님 도움을 받지 않은 인간들이 없는데도 그랬다. 오히려 그런 식으로 선생님을 귀찮게 하지 않고 일반 회사에 조용히 취직한 사람은 나였다. 못해도 보름에 한 번씩 안부를 물으며 스승의 날부터 크리스마스까지 줄줄이 챙긴 사람이 바로 나라고. 그런 빚진 것 없는 나도 말을 얹지 않는데 저것들이.

나는 열불이 났지만 치밀어오르는 말들을 그냥 온더락으로 얼렸다. 보태면 길어지니까. 위스키를 목구멍으로 흘려보내느라 말할 틈이 없어진 건 좋았지만 하지 못한 말들이 쌓이고 쌓이면서 아주 불편한 질감의 체기가 느껴졌다. 지난 계절의 일이었다.

하지만 그사이 겨울이 가고 새해가 되고 봄이 오고 미세먼지가 부유하면서 선생님은 이혼을 감행하고 학교를 그만두었다. 학교에서 문제가 될까봐 미리 선수를 친 것도 아니었고 배우자 선생님이 알게 된 것도 아니었다. 고작 와사비와의 관계를 위해, 그것이 절대의 순도를 지닌 감정의 일이라는 사실을 증명하기 위해서였다.

선생님은 여전히 내게 큰사람이니까 그 포부야 이해할 수 있었지만 무용과 대학원생은 전혀 그런 타입이 아니었다. 일이 커지자 휴학하고 잠수를 타버렸으니까.

그는 카드장처럼 마르고 낯빛이 좋지 않았고 무용과 애들이라면 다 있어야 할 듯한 근육도 별로 없이 어깨가 안으로 말려 있었다. 그리고 손목이 얇았는데, 그건 뭐라도 제 손에 들면 얼마 못 가 다 내팽개치고 말 듯한 불신이 드는, 자라다 만 아이의 것 같은 손목이었다. 또 그에 비하면 손가락은 지나치게 길고 손도 커서 무용과 발표회 때 찍은 동영상을 보고 있자니 파리채가 공중을 휭휭 나는 형국이었다. 그뿐인가, 분장을 했는데도 감출 수 없는 여드름 자국 하며 한편으로 뒤틀려 있는 치열하며…… 유튜브에서 수십 번 돌려 본 그 영상을 떠올리며 내가 그렇게 회오리치는 적개 속으로 빠져들어가는데, 황부장이 "윤령 씨, 왜 이렇게 죽상을 해? 누가 보면 죽은 생선들한테 묵념이라도 하는 줄 알겠어" 하고 농담했다. 당연히 하나도 안 웃겼고 아무도 안 웃었는데 오직 리애 씨만이 락교를 집어들다 말고 얼굴 전체를 펴며 화사하게 웃었다.

90년대 초반 뉴욕으로 떠나 지난해에야 한국으로 돌아온 리애 씨는 그동안 한국어가 그리웠는지 아무 말이나 들어도 그렇게 성의 있게 반응했다. 문제는 그 반응이 일반적인 한국 직장인들의 감수성에 비해 지나치게 풍부하다는 점이었다. 나는 그냥 그것이 뉴욕 스타일인가보다, 정확히는 뉴욕의 한국인 스타일인가 여겼지만 안 그래도 마흔 후반의 신입사원이 들어온 데 불만인 직원들은 점점 노골적으로 불편해하고 있었다.

초밥집에서 나와 산책을 하겠다고 했더니, 리애 씨가 자기도 걷겠다고 따라왔다. 거절할까 했지만 그러지 못했다. 우리는 생각보다 멀리, 경복궁역을 지나 역사박물관까지 걸었다. 그러면서 빌딩과 가로수, 신축건물에 임시로 설치해놓은 비계와 전광판들이 만들어내는 그늘로 들어갔다가 빠져나왔다가를 반복했다. 어디를 걷다 보면 자연스럽게 벌어지는 그런 상황들도 의미심장하게 느껴지는지 리애 씨는 여러 계절을 통과하는 것 같네, 하며 특별한 감흥을 덧붙였다. 나는 순간 리애 씨가 뉴욕에서 이혼을 하고 한국으로 돌아왔다는 사실을 떠올렸고 좀 물어볼까 싶었는데 혹시 그러면 예의에 어긋나는 건가, 아닌가 해서 망설였다. 그리고 회사 사람들끼리 그런 각자의 사연을 알게 되면 너무 가까워지는 게 아닌가 하는.

사수는 리애 씨가 뉴욕의 갤러리에서 일했다고는 하지만 이력서를 보니 전시기획자 서포트에 불과했는데 그 경력을 보고도 뽑은 건 희망연봉이 터무니없이 낮았기 때문이라고 차갑게 논평했다. 그런 건 시장의 교란이고 그렇게 해서 젊은 사람들이 일자리를 못 얻게 된다고. 나는 어차피 담당 업무가 다르니까 그런 내막까지는 알고 싶지 않았다. 그리고 나는 나대로 인상적으로 본 리애 씨의 행동이 있었으니까.

리애 씨는 탕비실이 제대로 정리되어 있지 않거나, 공동으로 쓰는 사무용품들이 제자리에 놓여 있지 않을 때 그렇게 만든 장본인을 꼭 찾아 지적하고 넘어갔다. 보통의 우리라면 한두 번은 억지로라도 이해의 실마리를 만들어 넘어가고 조용히 흉보고 그래도 안 되면 대체 누가 그랬어, 하는 혼잣말로, 당구로 치자면 쿠션을 넣은 저격으로 해결하는데 리애 씨는 그런 고려가 없었다. 언젠가 퇴근하면서 그런 지적하는 것 안 어려우세요? 저는 더구나 막내라 참게 되는데, 하자 리애 씨는 참으면 안 되죠,라고 했다. 참으면 미워하게 돼, 그러기 전에 말을 하는 거예요. 그런 현명함이라면 선생님에게도 적당한 말을 전할 수 있지 않을까. 인생에서 경험은 너무 중요하고, 해서 회사에서도 경력자에게 월급을 더 주고 사수나 선임이라고도 부르고, '경로'도 우대하고 그러는 것일 테니까.

"여기 시시하죠? 뉴욕에서 살다가 여기 오면."

나는 이제 완연히 푸른 기운이 차오른 나무들을 올려다보면서 운을 뗐다. 층층이 다른 높이의 가지들이 바람에 흔들리며 오후의 소란과 리듬을 만들어내고 있었다.

"전혀 그렇지가 않아요. 나는 기쁘게 살 작정으로 서울에 있고 그렇게 살고 있어요."

"그렇구나, 그렇지 않으시구나."

나는 급하게 이사했다는 홍제동의 그 아파트에서 혼자 오후를 보내고 있을 선생님을 생각했다. 자기 물건 챙기는 데 젬병이니까 아마 숟가락 하나 제대로 식탁에 놓여 있지 않을 것이다. 배우자 선생님과 함께 모았던 2천여 장의 CD들은 어떻게 되었을까. 같은 학교의 연극원 교수였던 배우자 선생님은 연말이면 독일의 전통 빵인 슈톨렌을 직접 구워 크리스마스카드와 함께 내게 주곤 했는데, 그 모든 안락의 기억들은 이제 안녕이었다. 나는 그 사실이 못 견디게 억울했다.

우리는 돌아갈 때는 택시를 타기로 했다. 산책에 어울리지 않지만 때론 그런 게 산책의 묘미라고 리애 씨가 말했다. 광화문을 지나는데 틀어놓은 분수 사이를 뛰어다니며 아이들이 환호하고 있었다. 이미 물에 젖어 신발 따위는 벗어던진 아이도 있고 그런 아이들의 명랑함을 지켜보면서 합류를 고민하는 아이도, 친구에게 물을 뿌리기 위해 두 손 가득 물을 담았다가 뛰는 동안 다 쏟아버린 아이도 있었지만 가장 특이한 아이는 누구에게 말하는지 알 수 없지만 뭔가 마음에 들지 않는 듯 잔뜩 인상을 쓴 채 안 돼애, 하고 손을 내젓는 안경 쓴 여자아이였다. 아이는 여섯 살이나 되었을까 싶었는데 한 손으로는 엄마 손을 잡고 있었지만 나머지 한 손으로는 누군가들에게 안 돼애, 안 돼애, 했다. 나는 그 애가 그렇게 손을 흔들 때마다 왠지 맞서고 싶은 기분이었다.

"내가 뉴욕에서 여기 왔던 2016년 말에 집회가 한창이었잖아요. 광화문에 그렇게 사람 많은 거 대학 때 시위 이후로 처음 봤어. 저도 구경을 다 했어요, 사람들이 와—모여 있는 거 보니까 나도 살 수 있겠더라고. 뉴욕 떠나면서 한국에서 죽어야지, 했는데 오호 살겠구나 하고 생각했어. 너무 오래 떠나 있어서 정치적 이슈들이야 나랑 상관없고 알 수도 없다 싶으면서도."

그때 마음의 뭔가가 풀리면서 말이 한 마디, 두 마디 새어나오기 시작했다. 어차피 선생님과 리애 씨는 아는 사이도 아니니까. 그래서 택시에서 내릴 때쯤에는 이미 그 한심한 자식과 선생님의 숭고한 선택에 대한 나만의 관점과 해석과, 중간에 터져버린 눈물까지 이미 부끄러울 정도로 속내를 드러내고 만 뒤였다. 리애 씨는 그 얘기를 오, 어머나, 저런, 안 되지, 하는 적절한 반응과 함께 적극적으로 들었는데, 이 문제가 적어도 내게는 감당이 어려운, 매우 심각한 일임을 간파한 리애 씨는 오늘은 점심시간이 끝났지만 내일 또 얘기할 수 있을 거예요,라고 기약하며 책상으로 돌아갔다. 그리고 어차피 위로의 말을 준비할 필요는 없으리라 안심시켰다. 말할 타이밍도 없이 선생님 쪽에서 쉴 틈 없이 말들이 쏟아져나올 테니까. 리애 씨는 이혼한 뒤 짐을 싸서 한국인이 운영하는 게스트하우스에서 머물며 출국일을 기다렸는데, 스태프를 붙들고 몇 시간을 아무 말이나 떠들어댔다고 했다.

"왜 그랬어요?"

내가 그렇게 묻자 리애 씨는 좀 씁쓸하게 웃었다. 살짝 찡그린 이마에 주름과 기미가 가득한 것이 눈에 들어왔고 이윽고 "두렵잖아요"라는 대답이 돌아왔다.

홍제동에 도착해서도 나는 아파트로 바로 들어가지 않고 근처를 배회했다. 바로 앞에는 홍제천이 있었는데, 서너 마리의 오리가 수풀을 주둥이로 뒤지다가 뭐에 놀랐는지 날지도 못하는 날개를 퍼덕이며 달아났다. 한동안 지켜보니 수중에 있거나 보 아래 있거나 어디든 마찬가지였고 그러면 저건 특정한 위협이 있어서가 아니라 일종의 패턴이 아닌가 싶었다.

문자메시지로 사갈 것이 있냐고 묻자 선생님은 다 있어, 그냥 너한테 필요한 것만, 이라고 답신을 보내왔다. 나는 슈퍼에서 정종 한 병과 선생님이 좋아하는 약과를 샀는데 슈퍼 주인이 제사이신가봐요, 해서 그 조합이 그렇다는 것을 깨달았다. 그냥 나는 약간 B급 감성으로 평소에 4홉들이 술을 사서 마시고, 명절이면 재미 삼아 주위 사람들한테 선물도 했는데, 그것도 때와 장소를 가려야지 이런 날에는 참 공교롭게도 공교로워진다고 생각했다. 내 자신이 한심해지면서 환불할까 싶었지만 그러자면 제사이신가봐요, 하는 말에 네에, 하고 대답했던 게 이상해지니까 그냥 버릴까 싶다가 버릴 데도 마땅찮아 차라리 확 깨버렸으면 좋겠다, 하면서 별안간 화단으로 집어던지는 상상까지 한 뒤 얌전히 엘리베이터를 타고 선생님 집으로 올라갔다.

어둑어둑하게 조명이 다 꺼져 있으리라는 예상과 달리 집 안은 깨끗하고 환하고 레이스커튼까지 달아 새집 분위기가 났다. 구경해본 안방의 침대는 퀸 사이즈였고 냉장고도 혼자 쓰기에는 너무 클 것 같은 대용량, 소파 역시 예사롭지 않은 4인용이었다. 베란다에 놓인 승마 자세를 이용한 운동기구까지 보고 나자 무릎이 팍 꺾이는 기분이었다. 거기에는 선생님의 포기하지 않은 계획이 있었다.

주방은 여기저기 토마토투성이였다. 나는 선생님도 요리를 하는구나 싶어 놀라면서, 사온 것들을 식탁 다리 옆에 숨기듯 내려놓고 앉았다. CD는 여전히 많았지만 전보다는 확실히 수가 적었고 아마 반으로 나눈 듯했다. 어떻게 나눴을까, 협의했을까. 알파벳순으로 너는 L까지 가져, 나는 그 이하로. 그런 대화는 상상만으로 나를 침울하게 했다. 삼성동의 그 집에서 선생님과 배우자 선생님은 행복해 보였고 나는 어느 순간에는 그 다정한 광경이 닳을까봐 보기 아깝다고까지 생각했으니까. 선생님은 토마토와 전분으로 엉망이 된 테이블에서 완자를 빚고 있다가 맞아, 음악이 없네, 하더니 오디오 버튼을 눌렀다. 들리브였고 〈꽃의 이중창〉이었다.

나는 들리브라면 그 대학원생을 처음 만났다던 그때의 음악 아닌가 생각했다. 무용과 리허설 시간에 선생님이 피아노 실연(實演)을 해주러 간 것이었다. 아니 그건 드뷔시의 〈아마빛 머리의 소녀〉였던가. 아무리 특수 조건의 만남이라도 레퍼토리는 결국 비슷비슷하니까 정확한 곡명은 까먹고 말았다. 하긴 기억해봤자 결국에는 내 손해였다. 뭐였든 간에 불세출의 명곡이었을 것이고 다시는 듣고 싶지 않을 테니까. 아직도 뭔가 기대를 하고 있지만 결국 선생님도 희망과 달리 관계를 회복하지 못하고 그런 몇몇 곡들에 대한 예민한 통증만 가지게 될 것이다. 산책하다가 그가 흥얼거린 몇 소절의 가락으로 만들었다는 선생님의 자작곡도.

그때만 해도 선생님은 정신이 나가 있어서, 내게 그런 사연까지 들려주며 곡에 대한 의견을 물었는데, 선생님의 연주는 당연히 훌륭했지만 나는 오히려 그래서 눈물을 흘리고 말았다. 그날은 선생님이 선생님에게는 전혀 필요 없을 듯한 저 승마형 운동기구를 사들고 온 날이기 때문이었다. 그 와사비 같은 대학원생이 자기가 쓰던 물건을 판 것이었고 인터넷으로 찾아보니 가격은 시중가보다 정확히 5만 원 쌌다. 그 남자애가 자신의 여인에게 보여준 그 5만 원의 디시, 5만 원의 에누리, 5만 원의 희생과 그 곡은, 선생님이 피아노로 시연하고 있지만 실제 연주에서는 현을 손으로 직접 뜯는 피치카토 주법의 첼로가 끼어들어 음의 날카로운 피치를 드러낼 그 곡은 개탄스러울 정도로 어울리지 않았다. 선생님이 주위의 누군가들에게 영감받았다는 곡들 중 단연 아름답고 환희에 차 있고 한편으로는 섬세하게 흔들리며 동요하는, 우리가 상상할 수 있는 가장 여러 겹의 감정이 담겨 있는 곡이었다.

선생님은 언젠가 내가 들려준 어린 시절 이야기—꽃밭에 놀러 가서 들었던 벌 몇 마리의 날개 소리—를 듣고 〈데이지〉라는 곡을 선물해주기도 했는데, 그 곡을 들으니 〈데이지〉는 완전히 왜소한 소품이었다. 연주가 끝나고 제목을 물었을 때 선생님은 '올라가려고 하면 내려오고, 올라가려고 하면 내려온다'라고 했다. 아니, 그 반대였나? 아무튼 리애 씨의 예언처럼 선생님은 평소보다 무척 말이 많았다. 자신의 신상 변화에 대해서만은 절대 언급하지 않는, 주로 이사 과정의 불합리와 어려움을 토로하는 긴 수다였다. 동작도 부산했는데 그 과정에서 계란이 깨지고 양파가 아슬아슬하게 채 썰리고 후추알이 갈렸다.

"선생님."

"어? 왜? 왜 그러니?"

"너무 많아요."

둘이 먹기에 너무 많은 양이 요리되고 있었다.

"너무 많니?"

"많아요."

선생님은 그런가, 하면서도 재료를 솥에 다 쏟아넣었다. 그러고는 "얘, 이거 월세야" 하고 묻지도 않은 대답을 했다. 그리고 아무 말이 없었는데, 선생님이 왜 수다를 멈췄는지 의아해하다가 접시에 놓여 있던 생강정과 하나를 먹었다. 선생님은 추운지 한 손으로 시들하게 부엌 창을 닫았다. 한 시간쯤 지나 탕이 완성되었을 즈음 벨이 울렸고 대여섯 명의 재학생들이 우르르 들어왔다. 나는 당황했다. 선생님은 내가 말 안 했던가? 하더니 조금 부드러운 얼굴로, 너는 손님은 아니니까, 라고 했다.

제자들은 너무 다 어려서 어쩐지 종이 인형에서 오려낸 존재들 같았다. 다들 씩씩하고 똑부러지는 어투로 학교를 떠나게 된 선생님을 향한 아쉬움과, 새집의 훌륭함에 대한 예찬과 앞으로의 계획에 관한 적절한 질문을 하고 있는데도 걔들은 어쩐지 아까 아파트로 들어오기 전에 본 개천의 오리들처럼 뭔가를 경계하고 있는 듯한 과장된 흥분이 있었다. 나는 지금 학교를 다니는 사람도 아니고, 전공을 살려서 이들이 기억할 만한 선배가 된 것도 아니니까 화제에서 점점 소외되어 갔다. 그들은 이런 상황에서 상대를 가장 잘 위로하는 길은 화제의 전

환이고 그러니 학교의 이런저런 일들을 꺼내어 마치 선생님이 아직도 그 과의 촉망받는 교수인 듯한 착각을 주어야 한다는 점을 본능적으로 아는 애들처럼 노련하게 학교 이야기만 했다. 누가 준비도 없이 유학을 가려고 한다든가, 누가 휴학을 하고 싶어 하는데 휴학하면 재수하고 싶고 재수하면 삼수하고 싶은 것이 사람 마음이니까 그러면 안 된다든가, 누구는 피아노 과외를 열댓 명이나 한다는 등등.

선생님은 확실히 나와 있을 때보다는 안정되어 보였고 토마토탕도 내 기우와는 달리 적절하게 분배되어 비워지고 있었다. 나는 아까 발밑에 내려놓았던 정종을 꺼냈고 조용히 마시기 시작했다. 내가 은근히 취하고 나서야 한 명이 정종병을 가리키며 평소에 이거 마시는 분 처음 봐요, 선생님, 하고 내게 말했다.

"그러니?"

"네, 맨날 아빠나 삼촌들이 사갖고 오잖아요. 제사 때, 그러고 다 먹지도 않고 끝나면 버리고. 선생님은 근데 이 술 좋아하시나보다."

"나 선생님이라고 부르지 마."

나는 말 걸어준 학생 앞에 잔을 놓고 한 잔 따라주면서 그렇게 말했다.

"왜요?"

"우리 선생님이랑 헷갈리잖아. 선생님한테도 선생님이라고 하고 나한테도 선생님이라고 하면."

"그렇구나, 그러면 뭐라고 할까요?"

나는 지갑에서 명함을 꺼내 돌렸다. 선생님은 그런 나를 보고 있다가 약과를 접시에 담아가지고 왔다. 벌건 국물이 남아 있는 식기들과 노란 조명과 흰 테이블보 그리고 다 비워진 정종병은 정말 있지도 않은 누군가의 죽음을 기억하는 자리처럼 기이하게 처랑맞았다. 학생은 차를 가져왔다며 술은 마시지 않았다. 또다시 이야기는 지금 당장 선생님의 진짜 삶에서는 중요하지도 않을 콩쿠르와 거기에 입선하기 위해 줄을 서는 영혼이 병든 예술가들과 고가의 악기들, 테크니컬한 연주법들의 정련이나 발표회 준비로 흘러갔는데, 나는 이 대화의 모든 것은 사실 기만이고 우리는 지금 선생님을 위로하기 위해, 그러니까 죽어버린 선생님의 결혼 생활을 위해 있고 역시 죽어 마땅한 선생님의 1년여간의 그 외도를 위해 여기 있지 않은가 생각하다가 선생님, 하고 선생님을 불렀다.

"왜?"

"선생님."

"왜?"

"걔하고 잤어요?"

그 순간 바람이 지나가듯이 훽 하는 침묵이 아파트를 채웠다. 이미 그 영악한 애들은 학교에 떠도는 소문을 알고 있는 듯, 놀라는 척조차 하지 않았다. 그중 한 애 휴대전화가 울렸고 그걸 신호로 모두들 일어나 부산하게 그릇들을 정리하다가 내가 소파에 가서 누워버렸을 즈음에는 인사하고 아파트를 빠져나갔다. 나는 선생님이 나를 혼내거나 엄청나게 화를 내리라 생각했지만 그런 일은 일어나지 않았다. 나는 바람이 솔솔 들어오는 창가 앞 소파에 한동안 방치되었다. 집 안이 너무 괴괴해서 꼭 무슨 큰일이 일어나 모두가 일시에 사라진 듯했다. 그 침묵이 버거워 아무래도 일어나 내 집으로 가야겠다, 싶은 생각을 겨우 했을 때쯤 인기척이 나더니 선생님이 얇은 홑이불을 가져와 내게 덮어주었다.

2

그날의 실패한 위로 방문은 내 자신에게 상처가 되었다. 대체 왜 그런 행동을 했는지 이해할 수가 없었다. 정작 나는 그 가십에 한 마디도 보태지 않은, 어떻게 보면 선생님의 그 일에 대한 최종 수호자이자 보루의 역할을 하고 있지 않았던가. 하지만 이렇게 되고 보니 차라리 딴 애들처럼 굴었다면 선생님 앞에서 뭔가를 '가장'할 수 있었으리라 생각했다. 애들처럼 뒤에서 쨍고 떠들고 말을 지어내면서 인류애도 없이 굴었다면. 나는 이제 친구에게조차 하지 않을 듯한, 섹스나 성관계라는 말에 대한 이상한 기피 때문에 유치하게 선택하는 잤니? 라는 표현을 떠올리며 괴로워했다. 그 말을 하고 있는 내 주둥이를 오리부리처럼 늘여 처닫게 하는 상상을 여러 번 했다.

리애 씨는 내게 사과하라고 권했다. 그대로 두면 미안해지다가, 미안해지다가 결국에는 선생님을 미워하게 되리라는 얘기였다.

"미워하면 할 수 없죠, 뭐, 제가 어떻게 할 수 없는 거잖아요?"

우리는 점심을 먹고 아주 다디단 음료를 하나씩 물고 걸으면서 이런 대화를 나눴다. 그러면 장마철 쉰 음식처럼 부글부글 상해가고 있는 마음이 조금은 나아졌다. 이상하게 나는 리애 씨가 선생님이나 클래식계와 완전히 상관없는 사람이라 그랬는지 아무 말이나 감정적으로 내뱉기도 했다. 그동안 내 마음속에 있는지도 몰랐던, 선생님에 대한 박한 평가들이었다. 사실 선생님이 공부한 영국의 그 대학은 굳이 따지면 이류에 가깝다든가, 선생님 동기 중에는 이미 선생님보다 훨씬 유명한 연주자들이 많으며 서울 시내에 있기는 하지만 붙고 나면 꼭 재수하고 싶어지는 우리 대학 역시 그리 좋은 직장은 아니라든가, 그러니 버릴 만해서 버렸다든가, 하는 말들이었다. 하지만 그러고 나면 꼭 후회가 남아서 사내 메신저로 리애 씨에게 미안합니다,라고 사과했다. 제가 왜 그랬는지 모르겠어요. 어느 날 리애 씨는 아마 선생님이 약자가 되었기 때문이리라고 알려주었다. 사람들에게는 약자를 알아보는 귀신 같은 눈이 있으니까. 초여름의 산책과는 어울리지 않는 차갑고 맵짜한 말이었다.

"약자라니요? 우리 선생님이 어딜 봐서 약자예요?"

"약자죠."

"이혼했다고요? 요즘 세상에?"

"언제나 더 많이 사랑하는 사람이 약자인 거잖아요."

나는 그 말을 듣는 순간 말문이 막혔다. 사랑이라니. 내가 그 대학원생이 얼마나 이기적이고 형편없는 인간인지 설명했는데. 사실 나는 그보다 더한 그의 행실에 대해서도 알고 있었지만 차마 리애 씨에게는 말하지 못하고 있었다. 연인이라는 관계로 들어서자 그 남자애가 선생님에게 요구했을, 어떤 태도 같은 것. 선생님 휴대전화에 미리보기로 뜨던 은파야, 하는 반말로 된 메시지나, 선생님이 어느 날부터인가 먹기 시작한 경구피임약 같은 것. 선생님은 평소에 관심 없었던 왁싱에 대해 내게 묻기도 했다. 그러면 나는 양팔과 양다리를 말끔하게 제모하곤 하는 무용과 남자애들을 떠올리면서 아마도 선생님의 그것에 대한 불편한 논평이 있었으리라 짐작할 수밖에 없었다. 그러면 그건 그냥 그것일 뿐이잖아, 그냥 털일 뿐이잖아, 씨발아, 하는 화가 치밀어올랐지만 삭힐 수밖에 없었다. 상황을 봐서 조금씩 돌려 말할 뿐이었다. 그러니까 선생님, 피임약을 먹는 건 여자 몸에 좋지가 않아요, 저희 엄마가 근종 때문에 자궁을 들어내고 에스트로겐을 오랫동안 복용했는데요, 유방암에 걸렸잖아요. 그거 안 좋아요, 선생님, 콘돔이라는 안전한 피임기구가 있는데 왜요. 아니요, 제가 선생님 가방을 열어본 건 아니고요, 열려 있어서 시선이 간 거고요, 선생님, 조심해서 나쁠 것 없잖아요. 백세시대인데 백세 못 살면 얼마나 억울해요, 그깟 것 때문에 명을 줄이면요, 죽은 사람만 서러워요. 산 놈은 계속 창창하게 사니까요…….

하지만 나는 리애 씨 말에 대해 생각하지 않을 수 없었다. 리애 씨는 선생님의 사랑을 인정하지 않는다면 관계 회복은 요원하리라고 했다. 요원—하다는 말, 아득히 멀어진다는 말. 나는 퇴근길에 일정한 간격으로 흔들리는 전철 소리를 듣다가, 모교의 연주실을 떠올렸다. 대학에 들어오자마자 나는 작정한 사람처럼 방황했는데, 그때 선생님이 연주실 조교라는 있지도 않은 직을 만들어 자기 일을 돕게 했다. 처음에는 시급도 터무니없이 적은데 왜 이런 일을 시키나, 그야말로 노동착취가 아닌가 했지만 그 격일의 업무가 준 효과는 컸다. 서울의 북쪽에 있어서인지 유난히 춥고 서늘한 그 대학의 건물에서 내가 있어야 할 자리가 생긴 셈이었다. 마치 허허벌판의 운동장에 누군가 작은 원 하나를 그려준 것처럼, 어떤 서클 안에 들어 있다는 감각은 내게 안정감을 주었다.

물론 돈으로 따지자면 피아노 과외를 뛰는 편이 나았지만 나는 그 일을 졸업하던 해만 빼고 2년 반을 꼬박 했다. 뭐 지킬 것도 없는 연주실에 앉아 대관 스케줄을 조정하고 악기들의 입반출을 점검하고 선생님 곡을 기보하거나 연습곡을 들었다. 선생님 연주가 있을 때면 기꺼이 페이지터너가 되고 때론 선생님의 추천곡으로 콩쿠르를 준비하기도 했다. 물론 나는 끝내 좋은 연주자가 되지는 못했지만 그 모든 시간이 내게 필요했던 건 사실이었다. 나는 지금도 선생님이 어떤 존재냐고 누가 물으면 이 세상에서 나를 가장 빈번하게 칭찬해준 사람이라고 답했다. 그 어려운 예술대학 입시에 돈을 댔으면서도 부모는 정작 이후에 내가 무슨 성취를 이루고 있는지 관심이 없었으니까.

선생님을 다시 만나러 가는 날에는 돌풍이 불고 비가 내렸다. 나는 어쩐지 그 기상 악화가 마음에 들었는데 꽃이 다 지고 말리라는 생각이 들어서였다. 이런 기분에 벚꽃이며 라일락이며 철쭉이 다 무언가, 그렇게 해살해살 피어나서 꽃가루나 날리며 자기 본능에 열심인 것들에 시비가 일었다. 더구나 꽃가루 알레르기도 있으니까, 선생님과 내게는.

선생님은 내 전화를 받지 않다가 회사와 황부장의 이름을 붙여 부탁할 일이 있다고 하자 겨우 문자메시지를 보내왔다. 황부장이 최근 대기업에서 수주해온, 프로젝트로 늦여름 고궁에서 한국의 '내로라' 하는 뮤지션과 아티스트를 모아 케이-아트 행사를 열겠다는 계획이었다. 일정이 터무니없이 촉박해서 부서에는 비상이 걸렸다. 황부장은 선생님과 동문이었고 사실인지 인사치레로 하는 말인지 몰라도 선생님 광팬이라고 했다. 선생님이 곡을 모아 몇 년 전 앨범을 냈을 때도 발매되자마자 사서 마르고 닳도록 들었다는 자기 말을 꼭 전하라고 했다. 그러니 함께 일을 한번 해보고 싶다고.

황부장은 선생님에게 행사의 테마곡을 부탁하고 싶어 했다. 부장이 아무리 이 행사에 대한 긍지와 의지를 불태워도 이 정도 예산과 일정으로 대중이 알 만한 누군가를 데려올 수는 없으니 그러는 건가 의심했지만 사과도 할 겸 잘됐다 싶었다.

"애제자니까 가능하지? 섭외쯤이야 부러뜨릴 수 있겠지?"

그 부러뜨린다는 말은 부장을 비롯해 팀장과 사수 모두 쓰는 그들만의 전문용어였다. 해내자, 도 아니고 해결해, 도 아니고 해치우자, 도 아닌 부러뜨리자라니. 참으로 해괴했다.

선생님은 오늘도 아파트로 오라고 했다. 나는 이번에는 슈퍼든 홍제천이든 아무 데도 들르지 않고 곧장 아파트로 직진해 들어가려 했다. 하지만 중간에 화원을 지나다 노란색 데이지 화분을 보았고 충동적으로 사들였다. 왜 나는 선생님을 만나러 갈 때마다 이렇게 뭘 사게 될까. 그런 돈은 대체 무슨 마음을 위해 지불될까, 불안인가. 하지만 그 생각을 했을 때는 이미 점원이 나의 데이지를 비닐봉지에 넣고 있었다.

선생님은 전보다 마르고 생기 없는, 잡으면 버석거릴 낙엽 같은 표정으로 무소륵스키의 〈전람회의 그림〉을 듣고 있었다. 요절한 친구가 남긴 그림을 보며 무소륵스키가 작곡한 그 연작은 선생님이 가장 황홀감을 느끼며 연주하는 곡이었다. 선생님은 허리통증이 심하다며 소파 위에 쿠션을 놓고 앉아 있었다. 허리와 어깨 디스크는 연주자라면 흔히 겪는 직업병이었다. 부엌은 언제 밥을 해 먹었는지 휑하니 비어 있었고 선생님은 다른 건 없고 두유 한 잔을 주겠다며 냉장고를 열었는데 거기에는 상해서 갈변되고 축 가라앉은 샐러드 한 통이 있을 뿐이었다. 나는 괜찮다고 했다. 부장이 시킨 대로 일을 성사시키기 위해, 어차피 선생님도 일은 필요하니까, 열심히 설명했는데도 선생님은 별 반응이 없었다. 내 말은 선생님 쪽으로 흘러갔다가 어딘가에 있는 홀을 만나 그냥 쪼로로 흘러버리는 듯했다. 이런 식이라면 프로젝트건 우리의 화해와 용서이건 제대로 부러뜨려질지 알 수 없었다. 이윽고 선생님이 나는 요즘 우울증을 진단받았어,라고 했다. 의사가 입원을 권했지만 집이나 거기나 마찬가지인 듯해서 그냥 여기에 있기로 했다고.

"그게 어떻게 같아요? 다르잖아요."

내가 걱정이 되어 그렇게 말하자 선생님은 그런가? 하고 잠깐 생각했다.

"하기는 다르지. 거기는 약을 먹을 때만 하나씩 주니까. 그 사람들은 저렇게 많은 약을 나에게 어떻게 맡기는지 모르겠어."

CD가 다시 첫 곡인 〈난쟁이〉로 넘어갔을 때쯤 나는 선생님께 사과했다. 그러나 그건 리애 씨가 용기를 주었듯이 선생님과의 화해를 바라는, 선의로 가득 찬 몽글몽글한 마음이라기보다는 무소륵스키의 곡이 그렇듯 딱딱하고 음울한, 어느 정도의 두려움과 강제가 깃든 것이었다.

"죄송해요. 선생님, 제가 그날 선생님의 그것을 모욕했어요."

"내 무엇을 모욕했지?"

선생님의 눈은 너무 고요해서 얼핏 보면 건강한 평안에 든 사람 같았다. 이제 막 휴양지에서 일어나 늦은 아침을 먹으러 가는 사람처럼, 저녁의 공원에서 자전거를 타다가 서서 강변이나 운동장을 응시하고 있는 사람처럼. 하지만 그 눈과 선생님 입에서 나온 말은 아주 달랐고 나는 우리가 이런 대화를 나누어야 한다는 점에 적잖은 노여움을 느꼈다. 정작 당사자는 내가 아닌데도 이 일에 끼어들어 사과를 하게 되었다는 상황이 아이러니했다. 하지만 한편으로는 이렇게 참여해 있다는 사실을 기꺼이 받아들이고 싶은 의욕도 느꼈는데, 왜냐면 선생님과 나는 그런 사이였기 때문이었다. 10여 년 동안 우리가 함께해왔던 시간이 있고 루틴이 있었다. 나는 선생님이 피폐하고 종내는 심적으로 파산하더라도 돌아올 만한, 2호선 순환선처럼 거대한 서클을 그려주고 싶었다.

"선생님이 하고 계신 사랑에 대해서 제가 너무 함부로 얘기한 것 같아요."

나는 뱉는 말 한 마디 한 마디에 신경 쓰며, 발음을 정확히 하며 대답했다. 선생님은 나를 물끄러미 바라보다가 "저거 데이지니?" 하고 화분을 가리켰다. 데이지는 아직 비닐봉지에서 나오지도 못하고 노란 꽃잎 한 장만 살짝 보이고 있었다. 그렇다고 하자 선생님은 내가 그때 뭘 잘 몰랐는데, 하고 말을 꺼냈다.

"너가 어렸을 때 봤다던 그 꽃은 데이지가 아닌 것 같더라. 데이지는 여러 겹인데 그건 팬지였어."

"괜찮아요, 선생님."

"아니야, 내가 미안하다. 데이지도 아닌데 데이지라고 하고, 사실은 팬지인데."

"아니에요, 사과하지 마세요, 선생님."

나는 괜히 눈물이 나서 엉엉 울었는데 그런 나를 보고 있던 선생님의 눈시울도 붉어지다가 고개를 돌려 재빨리 그 순간을 모면했다.

"그리고 그 일은 다 끝났어. 더는 걱정하지 않아도 돼. 너가 뭘 걱정했는지는 모르겠지만."

3

나는 한동안 사랑의 무구함을 인정할 수 있었다. 그것이 발생한다는 사실만으로도 빛무리처럼 갖게 되는 어떤 형질에 대해. 그건 더 이상 와사비 걱정을 할 필요가 없기 때문이기도 하고, 리애 씨가 자신의 얘기를 더 들려주었기 때문이기도 했다. 우리는 그 얘기를 점심 산책길에 잠깐잠깐씩 나눴지만 그렇게 고궁과 거리와 광장을 오가는 동안 언젠가 리애 씨가 했던 표현처럼 여러 계절들이 지나는 듯했다. 그러니까 26년 동안의 모든 계절이.

리애 씨가 뉴욕으로 간 데에는 당시 한국에 대한 참을 수 없는 염증—지체, 후진성—이 있었다고 했다. 언제나 여기를 떠나고 싶었고 돌아오고 싶지 않았다. 교환학생으로 와서 박사과정을 밟고 있던 '미스타 리'를 만난 건 그런 스물두 살의 리애 씨에게 행운처럼 여겨졌다. 그는 마흔에 가까운 병약한 사회학자였으며 이미 한 번 결혼한 경험이 있었지만 문제가 되지 않았다.

김포공항에서 뉴욕으로 가는 비행기를 타며 리애 씨가 떠올린 것은 프랭크 시나트라의 〈뉴욕, 뉴욕〉이라는 노래와 영화 〈그렘린〉이었다. 〈그렘린〉은 리애 씨가 처음으로 극장에 가서 본 미국영화였다. 1985년의 성탄절이었고 서울극장이었다. 귀엽고 선한 털뭉치가 물에 닿으면 단란한 가족을 파괴하는 괴물이 탄생한다는 내용이었다. 물에 닿는 것이란 얼마나 아무것도 아닌 사소하고 무심한 행동인가 싶은데 그래서 더더욱 두려워지는 공포였다. 그 영화에서 리애 씨에게 인상적이었던 건 등장인물도 인물이지만, 영화에 등장하는 그 가정의 평범한 가구와 평범한 가전제품, 평범한 침구류와 평범한 식기 들이었다. 그런 것들이 마구 망쳐져갈 때, 괴물들이 접시를 깨고 오븐과 전자레인지로 장난을 치고 커튼을 긴 손톱으로 찢고 크리스마스트리를 엉망으로 휘저어놓을 때, 리애 씨는 오히려 그 모든 것을 그렇게 망치고 일소해버려야 좀 살 것 같은, 스테레오타입의 미국식 가정에 대해서 생각했다.

리애 씨는 학생운동의 전통이 있는 독서회에서 활동했는데, 그곳의 여자 선배들이 얼마나 투철한 신념과 의식을 지녔든 간에 결혼 후에는 대개 비슷비슷한 불행에 빠지는 것을 목격했다. 이상한 얘기이지만 남편을 두려워하지 않는 여자란 없는 듯 보였다. 그리고 남편의 폭력을 피해 과 학생회장이었던 선배가 리애 씨 집에서 자고 간 다음날, 혁명의 날이 오더라도 거기에 여자들의 자리는 없을 것 같다는 생각을 했다. 여자는 노동자보다도, 노예보다도, 제3세계 식민지인들보다도 더 늦게, 어쩌면 영영 해방되지 못하겠구나.

여기까지 들었을 때 나는 리애 씨의 스토리가 한국을 벗어나 선진국에서 비로소 주체적인 여성의 삶을 찾으려다 가부장적이기 짝이 없는 남편 때문에 고생하고 이혼하고 귀국한, 배경만 세계의 시장인 뉴욕이냐, 그저 그런 시장인 서울인가만 다르지 결국 수없이 되풀이되는 패턴의 이야기가 아닐까 생각했다. 리애 씨 대신 우리 언니나 엄마나 누구를 갖다대도 상관없는. 하지만 내 예상과는 달랐다. 리애 씨의 가정에는 그런 패턴은 없고 마치 무균실에 놓인 가정처럼 그런 게 너무 없어서 생기는 뜻밖의 고통이 있었다. 뉴욕에서 돌아오기까지 20여 년 넘게 미스타 리는 리애 씨와 단 한 번의 섹스도 하지 않았다.

그가 어떻게 해서 그런 삶을 선택했는가는 리애 씨가 매일 고통스럽게 생각했던 것이었다. 이유를 물으면 그는 병든 육체에 대해 언급했지만 그것이 전부는 아니라는 사실을 그도 리애 씨도 느낄 수 있었다. 그가 그러기를 원해서 그렇게 살아야 한다는 것을. 리애 씨는 많은 감정들과 싸워야 했다. 분노, 의혹, 불신, 욕망, 냉소, 공격성, 자괴, 슬픔, 허무, 실망, 그중에서 가장 강렬한 것은 수치심이었다. 다른 누가 아니라—어차피 리애 씨는 누구에게도 이 얘기를 하지는 않았으니까—자기가 자신에게 느끼는 수치심. 그것은 깊은 상념 속에서만 있지 않고 매일의 일상에도 영향을 미쳤다. 매번 스스로를 창피 주고 모욕하려는 시선이 생겨나, 오븐에서 식기를 꺼내거나 바자회에서 입을 드레스풍의 옷을 고르거나 꽃밭에 물을 주거나 장을 보고 있을 때, 그렇게 사사소소한 욕망을 실현하고 있을 때마다 자신을 위축되게 하는 시선을 리애 씨는 느꼈다.

참으로 이상한 것은 섹스를 하지 않는 사람은 미스타 리인데 왜 자기가 자신을 그렇게 꾸짖고 경멸하는가 하는 점이었다. 그렇게 한번 분열되기 시작한 의식은 알코올로 조금씩 더 파괴되어갔다. 뉴욕의 꽤 부자 동네에 있었던 리애 씨의 집은 고요하고 점심에 열어놓은 창으로 들어온 벌 한 마리가 겨우 그날의 걱정일 정도로 평화로웠지만 리애 씨는 이 집이 〈그렘린〉에 나오는 어떻게 보면 천진무구해 보이는 괴물들로 들끓고 있어 특별한 악의 없이 자신을 죽이고 있구나 하고 생각했다. 그러니까 미스타 리가 대학에서 돌아와 다소 지쳤지만 다정한 얼굴로 여보, 나 왔어, 하면서 인사하는 그 손동작 속에, 샤워를 마친 미스타 리가 손발톱을 똑깍똑깍 잘 자르고 파자마를 입고 침대에 누워 먼저 잠이 들면 리애 씨 눈에 들어오던, 잠깐 발기되어 있는 그의 성기 속에, 교민들이 다니는 교회에 주일에 가서 한 자리를 차지하고 앉아 듣는 목사의 설교나, 반복해서 닦는 식기와 테이블 위에, 그것이 있었다.

"나는 미스타 리를 사랑했어, 윤령 씨. 하지만 지혜롭지 못해서 그가 미워질 때까지 아무 행동도 하지 못했지."

"뒤늦게라도 이혼을 하셨잖아요. 돌아오셨잖아요."

나는 과거의 미망이야 중요하지 않고 현재가 중요하지 않겠느냐며 최선을 다해 리애 씨를 위로했다. 그때는 이미 여름이 한창이라 그늘

속이 아니라면 걸을 수 없는 상태였다. 우리는 사무실에서 출발해 교보빌딩까지 갔다가 으레 건물의 그늘 속에 서 있었다. 그렇게 한 발을 좀 더 어두운 쪽으로 향하는 것만으로도 우리는 살 만한 상황이 되었다.

"아니야, 윤령 씨, 이혼은 미스타 리가 결정했어. 신장이 거의 기능하지 않는다는 선고를 받고 나를 설득해 이혼했지. 이혼을 이루기 위한 그 노력은 얼마나 눈물겨웠는지. 하루 두 시간 겨우 일상의 일을 처리하는 병세 속에서도 계속되었어. 그 시간을 생각하면 윤령 씨, 그러면 미스타 리와 내가 했던 사랑도 전혀 이상할 것이 없잖아."

나는 평소에는 크게 관심도 없는 사랑의 면면을 왜 이 여름 이렇게 고심해야 하나 생각했다. 리애 씨도 선생님도 모두 나보다는 근 십수 년은 위인 여자들, 그러니까 더 늙고 경험 있는 연륜 있고 스펙 있는 여자들인데 인생의 중요한 마디마다 여전한 의문을 풀지 못한 채 살고 있는 듯했다. 어쩌면 신화에서 인간이 판도라의 상자를 열었을 때 다 날아가고 남은 건 희망이 아니라 의문이 아니었을까.

나는 대체 리애 씨 남편이 왜 그런 삶을 택했는지 궁금했고 어느 할 일 없는 밤, 구글링을 통해 그 사회학자의 부고를 찾아냈다. 리애 씨의 미국 이름은 산드라 R. 리였고 그들이 살았던 동네는 뉴욕의 퀸스였다. 나는 리애 씨가 이혼을 했다고만 했지 그가 죽었다고는 하지 않아서 당황했다. 그는 대학에서 홉스에 대해 가르쳤고 미술과 음악에 조예가 깊었던 듯 블로그를 잠시 운영하기도 했다. 한 사이트에는 그의 짤막한 동영상 인터뷰가 올라와 있었다. 재킷을 그리 단정하지 않은 상태로 걸치고 말할 때마다 검지로 허공을 찌르듯 하는 버릇이 있는 그에게는 그러니까 그런 서사, 리애 씨가 말한 그 복잡한 욕망과 사랑의 서사는 없어 보였다. 그저 그 인터뷰에서 얘기하고 있는 공동사회와

이익사회라는 개념에 대한 지루한 설명처럼 그의 인생은 그런 고루한 것들로 채워져 있을 듯했다.

나는 리애 씨가 자신과 그의 관계를 여러 번의 산책을 통해 설명한 수고와 진정성에 대해서는 공감했지만 그 결론이 정당한 사랑으로 되는 것에는 여전히 의심을 거둘 수 없었는데, 영상 밑에 누군가가 달아놓은 노 모어 레이시즘이라는 댓글을 발견했다. 사회학자에게 붙은 인종차별은 안 된다는 댓글이라니, 나는 무슨 얘기인가 싶어 댓글을 단 사람의 프로필을 눌렀다. 그는 유학원을 운영하는 한인이었고 뉴욕에서 일어나는 다양한 한인 관련 뉴스들을 블로그에 올려놓고 있었다. 정식 루트로 알려진 뉴스뿐 아니라 한인들이 운영하는 크고 작은 매체, 종교시설, 친목단체 등에서 발설하는 루머나 잡담에 가까운 이야기들도 있었다.

나는 페이지를 넘기다가 그가 링크해놓은 한 기사를 발견했다. 뉴욕의 모 대학교수가 그의 배우자에 의한 살해의 가능성을 의심받고 있다는 내용이었다. 구역까지만 나온 집주소가 퀸스였고 전공이 같았으며 사건이 일어난 월과 부고의 날짜가 동일했다. 그는 자택에 설치되어 있는 내부 엘리베이터에 갇힌 채 발견되었는데, 그 고장 난 엘리베이터에 갇힌 지 불과 하루 만에 사망하였고 이와 관련해 배우자의 고의성을 경찰이 조사하고 있다는 것이었다. 기사를 인용해놓은 그는 이것이 한인들에게 종종 불리하게 적용되는, 인종차별적 수사는 아닌지 의심하고 있었다. 왜냐면 수많은 한인들이 그 사회학자 부부의 지고지순한 사랑을 증언했기 때문이었다. 거기에는 어느 솜털만 한 문제도 없었다고 표현한 사람도 있었다. 그들은 나이 차가 있었지만 서로를 존경하며 귀감이 되는 사랑을 실천 중이었다.

나는 좀 더 체중감량을 해야겠다며 회사 근처에 있는 헬스장을 끊었다. 점심시간을 이용해 잠깐 들러 운동할 수 있는 프로그램으로 전부터 회사 사람들에게 유행하고 있었다. 나는 점심을 아주 간단히 때우거나 아예 먹지 않고 헬스장에 들러 스피닝을 돌리고 러닝머신을 뛰었다. 더 이상 산책을 하지 않는 날들의 적당한 변명이 되었다. 그러면서 한 번은 리애 씨에게 물어봐야 하지 않을까, 그런 일이 있었어요? 라고 해야 하지 않을까, 거리낌에서 출발해 나중에는 혐오 같은 미운 감정으로 바뀔 수도 있는 의혹에 대해 확인하고 넘어가야 하지 않을까, 그것이 관계의 기본 아닌가 싶었지만 그렇게는 하지 못했다.

왜 그런지는 알 수 없었다. 정말 리애 씨가 살인자라고 여기는 걸까? 그런 의심이 들면 운동을 하다가도 나는 와다닥 웃음이 났는데, 그런 건 정말 말이 되지 않았기 때문이었다. 나는 내게 밀려드는 그 말도 안 되는 통속과 신파의 서사를 거부하듯 실제로 헛손짓을 해가며 아, 될 말을 해,라고 중얼거렸지만 어떨 때는 죽일 수도 있지, 뭐, 하는 생각도 들었다. 하지만 무수히 공회전하는 그 마음 상태에서도 리애 씨의 이 말에 대해서는 의식할 수밖에 없었다. 더 많이 사랑하는 자가 언제나 약자라는, 운동을 하다가 떠올리면 어쩐지 다리 힘이 빠지고 선득선득한 추위를 느끼게 되는 그 사랑의 무결함에 대한 말이었다.

4

거국적 행사의 이름에 대해서는 많은 의견이 오갔지만 이런저런 이유로 클라이언트에게 거절당하고 결국 '고궁에서—In The Old

Palace'라고 결정되었다. 중요한 라인업들이 잡히자 어느 선을 탔는지도 모르는 낙하산들이 우르르 떨어져서 섭외를 종결했다. 비록 갑을관계가 선명한 가운데 공연과 전시를 담당하는 기획자들이었지만 그래도 우리의 감식안이라는 것이 있는데, 그런 점에서는 절대 선택할 수가 없는 아티스트들이었다. 대체로 젊은 사원들이 선정에 불만을 갖고 입을 쑥 내밀었지만 사수가 너네는 정말 사회생활 할 줄 모르는 초랭이들이다, 하는 바람에 감정을 다스렸다.

"이거 넣으려면 이거 받아야 하는 거고, 현실과 이상을 적절히 조절하면서 부러뜨릴 생각 해야지. 어디서 순진을 떠니, 떨기를."

깊은 대화를 나누지는 않았지만 리애 씨에게도 골치 아픈 섭외 대상자들이 한둘이 아닌 듯했다. 그중 가장 난관은 영상 작업을 하는 돈수라는 작가였다. 작품을 상영할 스크린의 크기가 문제였다. 고궁 측에서 장소 허락을 하면서 걸었던 조건 중 하나는 어떠한 경우에도 고궁의 건물을 가리는 설치물이 있어서는 안 된다였는데 돈수는 그런 규정 따위는 납득하려 하지 않았다. 고궁의 담장을 훨씬 넘는, 웬만한 야구장 전광판만 한 사이즈를 고집했다. 그래도 들어줄 수밖에 없는 것이 초청 아티스트 중에서 가장 유명하고 국제적인 작가였다.

그 협상을 부러뜨리기 위해 부장과 이사까지 동원되었다. 그리고 어떻게 그런 각도를 찾아냈는지 몰라도, 고궁의 처마가 똑 끝나고 팔 벌린 나무들의 가지가 이어지기 직전 어떻게어떻게 45도 틀면 만인이 만족할 수 있는 대안이 나왔다. 하지만 그렇게 각도를 트는 데도 돈수는 예민해서 재차 설득을 해야 했다. 그리고 마침내 사무실을 방문한 돈수는 상영 중 작품의 가치를 떨어뜨리는 불의의 사고—화면이 일그러지거나 뒷배경에 뭔가가 비치는 등의—가 일어나면 배상한다는 각서를 받고 나서야 허락했다. 그는 외국에서 오랫동안 활동해서인지 아니면 국제적인 공증이 필요해서인지 서류를 영문으로 작성해달라고 했다. 그리고 딕션이 자기와 유사하고 매우 훌륭한 영어를 사용한다며 주로 리애 씨와 대화했는데, 뉴욕에 관한 이야기가 나오자 돈수는 살았던 지역을 물었고 리애 씨는 맨해튼이라고, 내가 알고 있는 것과 다른 지명을 댔다.

선생님은 곡은 완성했지만 제목은 붙이지 못하고 있다가 최종 단계에서야 '올라가려고 하면 내려가고, 내려가려고 하면 올라간다'라고 정했다. 곡 제목이 이전 것과 유사하다고 생각했지만 대놓고 물어볼 수는 없어서 "이거 초연이라고 팸플릿에 적을까요?" 했는데, 선생님은 무덤덤하게 그러라고 했다. 스타카토가 붙은 길고 짧은 아르페지오로 주로 구성된 그 곡은 좀 앙상한 느낌이 있긴 했지만 데모상으로도 훌륭했다. 그런데 선생님은 곡의 소개말은 쓰지 않겠다고 고집을 부렸다. 그냥 불러주기만 하면 받아 적겠다고 해도 선생님은 음, 하면서 뜸을 들이다가 나에게 일임했다. 행사 날 연주는커녕 참석하게 하는 데도 지난한 설득이 필요했던 터라 더는 강요할 수가 없었다.

어느 날 가보니 선생님은 짐 정리를 하고 있었다. 관리소장이 올라와서 선생님이 내놓은 운동기구를 고맙다며 가져갔고 이제는 몇 개의 소품만 식탁에 남아 있었다. 선생님은 마치 눈싸움을 하듯 그것들을 집중해 보고 있다가 카드와 편지 몇 장을 집어 천천히 찢었다. 유치한 서클 무늬가 그려진 스카프는 이따가 내려갈 때 옷 수거함에 넣어줘, 하면서 내게 건넸고 이제 남은 건 바싹 말린 꽃잎을 넣고 향수를 채워 넣은 유리병이었다.

선생님은 팔짱을 끼고 그 유리병을 내려다보고 있다가 엄지와 검지로 달랑 들어 쓰레기봉투에 넣었다. 나는 선생님이 워낙 살림에 젬병이라 쓰레기봉투에는 가연성만 넣어야 한다는 것조차 모르는가 싶어서 선생님, 이건 안 돼요, 하고 말렸다. 그러자 선생님은 도리어 그럼 어쩌니? 하고 내게 되물었다. 그런 선생님 얼굴에는 아직 다 정리되지 않은 복잡하고도 선명한 고통이 얼룩져 있어서 나는 차마 속을 알뜰히 비워 재활용으로 내놓으라고는 하지 못했다. 슈퍼로 가서 어떻게 하면 좋을지 묻자 주인은 별도의 특수폐기물용 봉투를 내밀었다.

"얼마예요?"

"5100원 되겠습니다."

"아니, 왜 이렇게 비싸요?"

"50리터라서 그렇죠."

"그렇게는 필요가 없는데, 그냥 요만한 병 하나 버릴 거라서요."

나는 두 손으로 뭔가를 움켜잡듯이 해서 크기를 표시했다. 주인은 보더니 그래도 할 수가 없어요,라고 했다.

"대형밖에 안 나와."

나는 하는 수 없이 잘하면 쪼그려 앉은 사람 하나라도 충분히 버릴 수 있을 듯한 그 봉투를 사왔다. 선생님은 비닐봉지 안에 병을 떨구듯 넣더니 입구 부분을 느슨하게 묶었다. 거기에는 아직 충분한 양의 폐기물이 차지 않아서 버려진 것이 무엇인지 아주 오롯하게 보였다. 그날도 용건은 해결하지 못하고 쓰레기만 가지고 아파트를 나가려는데 선생님이 잠깐만, 하더니 뭔가를 더 가져왔다. 무더운 여름을 살아내지 못하고 선생님의 방관 속에 죽어버린, 아마도 내가 사다주었을 데이지 화분이었다.

선생님 곡에 대한 설명을 쓰기 위해서는 하는 수 없이, 그 곡을 썼던 선생님의 여름날들을 떠올려볼 수밖에 없었다. 타인의 마음을 헤아리기 위해서 최대한 가까이 가볼 수밖에 없는 과정이었고 아무래도 좀 더 어두운 편에 서보는 것이었다. 그 와사비 인간의 춤사위에 대해서도 다시 생각해볼 수밖에 없었다. 또다시 유튜브를 틀어서 밤마다 시청했는데, 너무 반복해서 눈에 무리가 간 것인지 아주 잠깐 눈물이 나기도 했다. 그는 리허설 영상에서 한국의 어깨춤 동작을 선보이고 있었다. 어깨가 올라가고 내려오고 올라가고 내려가는 동작을 전혀 유연하지 않게, 어색하게 느껴질 정도로 천천히 반복하면서, 한편이 올라가려고 하면 반대편이 내려가고, 또 내려가려고 하면 다시 올라간다고 설명하고 있었다. 그 이상하게 허탈하고 비애가 번지는 표정, 그러면서도 이것을 춤의 신명이라 설명하는 상황이 서글프게 느껴졌다. 세상의 어떤 환희는 그렇게 자유자재가 아니라 불가피한 강제 속에 발생한다는 것이.

나는 그것을 보고 나서 어떻게든 문장을 만들어보려다가 서양음악 작곡가 진은파가 만들어내는 동서양 음악의 조화, 한국적 선율의 재발견, 사랑과 평화의 메시지 같은 말로 대체해버렸다. 선생님의 그 여름에 대해서는 누구도 끼어들 수 없을 것 같았다. 스스로 어쩔 수 없는, 감정과 상태의 불수의근에 몰두해 있는 선생님의 연인조차도.

소개글을 완성해 선생님에게 컨펌을 요청했지만 선생님은 내가 보낸 이메일을 읽지도 않는 것으로 예의 그 거부 의사에 다시 언더라인을 그었다.

마침내 디데이가 되자 우리는 고궁 안을 종일 정신없이 뛰어다녔다. 특히 우리가 VIP라고 부르는 초대 인사나 클라이언트들이 왔을 때는 고궁의 경계석들을 허들처럼 넘어가며 일사분란하게 움직였다. 전시는 한 달 동안 이루어지는 상설이었고 디데이 행사는 공연이었지만 그래도 중간에 조명을 모두 암흑으로 만든 뒤 띄우는 돈수의 〈기괴의 탄생〉이 클라이맥스였다. 그걸 스크린에 띄우는 건 뭐 그리 어렵고 복잡한 과정도 아니었지만 각서까지 쓴 터라 직원들 모두 긴장했다. 어디서 수가 틀려 트집을 잡을지 몰랐다. 보름이라 더 둥실 떠오를 달마저 문제 삼을지 모른다고, 부장은 전시 쪽 팀장에게 기상청에 전화를 걸어 오늘 달이 어느 방향에서 뜨는지 확인해보라고 했다.

내게는 그 일 이외에도 긴장해 있는 대목이 있었는데, 선생님이 온다는 사실이었다. 나는 전처럼 선생님에게 편하게 연락하지는 못하고 있었다. 그날 선생님이 유리병과 함께 내 화분까지 치워버린 것이 어느 날은 청소를 하는 사람의 당연한 행동처럼 여겨지기도 하고 어느 날은 내게 보여주는 어떤 메시지처럼 느껴지기도 했다. 선생님이 리애 씨와 만나게 된다는 점도 신경 쓰였다. 물론 선생님은 리애 씨에 대해 모르고 리애 씨도, 내가 전한 것 이외에는 선생님에 대해 모르며 결과적으로 모두를 알고 있다고 생각한 나도 양쪽에게 무슨 일이 있었는지 지금은 아주 모르게 되었다고 결론 내렸지만 모종의 관련자들이 맞닥뜨리는 듯한 긴장이 있었다.

돈수의 작품은 선생님 곡이 끝난 직후 발표되기로 예정되어 있었다. 그리고 각자의 이유로 회사 사람들이 긴장하고 있을 때 마침내 작품이 상영되었다. 그날부터 우천 시만 제외하고 고궁에서 무한반복될 그 영상은 자신의 엄지손가락을 열심히 빨고 있는 어느 우랑아의 모습이었다. 솜털 하나도 다 잡아낼 듯한 고화질의 영상이 거대한 스크린에 떠올랐고 무아지경의 자족감을 느끼며 엄지를 탐하고 있는 아기의 열띤 반복이 펼쳐졌다. 그 쌕쌕하는 숨소리와 손가락들을 축축히 적시며 흘러내리는 투명하고 농도 짙은 침과, 머리카락이 땀으로 범벅이 된 상황에서도 도무지 놓지 않는 엄지를 카메라가 담고 있었다. 그 갈구와 애착과 버둥거리는 팔 동작을.

아직 행사가 끝나지 않았는데도 선생님은 자리에서 일어났다. 나는 선생님에게 인사를 해야겠다, 인사를, 그러니까 다정한 배웅을 해야겠다 하면서도 인파가 많아 눈으로만 우선 따랐는데, 리애 씨가 선생님에게 인사하는 장면이 보였다. 선생님은 고개를 약간 숙이면서 몇 마디 말을 했다. 리애 씨가 밤하늘을 가리키는 것으로 보아 보름달 얘기를 한 듯했다. 그러니까 그 영상의 정확히 반대편에 떠 있는 그 환하고 거대하며 완전한 원형인 것을. 둘은 어깨를 가까이 하며 고궁의 돌담길을 걷기 시작했다. 나는 아직 행사가 진행 중인데 리애 씨가 어디까지 함께 가는 건가, 저러면 또 사수들한테 한소리 듣지 않겠나 하면서도, 벌써 중간문을 넘어가는 그들을 따라가지는 못했다. ■

* 진은파의 자작곡 제목인 '올라가려고 하면 내려가고, 내려가려고 하면 올라간다'는 국립현대무용단의 2017년 공연 〈댄서 하우스〉에서 착안했다. 어깨춤 동작도 공연 장면에서 왔으나 그 의미와 해석 등은 관련이 없다.

제13회
김유정문학상
수상 후보작

김사과

예술가와 그의 보헤미안 친구

김사과

2005년 창비신인소설상으로 등단했다. 소설집 《02》 《더 나쁜 쪽으로》, 장편소설 《미나》 《풀이 눕는다》 《나b책》 《테러의 시》 《천국에서》 《N.E.W.》, 산문집 《설탕의 맛》 《0 이하의 날들》 등이 있다.

1

이수영은 한비를 A대학교에서 만났다. 서울에 있는 유명 사립대학교, 인터넷을 떠도는 대학 서열에 따르면 스카이 아래아래아래 어딘가 위치하는 그 학교는 이수영이 태어나기 직전 모 대기업이 사들여 가차 없는 화이트칼라 양성소로 탈바꿈시킨 뒤 세련된 이미지를 소유하고 있었다. 그 대가로 학비가 놀랍도록 비쌌고, 아이비리그 대학들을 모델로 하여 좁은 캠퍼스 여기저기 비집고 들어선 신식 건물들이 풍기는 분위기는 급조된 신도시처럼 황량했다. 논술고사를 치르기 위해 모교 캠퍼스로 들어서던 순간을 이수영은 선명하게 기억하고 있다. 한마디로 끔찍했다. 만원 버스에서 내려 회색 먼지 속 검은 외투를 입은 사람들로 가득한 횡단보도를 가로질러 캠퍼스 입구에 도착한 순간, 눈 딱 감고 도망치고 싶은 심정이었다. 하지만 어디로? 케임브리지? 프린스턴? 하버드? 그녀는 아주 잠깐 동안 서울대에 갈 정도로 충분히 공부하지 않은 스스로를 원망했다. 이어 좀 더 일찍 유학길을 알아보지 못한 것을, 차라리 지방국립대에 지원할 것을 그랬나 싶기도 했고 하지만 무엇보다도 결점 없는 유전자와 교양 있는 가정환경 그리고 완벽한 사교육을 통해서 자신을 아이비리그에 보내지 못한 부모님의 한계, 즉 물질적 자본과 문화적 자본 양쪽의 명백한 부족, 그리고 그 부족함을 아버지의 엄청난 야심이라든지 광기에 가까운 모성애 등으로 메꾸려는 노력조차 하지 않은 그들이 너무나도, 뼈아프게 원망스러웠다. 그녀가 그렇게 분노에 가득 차 교문 너머 얼기설기 들어선 대학 건물들을 노려보는 사이에도, 그녀와 비슷하게 두툼한 겨울 외투를 걸친 수험생들이 꾸역꾸역 학교로 밀려들고 있었다. 그들은 그녀와 달리 아무런 분노를 느끼지 않는 듯했다. 오히려 더없이 진지하고 차분하게 가라앉은 표정들이 성스럽게 느껴질 정도였다. 하여 그녀는 퍼뜩 정신을 차렸으며, 짧게 지속된 착란의 순간에서 얼른 빠져나와 수험생들의 무리에 끼어들었다. 하지만 직전의 짧지만 날카로운 혼란의 순간은 그녀의 기억에 영원히 각인되었으며, 예상치 못한 순간들에 튀어나와 그녀를 당황케 했다.

이수영은 원하던 과에 무난하게 합격했다. 그녀의 부모는 엄청난 학비가 걱정되기는 했지만 일단은 기뻐했다. 1년, 길어야 2년 가량 무리하여 지원하면 그 뒤에는 대출을 받든지 아르바이트를 하든지 알아서 해나갈 것이라는 계산이었다. 물론 좀 더 무리하여 4년 전체를 지원할 생각도 없지는 않았다. 졸업과 동시에 번듯한 직장에 취직이 가능하다면, 그것이 성공적인 결혼으로까지 이어진다면 그렇게까지 무모한 투자는 아니라는 계산이었다.

문제는 그녀가 합격한 과가 국문학과라는 것이다. 문제의 국문학과는 2년 전 예산상의 문제로 문예창작과와 통합되었으며, 다시 멀지 않은 미래에 지금의 절반 크기로 축소될 예정이었다. 학교 당국은 내심 국문학과 자체를 없애버리고 싶었다. 일본어학과, 베트남어학과 등과 통합하여 범아시아어 학과로 만들면 좋을 것이다. 하지만 학교 측의 소망을 알아챈, 현 대통령과 깊은 친분이 있다고 알려진 원로 소장파 국문학과 교수가 들고일어나 민족의 얼을 파괴시키려는 학교 당국의 사악한 의도를 용납할 수 없다고 저항하며 여기저기 강연회와 신문 기고 등에서 학교 설립자의 친일 행적을 문제 삼기 시작하여 그 계획은 아쉽지만 중단되어 있었다. 다행인 것은 대통령은 언젠가 바뀌는데다가 문제의 원로 국문학과 교수 또한 나이가 아주 많다는 것이었다. 서두를 것이 없다. 시간은 학교의 편이었다.

현명한 고3 학부모들은 이렇게 안팎으로 어수선한 A대학 국문학과의 상황을 꿰뚫고 있었고, 하여 해당 학과의 수험생 지원율은 눈에 띌 정도로 낮아져 있었다. 그 결과 이수영이 입학할 당시 같은 과에 합격한 학생들은 다른 해보다도 확연하게 눈에 띌 정도로 모호하고 비실용적인 분위기를 풍기고 있었으며 그 분위기의 정점에 한비가 있었다.

한비는 너무나도 엉뚱한 분위기를 풍기고 있어서 여타 비현실적인 국문학과 동기들조차 그녀를 기피할 정도였다. 그녀의 단순한 한글 이름은 우리말을 몹시 사랑하는 그녀의 친할아버지의 작품이었다. 한비의 아버지는 결혼 직후 아내와 함께 캐나다로 유학을 떠났고, 한비는 몬트리올에서 태어났다. 여섯 살 때 한국으로 돌아와 현지에 대한 기억은 거의 없지만 그녀의 국적은 캐나다이다. 한국으로 돌아온 뒤에도 아버지의 직업 문제로 한동안 이리저리 옮겨다니며 살아야 했다. 부산, 울산, 광주 그리고 제주도와 대구를 거쳐 부모님의 고향인 서울 강남으로 돌아온 그녀는 중학생이 되어 있었다. 그녀가 입학한 중학교는 광기 어린 입시 열기로 유명했고, 여름방학이 끝나기 직전 그녀는 자퇴를 하겠다고 고집을 피우기 시작했다. 결국 대안중학교로 전학 가는 것으로 타협을 한 뒤 그 학교와 가까운 분당으로 이사를 가게 되었다. 이후 대안고등학교, 재수 생활 1년을 거쳐 그녀는 A대학교 국문학과에 입학하게 되었다.

국문학과 40명 남짓한 신입생 가운데 실제로 한국문학에 관심을 갖고 있는 것은 한비가 유일했다. 나머지에게 국문학이란 고교 수업과 수능 대비를 위해서 지겹도록 읽고 또 읽어야 했던 엄청나게 지루한 문장들이라는 느낌 그 이상도 이하도 아니었다. 독서에 조금이라도 관심이 있는 학생은 외국문학에 훨씬 익숙했다. 하여 그 지루한 것들을 앞으로도 4년간 읽고 또 읽어야 한다고 생각하면 엄청 우울해지지만 사실 인생이 그런 것이 아니겠는가? 신입생의 대부분이 공무원을 미래의 직업으로 점찍어놓은 채로, 하지만 그를 위한 실제적 대비는 시작하지 않은 채, 막연하고 모호한 신입생의 시기를 지나고 있었다.

대학 생활이란 게 당최 별것이 있는가? 물론 그것이 미국이나 영국의 환상적인 캠퍼스에 펼쳐진 뭔가라면 얘기가 달라질 수도 있겠지. 하지만 여기는 대한민국 수도 서울의 어정쩡한 도심권, 강남까지 안 막히면 택시 타고 15분이라는 것은 꽤 유리한 조건이기는 했다. 그러나 그것은 서울 밖에서 온 학생들을 위한 장점에 불과했다. 이미 중학교, 고등학교 시절 줄기차게 헤매고 다녔던 가로수길, 홍대 앞, 끽해야 이태원 일대, 몇몇 쇼핑몰과 백화점, 블로그 맛집, 티비에 나온 맛집, SNS 맛집…… 서울 출신의 학생들에게 서울 탐방은 권태로운 놀이에 불과했다. 자신들에게는 지겹기 짝이 없는 것들을 향해 눈을 반짝대는 이방인들에게는 호기심보다 불쾌감이 앞섰다. 그 불쾌감의 원인은 무엇인가? 왜 풋풋한 이방인을 향해 호기심 대신 불쾌감을 느끼는가? 그 감정의 근원은 무엇일까? 물론 그런 질문은 당연히 떠오르지 않았다. 그들은 서로를 너무나도 잘 아는 자신과 구분되지 않는 아이들과 조심스럽게 몰려다니거나 혹은 차라리 혼자 있는 것을 택했다.

이수영은 그녀답게 조용히 혼자 있는 것을 택했다. 혼자서 조용히 하지만 들뜬 신입생의 심정으로 인터넷을 헤매 다니기 시작했다. 쇼핑몰들, 게시판과 카페, 페이스북, 또 다른 쇼핑몰, 옛날 티비쇼들, 다시 쇼핑몰과 게시판…… 물론 그런 식의 인터넷 산책은 서울 도시 산책과 본질적으로 다르지 않았다. 하지만 훨씬 더 쉽고, 싸고, 자극적이라는 장점이 있었다. 아침 해가 떠오를 때까지, 핸드폰 배터리가 닳아빠질 때까지 그녀는 좁은 침대에 누워 그녀만의 순례를 이어갔다. 다름없는 하루하루, 겨우 몇 시간 잠들었다가 억지로 깨어나 향하는 학교는 전혀 정이 들지가 않았다. 칙칙한 빛깔의 건물을 가득 채운 학생들, 절대로 눈도 마주치고 싶지 않은 남자 선배들과 왠지 모르게 항상 화가 나 보이는 여자 선배들, 그리고 완벽하게 자신만의 세계에 쏙 들어가 있는 듯한 동급생들, 이따금 마주치는 경영대학이나 의대, 법대생들은 영 다른 종족같이 느껴졌다.

'뭐 이따위 대학 생활이 다 있담!'

어느 날 저녁, 런던에서 대학 생활을 하고 있는 중학교 동창의 페이스북을 훔쳐보던 이수영은 그런 생각에 도달했고, 분에 못 이겨 핸드폰을 집어던졌다. 다행히 핸드폰은 침대 매트리스 위로 떨어졌다. 그녀는 한참 핸드폰을 노려보다가 다시 침대에 누웠다. 그리고 뒤척이다가 방문 너머로 흘러들어오는 거실의 KBS 뉴스 소리가 너무나도 소름이 끼쳐 이불을 뒤집어쓰고 귀를 막았다.

'빌어먹을 운명! 저-주! 저-주!'

그녀는 흐느껴 울다 지쳐 일찍 잠이 들었다.

다음날 아침 9시, 아슬아슬하게 시간에 맞춰 강의실에 도착했을 때 이수영은 혼자였다. 뒷쪽 창가 자리에 엉거주춤 앉으려다가 칠판에 쓰여 있는 글자들을 발견했다. '금일 휴강. 보강수업 일시는 주말 중 단톡방에 통보 예정.' 그녀는 핸드폰을 들여다보았다. 어젯밤 11시 조교로부터 카톡 알림이 도착해 있었다. 핸드폰을 분실해서 뒤늦게 휴강 공지를 하게 되었다며 죄송하다고 적혀 있었다. 허무한 심정으로 자리에서 일어나려는데 누군가 강의실로 들어왔다. 한비였다. 그녀는 이수영과 눈이 마주쳤고, 수영의 허무한 표정에서 휴강이라는 것을 직감했다. 한비는 큰 소리로 웃음을 터뜨렸다.

"하! 하! 하!"

이어 강의실을 빠져나가던 그녀는 갑자기 멈추더니 뒤돌아 이수영을 향해 걸어왔다. 그녀의 얼굴에는 장난기 어린 미소가 가득했다. 이수영은 두려운 눈길로 그녀를 바라보았다.

*

우연히도 이수영과 한비 둘 다 그 강의 외에는 그날 수업이 없었다. 하여 자연스럽게 택시를 집어타고 가로수길로 향했다. 평일 아침의 가로수길은 한산했다. 주말이면 기본 한 시간 줄을 서서 기다려야 한다는, 절대 예약을 받지 않는 인기 만점의 브런치 가게 또한 텅텅 비어 있었다. 둘은 두 시간 넘게 식당에 머물며 조용한 평일 아침 도심의 사치를 누렸다.

두 사람은 신입생 오리엔테이션에서 서로를 보았고, 강의실에서 종종 마주쳤으며, 당연하게도 서로의 이름을 알고 있었으나 한 번도 인사를 하거나 말을 해본 적이 없었다. 이수영은 동급생들이 한비에 대해서 이상하게 생각하고 기피한다는 것을 알고 있었다. 그녀 본인으로 말하자면 한비에 대해 아무런 입장이 없었다. 굳이 다가가지도 않고, 또 피하지도 않았다. 왜냐하면…… 솔직히 대부분의 학생들이 비슷한 입장이지 않을까? 피할 이유도 없지만 굳이 친해지고 싶지는 않다. 왜냐하면…….

동기들이 그녀에 대해서 느끼는 묘한 위화감을 한비도 알고 있을까? 안다면 그에 대해 뭐라고 생각할까? 한비는 동기 누구와도 친하지 않았지만 놀랍게도 혼자가 아니었다. 항상 누군가와 함께였다. 그들은 대부분 다른 학과의 나이가 많은 남자 선배들이었다. 혼자 있을 때도 그녀는 항상 바빠 보였다. 누군가와 긴 전화통화를 하고 있거나 아니면 책을 읽고 있었다. 수업이 끝나면 홀연히 사라졌다. 나와 완전히 다른 세상을 살아가는 여자애. 하지만 전혀 부럽거나 궁금하지는 않다. 그것이 한비에 대한 이수영의 입장이었다. 그렇다면 이수영에 대한 한비의 인상은 무엇인가?

둘은 브런치 카페를 나와 근처의 한 커피숍으로 자리를 옮겼다. 그곳은 가로수길 중심부에서 멀지는 않았지만 좁은 골목을 여러 차례 비집고 들어가야 나타나는 곳으로, 간판도 없고, 네이버맵이나 구글 검색에도 뜨지 않았다. 건물 외양은 허름해 보였으나 들어가니 생각보다 크고, 이국적인 느낌으로 고급스럽게 꾸며져 있었다. 한비는 그 카페 주인과 잘 아는 듯했다. 카페 주인은 냉정해 보였지만, 한비가 이수영을 같은 과 친구라고 소개하자 몹시 따뜻한 미소를 지으며 반겨주었다. 그녀는 이수영에게 좋아하는 커피라든지 위스키, 와인에 대해 꼬치꼬치 캐물은 다음 (이수영은 커피, 위스키, 와인 아무것도 즐기지 않았으므로 난감했다) 파나마의 게이샤 커피를 추천했다. 한비는 익숙하고 자연스러운 말투로 이디오피아의 예가체프 마타하리를 시켰다.

한참이나 정성스럽게 내린 핸드드립 커피는 맛이 아주 좋았다. 약간 차(글랜번에서 봄에 첫 수확한 다즐링) 같기도 하고 꽃(오렌지 재스민) 냄새가 나기도 하고 다크초콜릿과 건포도, 아몬드 맛이 동시에 나는 듯도 하다고 한비는 주장했다. 영 무슨 말인지 모르겠지만 이수영은 대충 동의했는데, 속으로는 스타벅스의 캐러멜 마키아토가 좀 더 자신의 취향이라고 생각했다.

카페인에 취해 둘은 많은 이야기를 나누었다. 이수영은 한비가 학교에서 어울려 다니는 사람들이 같은 대안학교 출신 선배들이라는 것을 알게 되었다. 한비는 이수영이 초등학교 시절 글쓰기를 좋아했다는 것을 알게 되었다. 이외에도 둘은 서로의 좋아하는 것들, 싫어하는 것들, 재미있는 것들, 화가 나는 것들 등등에 대해서 이야기했다. 이수영은 한비의 별명이 어른들 사이에서는 바람의 딸 한비야, 또래들 사이에서는 레이니즘이었다는 것, 빌어먹을 이름 때문에 너무 많은 놀림을 받아서 개명할 생각도 여러 번 했다는 것을 알게 되었다. 한비는 이수영이 고등학교 시절 같은 반에 수영이란 이름을 가진 학생이 네 명이나 있어서 그들과 분류해서 부르느라, 수영2, 혹은 작은중간 수영으로 불렸다는 것을 알게 되었다(나머지는 작은 수영, 큰 중간 수영, 큰 수영 혹은 거인 수영으로 불리었다). 두 사람은 여러 가지로 달랐다. 사실상 겹치는 점이 아무것도 없는 듯했다. 놀랍게도 그 사실이 두 사람을 흥분하게 했다. 엄밀히 말해서, 둘은 아주 다른 곳에서 왔지만, 한편 모두가 서로의 복제품 같은 좁디좁은 환경 속에 들어 있다는 점에서 비슷했다. 이수영의 주위에는 그녀의 부모를 포함하여 자신처럼 적당한 불만족 속에서, 적당한 망상과 적당한 현실 사이에서 적당히 타협한 채 살아가는 인간들로 가득했다. 한편 한비의 주위에는 그녀의 부모를 포함하여 그녀처럼 어딘가 황당한 꿈을 품고 둥둥 떠서 살아가는 비현실적 인간들로 가득했다. 이수영은 한비의 과격함에 감명받았다. 한비는 이수영의 현실성이 놀라웠다. 아주 가까운 곳에서 미지의 세계를 발견한 둘은 감격했다.

한껏 달아오른 두 사람의 분위기를 감지한 카페 주인이 두어 번 더 커피를 리필해주었고, 유기농 쿠키도 한 접시 대령해왔다. 마침내 착란과 구분되지 않는 흥분감 속에서 카페를 뛰쳐나온 둘은 좁은 골목길을 이리저리 빙글빙글 지그재그로 걷다가 압구정 현대백화점에 도달했다. 두 사람은 지하의 분식코너에서 떡볶이와 튀김만두, 쫄면 등을 허겁지겁 나누어 먹은 다음 꼭대기층 팥빙수집으로 향했다. 빙수를 사이에 두고 둘은 다시 이야기꽃을 피웠다. 아니, 대체로 한비가 이야기하고 이수영은 들었다. 한비가 들떠 늘어놓는 이야기들, 음악, 미술, 문학, 철학과 패션, 예술과 인생 그리고 영화의 세계는 눈부시게 반짝거리는 빛으로 가득했다. 반짝이는 무지개 꽃가루가 끝없이 쏟아지고, 영롱한 오로라가 사방으로 퍼져나가는 그런 세계 속에 이수영은 갑자기 들어 있는 느낌이었다. 그녀는 완전히 사로잡혔다. 하지만 절정에 이른 이야기를 한비는 무자비하게 중단하며, 앗 약속이 있는 것을 깜

빽했네, 역시 절정에 이른 이수영을 다 녹아버린 빙수와 함께 버려둔 채 떠나버렸다. 버림받은 이수영은 그러나 여전히 알 수 없는 구름에 둥둥 뜬 심정으로 백화점을 빠져나와 무채색의 압구정 거리를 헤매 다녔다. 그러다 나타난 스타벅스에 들어가 캐러멜 마키아토를 주문했다. 아아, 너무 많은 카페인이 그녀의 혈관을 채우고 있었다. 그녀는 한 손에 커피를 든 채, 어둑어둑해지는 하늘과 그 하늘을 까맣게 채운 미세먼지 아래를 걷고 또 걸었다. 마침내 그녀가 정류장에 도착하여 버스를 기다리고 있을 때 갑자기 천둥번개가 치고 세찬 비가 내리기 시작했다. 사람들이 몸을 숙이고 서둘러 뛰었다. 때마침 기다리던 버스가 도착했고, 이수영은 버스에 올라탔다. 버스 밖은 순식간에 흥건히 젖은 물의 세계가 되었다. 쏟아지는 빗속을 버스는 잠수함처럼 전진했다. 창밖을 바라보는 이수영은 반쯤 넋을 잃은 채였다. 너무나도 비현실적인 기분이었다. 도대체 오늘 한비와의 만남의 의미는 무엇인가.

우주가 나에게 보내는 메시지인가? 그렇다면 그 메시지의 내용은 무엇인가?

*

그날은 진정 이수영에게 계시의 날이 되었다. 집으로 돌아왔을 때, 어머니는 거실 티비 앞에 누워 졸고 있었는데, 티비에서는 하필이면 시인 윤동주의 삶에 대한 다큐멘터리가 방송되고 있었다. 그녀는 깨달았다. 저것이 바로 계시다. 저것이 바로 계시의 메시지다. 윤동주! 한비! 국문학과! 그렇다, 내가 국문학과에 입학하게 된 이유가 있다!

그렇게 그녀는 시인이 되기로 결심했다.

잠 못 이룬 그 밤, 그녀는 과제를 위해서 학교 도서관에서 빌려온 《한국 대표 현대시 100선》을 단숨에 읽었다. 그리고 다음날 아침 학교에 도착한 즉시 도서관으로 향하여 집히는 대로 열 권의 시집을 꺼내들었다. 그렇게 시작된 독서는 지역과 시대를 가리지 않고 뻗어나갔다. 온갖 난해하다는 시들이 우습도록 쉽게 이해가 되었다. 그렇게 이해한 것을 그녀는 다시 시로 옮겨 적었다. 그렇게 쓴 시 가운데 몇 개를 선별하여 학기 초 별생각 없이 신청했던 시창작 수업의 강사인 현직 시인 T에게 가져갔다. 그는 평범한 신입생처럼 보이던 이수영의 감춰진 재능에 깜짝 놀랐다. 그녀는 하루아침에 국문학과 최고의 천재로 떠올랐다. 학과장인 원로 교수가 그녀를 만나기 위해 과방으로 친히 행차할 정도였다. 그녀는 T강사의 수업 시간마다 모호하고 도사 같은 말들을 늘어놓기 시작했는데, 그럴 때마다 T시인은 사랑스러운 눈길로 그녀를 바라보았다. 그녀는 T시인과 그의 예술가 친구들과 어울리기 시작했다. 하지만 그녀가 가장 고대하고 또 함께 많은 시간을 보내는 것은 한비였다. 그녀는 한비의 소개로 한비의 대안학교 선배들과도 어울리기 시작했다. 그들은 그녀가 시인 지망생이며, 그녀의 천재성을 이미 T시인이 인정한 상태라는 한비의 설명에 큰 감명을 받았다. T시인은 삼십대 중반의 시인으로, 유명세가 크지는 않았지만 한국문학에 관심이 많은 소수의 젊은이들 사이에서는 꽤 인기가 있었다. 한비의 대안학교 선배들 가운데에서도 그의 열렬한 팬이 하나 있었는데 그는 즉각 이수영에게 큰 관심을 갖기 시작했다. 심지어 둘은 데이트 비슷한 것을 하기도 했으나, 이수영이 그에게 아무 관심이 없다는 것을 깨닫고 흐지부지되었다.

이수영의 관심은, 그녀의 유일한 관심은 한비였다. 그녀의 모든 시는 사실상 한비를 향한 것이었다. 그녀는 한비를 사랑하게 된 것인가? 아니면 집착인가, 질투인가, 그저 오해인가? 이수영의 열렬한 애정에 대해 한비는 언제나 거리감을 유지했다. 그녀는 이수영을 피하는가, 혹은 불편해하는가? 아무리 봐도 그런 것은 아니었다. 그녀 또한 이수영을 좋아했다. 그녀는 이수영이 귀엽고, 똑똑하며, 또 재능이 있는, 착하고, 매력 있고, 멋지고 또 멋진…… 문제는 수영에 대한 한비의 생각이 오래가지 못한다는 것이었다. 그녀는 산만했다. 그것이 그녀의 고질적인 문제, 동시에 이수영을 들끓게 만드는 매력이었다. 그녀는 항상 이리저리 기분 좋게, 사람들 속을 흔들려 다녔다. 다시 말해 인기가 많았다. 즉, 그녀의 주위에는 온갖 종류의 사람들이 있었다. 대안학교 친구가 있었고, 분당 동네 친구가 있었다. 서울 친구가, 제주도 친구가, 또 대구 친구가 있었다. 또 (자주 바뀌는) 남자친구가, (역시 자주 바뀌는) 짝사랑 상대가, 그리고 그녀를 오랫동안 짝사랑해온 남자 사람 친구들이 있었다. 하지만 무엇보다 그녀의 가족이 있었다. 명상과 요가를 사랑하는 그녀의 어머니, 출장에서 돌아오는 길에 언제나 엉뚱한 선물을 사오는 다정한 아버지가 있었다. 그녀를 아끼는 할아버지, 그는 이따금 장문의 손편지를 사랑하는 손자손녀들에게 써 보냈다, 교양 있는 이모들과 숙모들 그리고 귀엽고 정신없는 사촌들이 있었다. 그들은 죄다 한비를 좋아했다. 그들은 모두가 한비의 편 혹은 팬이었다. 겹겹의 인간들 속에 한비는 들어 있었다. 열 겹의 지퍼백에 쌓인 양파처럼, 그녀는 쏙 들어가 있었다. 도대체 어떻게 이렇게 신기하고 완벽한 환경 속에 한 인간이 들어 있을 수 있단 말인가! 이수영은 한비가 겹겹이, 근사한 향이 나는 무지갯빛 포장재에 돌돌 쌓인 채, 가득한 인간들 사이로 여유로이 헤엄쳐다니는 장면을 홀린 듯이 바라보았다.

이수영의 야심은 천재 시인이 되는 것이 아니었다. 그녀의 진짜 야심은, 한비를 둘러싼 인간 지퍼백들 가운데 최고가 되는 것이었다. 다시 말해 한비의 가장 친한 친구가 되고 싶었다. 아니 이미 그런 것이 아닐까? 한비도 이미 그렇게 생각하고 있는 것이 아닐까? 그렇지 않다면 왜 한비가 내년 여름에 몬트리올 친구를 만나러 갈 때 같이 가자고 했겠는가? 한비의 몬트리올 친구는 짐작건대 한비가 (이수영을 빼고) 가장 좋아하는 친구였다. 한비가 나를 최고의 친구라고 생각하지 않았다면 과연 그런 의미심장한 제안을 했을까?

이수영은 열심히 시를 쓰는 한편, 한비와의 몬트리올 여행을 고대하며 여러 가지 준비를 시작했다. 영어 공부, 불어 공부, 그리고 여행 자금을 모으기 위한 아르바이트도 시작했다. 하루 24시간이 진정으로 모자란 나날들이었다. 한비를 자주 만날 수도 없었다. 하지만 그럴수록 그녀는 몬트리올 여행에 많은 것을 걸기 시작했다. 마침내 여행 당일 이수영이 인천공항에 도착했을 때, 한비는 이미 항공사 부스에서 수속을 시작하고 있었다. 그녀는 혼자가 아니었다. 사촌 남동생 한마음과 함께였다.

이후 이어진 3주 가량의 몬트리올 여행의 디테일을 이수영은 가족을 포함하여 아무에게도 발설하지 않았다. 문제의 3주간, 마일엔드(Mile End)라는 근사한 백인 동네에 꼼짝없이 갇힌 이수영은 한비와 그녀의 캐나다인 친구인 데비 그리고 한마음이 선보이는 각종 이기적인 행태의 유일한 관객이었다. 그 3주간 한비와 데비 그리고 한마음은 따로 또 같이, 마치 묘기를 부리듯이 이수영을 향해, 또 한편 서로를 향해 마치 전위적인 춤을 추듯이, 뭐랄까, 그것은 정말이지 묘사하는 것이 불가능할 정도로 짜증 나는 상황이었는데, 아마도 그래서 이수영은 그날들에 대해서 누구에게도 설명하는 것을 포기했는지도 모르겠다. 간단히 말하면 그 셋은 서로를 골탕 먹이는 데 중독된 일곱 살짜리 꼬마녀석들 같았다. 하지만 언제나 서로를 사랑하는 다정한 삼총사라는 어처구니없는 콘셉트를 유지하려고 했고, 그 콘셉트가 단지 콘셉트가 아니라 세상에서 유일한 진리라는 것을 이수영에게 설득시키기 위해서라면 무슨 짓이라도 할 것처럼 보였다. 그 괴상한 3인조의 장난이 절정에 달한 것은 그 세 악당들이 금요일 밤, 이수영이 주방에서 요리를 하는 사이, 아무 말도 없이 우버를 불러 공항으로 향한 것이었다. 식탁 위에 접시를 차리다 말고 문득 텅 빈 집에 홀로 남겨진 것을 깨달은 이수영은 한비에게 전화를 걸었다. 그녀는 뉴욕에 간다고 대답했다. 목소리에서는 아무런 망설임도, 미안함도 느껴지지 않았다.

—뉴욕? 미국 뉴욕 말이야? 나를 여기 혼자 몬트리올에 남겨놓고? 너네 셋이서? 언제부터 그런 계획이 생긴 건데? 왜 나에게 아무 말도 없이 그런 결정이 이루어진 거야? 도대체 왜?

—Because I thought, I thought, what if she hated New York……?

한참을 뜸을 들이던 한비가 영어로 대답했다.

—내가 언제 뉴욕 싫어한다고 그랬어?

—Nooo, I mean 너가 싫어하면 어쩌나. 너가 싫어하면 어떡하나 그랬다구.

3일 후 한비는 홀로 돌아왔다. 데비는 브루클린에 있는 남자친구의 집에 좀 더 머물기로 했고, 한마음은 또 다른 사촌을 보러 보스턴에 간다고 했다. 홀로 돌아온 한비는 이수영에게 데비와 한마음의 욕을 끝도 없이 늘어놓기 시작했다. 그리고 이수영에게 처음 만났던 날처럼 몹시 잘해주었다. 며칠 뒤 한마음이 돌아왔다. 실제로 한비와 한마음은 사이가 좋지 않아 보였다. 가는 날까지 한비는 이수영의 옆에 딱 붙어 있었다. 데비는 끝내 돌아오지 않았다.

인천공항에서 집으로 돌아오는 길 이수영은 한 통의 전화를 받았다. 그녀가 공모한 모 출판사의 신인시인상에 당선되었다는 소식이었다.

2

시간은 흘러, 졸업 시즌이 다가오고 있었다. 이수영은 2년 차 젊은 시인으로서 이따금 청탁을 받거나 여기저기 불려다니는 것을 제외하면 T시인 패거리와 술을 마시러 다니거나 혹은 이따금 한비를 만나는 것이 생활의 전부였다. 자연스럽게 그녀의 부모는 자식의 앞날을 걱정하기 시작했다. 처음 그녀가 시인으로 당선되었다는 소식을 들었을 때 그들은 약간 어리둥절하기는 했지만 나쁜 일이 생긴 것은 아니라고 간주했다. 이수영이 얼마 안 되는 상금을 털어 어머니와 아버지에게 실용적인 외투를, 그리고 늦둥이 여동생에게는 두 달치 영어 학원비를 선물로 주었을 때, 또 온 가족이 시내 모 호텔에 있는 중식당에서 지나치게 비현실적인 가격의 탕수육에 짜장면과 짬뽕 등을 배가 터지게 먹었을 때 자신들의 딸이 기대 이상의 효녀일지도 모른다는, 그녀가 본인들의 인생을 활짝 펴줄지도 모른다는 근거 없는 상상에 아주 잠깐 빠져들기도 했다. 하지만 꿈은 꿈일 뿐이다. 이후 시인이 된 딸은, 시도 때도 없이 빈둥거리는 생활로 당당하게 접어들었다. 그녀는 매일 같이 술에 취해 새벽 귀가 하였고, 하루도 빼지 않고 늦잠을 잤다. 어머니가 어느 날 조심스럽게 취업에 대한 계획을 물었을 때 이수영은 몹시 격앙된 반응을 보였다. 그 히스테리컬한 반응을 요약하자면 나처럼 위대한 사람에게 샐러리맨이라니 가당키나 한가.

이수영의 어머니는 깜짝 놀랐다. 내 딸의 어디에 이런 과대망상의 기질이 숨어 있었단 말인가. 그녀는 그날 밤늦게까지 고민한 끝에 딸이 자주 언급하는 같은 과 한비라는 여자애가 착하고 순진한 이수영에게 사악한 영향력을 발휘했다는 결론에 도달했다. 찰거머리같이 찰싹 달라붙은 그 여자애를 어떻게 떼어낸담! 그 요망한 년 때문에 내 딸은 정신이 나가버렸으며, 취직도 결혼도 물 건너가고 말았다고 그녀는 생각했다. 그 사악한 년이 내 딸을 망가뜨리고 있다. 하지만 어떻게 막는단 말인가! 그녀는 생애 최초로 우울증 증세를 보이기 시작했다.

한편 이수영은 한비가 요즘 대체 어떻게 살아가는지 전혀 감을 잡을 수가 없었다. 이따금 만나긴 했지만, 만날 때마다 놀랍도록 다른 사람 같았다. 어떤 날은 몬트리올에서처럼 사악해 보였고, 어떤 날은 수면제에 취한 사람처럼 어눌했다. 또 어떤 날은 예전처럼 반짝반짝한 한비였고, 또 어떤 날에는 수녀처럼 무정했다. 굳이 일관적인 특징을 꼽아보자면 여행이 잦다는 것이었다. 어떤 날은 부산에 있다고 하더니 다음날은 일본이었고 얼마 뒤에는 방콕에서 찍은 사진이 페이스북에 올라와 있었다. 중간고사가 한창인 어느 날 밤늦게 걸려온 전화에서 그녀는 강릉의 한 호텔에 있다고 했다.

—혼자?

이수영이 물었다.

—응, 혼자.

한비가 대답했다.

—내 방에서 커다란 호수가 내려다보여. 별이 반짝거려. 아주 예뻐. 아주 예뻐.

다행히도 이수영의 졸업 이후 삶은 상상했던 것보다 훨씬 덜 끔찍했다. 어쩌면 대학 시절보다 낫다고 할 수도 있었다. 그녀가 그런 생각을 하게 된 가장 큰 이유는 전적으로 한비와 전보다 자주 어울려 놀게 되었기 때문이다. 어느새 한비는 예전의 한비로 돌아가 있었고, 한동안 멀리하던 대안학교 선배들과도 다시 어울리기 시작했다. 그들을 만날 때 자주 이수영을 불렀다. 얘기를 들어보니, 대안학교 선배 B가 서울시의 지원을 받아 스타트업 사업을 시작했는데 거기에 한비도 참여하기로 했다고 한다. 그 사업의 내용은 서울의 부촌에 신선한 유기농 채소를 새벽 배송 하는 인터넷 쇼핑몰을 만들어 거기에서 얻은 이윤을 바탕으로 소외계층의 영어교육을 지원하겠다는 것이었다. 이수영은 완전히 한심한 프로젝트라는 생각이 들었으나, 한비가 매우 진지한 표정으로 설명하였으므로 잠자코 있었다.

시간은 아주 잘 갔다. 이수영은 T시인 패거리, 그리고 한비의 스타트업 패거리, 두 그룹과 번갈아 어울리며 남은 시간에는 T시인의 주선으로 시작한 글쓰기 아르바이트를 했다. 그해 겨울 그녀의 시가 유명 문학상의 우수작에 선정되었다. 다음해에도 또 다른 유명 문학상의 후보에 올랐다.

한비도 이런저런 일들 속에서 나이를 먹어갔다. 대안학교 선배의 스타트업 사업이 좌초된 뒤 그녀는 6개월간 몬트리올에서 지냈다. 이후 한국으로 들어온 그녀는 필라테스 마니아가 되었으며, 대안학교 선배

B가 새롭게 구상 중인 사업인 필라테스와 마사지, 명상을 테마로 하는 소규모 여행사 프로젝트에 합류하였다. 그녀와 B가 연인 사이라는 루머가 돌았다. 한비는 완강히 부인했다. 그녀는 B 같은 타입의 남자, 여유로운 집안 출신의 나이브한 도련님에게 아무런 매력을 느끼지 못한다고 주장했다. 하지만 그녀는 그 뒤로도 계속해서, 대략 2년에 한 번씩 새롭게 펼쳐졌다가 버려지는 B의 모든 사업에 동참했다.

그간 이수영은 몇 번의 연애를 했다. 상대는 문학계에 속하는 남자들이었다. 그들은 대체로 말이 많았고 섹스를 못했다. 다행인지 세간에 떠도는 사이코패스 타입의 예술가 남자들을 만난 적은 없었다. 그녀의 연인들은 대체로 착했지만 무능했다. 혹은 표면적으로 그렇게 보였다. 즉, 결혼에 이르기에는 뭔가 부족했다. 비슷비슷한 타입의 남자들에게 지겨워진 그녀는 한비의 스타트업 패거리들에게 눈을 돌려보기도 했으나 그들의 반은 오래된 여자친구가 있었고, 반은 이미 유부남이었다.

서른 살!

이수영보다 한 달 앞선 한비의 서른 살 생일파티는 성공적이었다. 장소는 얼마 전 독립한 한비의 연남동 오피스텔이었다. 처음 방문해보는 한비의 새 보금자리는 생각보다 널찍했고, 온갖 비싸고 엉뚱한 소품들로 채워져 있었다.

한비의 친구들이 한 명 한 명 도착했고, 그녀의 독특한 보금자리는 온갖 별난 사람들로 가득 채워졌다. 한비는 그들 속을 한 마리의 이국적인 물고기처럼 유유히 헤엄쳐다녔다. 꽤 늦게 도착한 B선배는 모르는 여자와 함께였다. 약혼녀라고 했다. 그녀의 한국말은 서툴렀다. 일본인이라고. B는 한껏 홍에 겨운 목소리로 한 달 뒤 나고야에 있는 여자의 고향에서 결혼식을 올릴 예정이라고 선언했다.

—하지만 한국에서 살 거예요. 한국에 온 지 5년 됐어요. 서울이 참 좋아요.

B의 약혼녀가 수줍게 말했다. 그들은 옥수동에 있는 R아파트 단지에 신혼집을 구했으며 사실 이미 신혼집에 들어가 살고 있다고 했다. 한비는 B의 약혼녀와 친한 듯했다. 그녀는 둘의 결혼을 몹시 부러워했으며 그래서인지 B와 그의 약혼녀는 한비를 향해 노처녀가 되었다며 짓궂게 놀렸다.

파티가 절정에 이르렀을 때, 이수영은 떠나야 했다. 다음날 아침 일찍 최근 취직한 국어학원에서 주말 보강수업이 있었기 때문이다. 술에 한껏 취한 한비는 몹시 아쉬워하였으며, 다음달 이수영의 생일 때 만나기로 거듭 약속했다.

*

이수영의 생일날은 아침부터 일진이 좋지 않았다. 최근 그녀와 동료 학원강사 C는 서로에게 호감을 갖게 되었다. 데이트를 할 수 있는 시간은 수업이 끝난 늦은 밤뿐이라서 한동안 얌전했던 그녀의 귀가 시간은 점차 늦어지고 있었다. 간밤에는 생일을 핑계로 다른 동료 학원강사들까지 합류하여 늦게까지 술판을 벌이느라 더욱 늦게 집에 들어오게 되었는데 그것이 어머니의 화를 제대로 돋우고 말았다. 우울증에 갱년기 증세까지 겹친 그녀는 이제 딸의 모든 것이 마음에 안 들었다.

번듯한 직업과 멀쩡한 남자와의 결혼, 그것이 그녀가 딸에게 바라는 전부였건만! 그녀는 평범하게 여겨지는 그 두 가지 성취가 딸 세대에 있어서 최고급 사치재가 된 것을 이해하지 못했다. 차라리 다이아몬드라면 얼마든지 얻을 수 있다. 하지만 멀쩡한 결혼과 제대로 된 직업이라니 그런 것이 요즘 세상 어디에 있단 말인가? 하지만 이수영의 어머니는 자신의 딸이 그 두 가지를 갖지 못한 것을 오로지 한비 탓으로 여기고 있었다. 한비만 아니었으면 딸이 시인 나부랭이가 되어 학원강사 짓이나 하며 노처녀로 늙어가게 되지는 않았을 것이라고 말이다. 하지만 그것은 사실인가? 한비가 아니라면 이수영은 번듯한 공무원이 되어 책임감 있는 멋진 남편을 갖게 되었을까?

한비가 그녀에게 엄청난 영향을 끼친 것은 사실이었다. 그것은 누구보다 이수영 본인이 인정하는 바였다. 하지만 그 영향이 과연 사악한 것일까? 물론 그녀는 처음부터, 혹은 최근 들어 더욱, 이따금, 하지만 강력하게, 한비와 그녀의 인생 사이에는 거대한 강이 가로지르고 있다는 것을 알았다. 하지만 그런 한비가 빠진 이수영의 젊음은 얼마나 무채색이었을까! 영어 공부와 취업 준비, 그리고 거지 같은 소개팅과 시시한 연애 정도로 채워진 꽤 비참한 것이었음이 분명하다. 정말이지 한비는 그녀의 인생을 전혀 망하게 하지 않았다. 이수영이 스스로, 그리고 나름 현명하게 한비에게로 끌려간 것이다. 그리고 앞으로도, 이따금 그런 기회가 있다면 그것으로 만족할 수 있다고 생각했다.

어쨌든 생일날 아침부터 어머니와 한바탕하고 집을 나선 이수영은 기분이 좋지 않았다. 저녁에 이태원의 모 술집에서 갖기로 한 생일파티까지는 지겹도록 긴 시간이 펼쳐져 있었다. 동료 강사 C는 공교롭게도 오늘이 어머니의 생신이라서 대전에 있는 부모님 댁을 방문하러 가고 없었다. 집에서 나와 한참을 목적 없이 걷던 그녀는 오랜만에 도서관에 방문해보기로 했다. 걸어서 15분 만에 도착한 도서관은 하필이면 휴관일이었고, 그녀는 허무하고 울적한 기분에 잠시 망설이다가 광화문에 있는 대형 서점에 가기로 결심하고 택시를 잡아탔다. 그녀가 탄 택시는 유독 담배 냄새가 심하게 났고 운전기사의 말투는 사나웠다. 서점 앞에 내렸을 때 그녀는 이미 지쳐 있었다. 그녀는 서점 안에 있는 프랜차이즈 카페에서 샌드위치와 커피를 주문하여 꾸역꾸역 먹기 시작했다.

한 시간쯤 지나 그녀는 두 권의 책이 든 쇼핑백을 든 채 지하철을 타고 이태원으로 향하였다. 이태원역에 도착한 그녀는 한 카페에 들어가 커피를 주문하고 서점에서 사온 책들을 뒤적이기 시작했다. 다시 시계를 봤을 때는 약속 시간까지 다섯 시간이 남아 있었다. 그녀는 찜질방에 가서 한숨 자다가 나오기로 마음먹었다.

찜질방을 나섰을 때는 이미 깜깜했다. 그녀는 약속 장소에 10분 늦게 도착했으나 가장 먼저 도착한 손님이었다. 그녀는 씁쓸한 표정으로 10년산 아드벡 위스키를 한 잔 시키고 사람들을 기다렸다. 사람들이 약속 장소에 도착하는 대신, 이수영의 핸드폰에 꾸역꾸역 메시지가 채워졌다. 늦었어, 미안해, 가고 있어, 갑자기 일이 생겨서, 미안해, 정말 미안해, 거의 도착했어! 이수영은 위스키를 한 잔 더 시켰다. 한비는 아무 메시지도 없었다. 30분이 지나고 마침내 친구들이 하나둘 도착하기 시작했다. 한 시간 반 가량 지나서 한비가 한 남자와 함께 나타났다. 그는 커다란 덩치의 금발 백인 남자였다. 이수영은 얼떨결에 자리에서 일어났다. 남자가 양팔을 활짝 쳐들며 서툰 한국어로 말했다.

"이수영 씨 생일 축하해요!"

한비가 하하하 호탕하게 웃으며 남자를 껴안고 뺨에 키스했다.

"수영아 인사해, 소개할게. 이쪽은 도미니크야."

그리고 다시 한번 뭐가 우스운지 자지러지게 웃었다.

도미니크는 독일계 스위스인으로 캐나다의 몬트리올에서 태어나 자랐으며 스위스, 캐나다 이중국적을 갖고 있었다. 그는 몇 달 전부터 캐나다의 한 제약회사 한국지부에서 일하고 있었는데 진짜 삶의 열정은 스키 타기에 있으며 대학 시절 스위스 국가대표로 동계올림픽에 출전한 적도 있다고 했다. 그는 겨울이 오면 한국에 있는 모든 스키장에 가보겠다는 야망을 불태우고 있었다.

그날 한비보다 더욱 늦게 도착한 것은 T시인 일당이었다. 그들은 이미 거나하게 취해 있었고, 도미니크에게 커다란 관심을 보였다. T시인은 한참 동안 어설픈 영어로 스위스의 정치 시스템에 대해서 도미니크와 설전을 벌였다.

술에 푹 취한 이수영은 몽롱해진 눈으로, 자신의 눈앞에서 벌어지고 있는 일들을 바라보았다. 테이블을 가득 채운 술잔과 술병들, 알록달록한 안주, 터콰이즈블루색 접시 위에 늘어진 파스타 가닥들, 어느새 그녀의 손에 들린 무지개색의 칵테일, 스피커에서 흘러나오는 옛, 옛 노래 들…… 문득 모든 것이 오래된 꿈처럼 느껴졌다. 그녀는 이 괴상한 꿈의 출발점, 이 전체 광경의 설계자, 그녀 이십대의 전부, 진짜 사람 홀리게 만드는 Blower's Daughter(배낭여행가 한비야 말고 영화 〈클로저〉의 나탈리 포트만) 한비를 바라보았다. 그녀의 독특한 웃음, 묘하게 유혹적인, 엉뚱하게 선머슴 같은 순진한 표정과 반대로 수상하게 반짝이는, 상상 속의 일본 미니멀리스트 패션 브랜드의 뮤즈 같은, 납작한 검은 눈동자와 통통한 입술, 뾰족한 팔꿈치…… 아아 그녀는 정체불명의 열대 해변 같은 향기를 풍겼다. 이수영은 한비가 적어도 세 종류의 향수를 섞어 뿌린다는 것을 알고 있었다. '내 몸에서 나는 향이 뭐야? 나는 전혀 모르겠는걸……' 하고 속삭이는 미스터리한 열대 과일 같은…… 도대체 저 생명체의 정체는 뭐지? 도대체 어떻게 탄생하게 된 걸까? 왜 굳이 저런 식으로 만들어진 거지? 도대체 뭐가 되어가는 걸까? 진화일까 아니면 퇴화일까? 이수영은 궁금해졌다. 그녀를 거기에 이르게 한 그녀의 창조자, 커튼 뒤의 진짜 얼굴, 그러니까 진실을 말이다.

*

이수영이 그 진실을 대면할 기회는 금세 찾아왔다. 그것은 한비의 결혼식에서였다. 그렇다. 한비는 이수영의 생일날로부터 정확히 3개월 뒤 강남의 한 예식장에서 도미니크와 결혼식을 올렸다. 한비의 다른 파티와 마찬가지로 결혼식 또한 대성공이었다. 예식이 끝나고 가로수길의 카페에서 거한 애프터파티가 열렸다. 그곳은 다름 아닌 이수영이 한비를 처음 만난 날, 함께 갔던 카페였다. 그 카페가 한비의 이모가 운영하는 곳이라는 것을, 그날 보았던 냉정한 바리스타가 바로 그 이모였다는 것을 이수영은 그때 처음 알았다. 알고 지낸 지 10년이 넘었건만 이제야 한비에 대해 알게 된 것이 많았다. 도미니크가 문제의 몬트리올 친구였다는 것, 몇 년 전 몬트리올에서 한비가 그렇게나 이상하게 굴었던 것 역시 그 때문이라는 것을 말이다. 몬트리올에서 만나기로 철석같이 약속했던 도미니크가 한비가 도착하기 며칠 전 친구들과 함께 멕시코 연안의 무슨 섬으로 여행을 떠나버렸고, 이후 몬트리올로 돌아오는 대신 뉴욕에 들른다는 소식을 들은 한비가 무작정 뉴욕으로 떠났던 것이라는 얘기도. 한편 한비에게 두 살 터울의 남동생이 있으며 그는 모든 여성이 바라는 이상적인 미혼 남성으로서(명문대, 전문직, 키 185센티미터) 그의 여자친구는 강남의 잘나가는 성형외과 의사인데 그녀 자신이 너무나도 완벽한 자연 미인이라서 그녀를 찾아오는 모든 환자들이 그녀처럼 고쳐달라고 애원한다는 것, 기타 등등…… 또한 놀라웠던 것은 그녀가 얼마 전 모교의 국문학과 대학원의 석사과정을 지원하여 합격했다는 것과 또 그녀의 신혼집이 옥수동 R아파트 단지에 있다는 것이었다. 하지만 그날 충격의 하이라이트는 한비의 부모님이었다. 언뜻, 그들은 완벽한 중년 부부처럼 보였다. 고상한 인상의 어머니는 누구보다 세련되게 와인잔을 쥘 줄 알았으며, 아버지는 교양 있는 유학파 명문대 교수처럼 보였는데, 사실이 그러했다.

애프터파티가 한창인 카페의 한구석에 조용히, 그림같이 앉은 그 부부는 고막을 찢을 듯이 커다란 소리로 흘러나오는 데이비드 보위의 음악에 맞춰 자연스럽게 고개를 까딱거리며 한껏 자애로운 표정으로 카페를 채운 젊은이들을 바라보았다.

알록달록, 새콤달콤한 과일향 캔디처럼 싱그러운 젊은이들이라고 저 부부는 느끼고 있는 것일까? 적어도 한비와 도미니크는 그래 보였다. 알록달록, 새콤달콤한 캔디가 혀를 자극하듯 자극적인, 한 쌍의 완벽한 젊은이들. 한비가 몸을 흔들 때마다 그녀의 어깨에 걸쳐진 푸시아핑크색 크로셰 드레스가 불길하게 흔들렸다. 누군가를 유혹하듯, 깜-빡, 아무 감정 없는 눈동자를 깜빡이는 어항 속 신비한 색깔의 물고기처럼, 깜-빡. 이수영은 한비의 부모를 바라보았다. 그들 또한 어느새 물끄러미 자신의 딸을 바라보고 있었다. 이수영은 언뜻 차분해 보이는 그들의 표정에서 뭔가를 감지했다. 우아한 표정 너머, 자신의 딸이 보내는 유혹의 신호에 한껏 도취되어 있는 그들의 정신을 말이다. 그녀는 다시 한비를 보았다. 깜-빡. 이제 완전히 이해할 수 있었다. 한비가 보내는 유혹의 신호, 그 모호하게 열렬한, 자연스럽지만 필사적인, 그리하여 굉장히 그로테스크해지는 그녀의 구애가 다름 아닌 자신의 부모를 향한 것이라는 사실을 말이다. 하여 진실 또한 명확해졌다. 그녀가 청춘을 바쳐 선망했던 신비한 생명체 한비의 창조자가 바로 그녀의 부모라는 것이 말이다. 하지만 너무나 당연한 사실이 아닌가? 대체 어디에 그 진실의 충격적인 부분이 있는가? 그녀의 부모가 수십 년에 걸쳐 다듬고, 깎아 완성한 자랑스러운 작품, 희대의, 필생의 결과물이 바로 한비라는 것이 말이다.

너무나도 당연하고 단순한 진실이 가져다준 충격에 어리둥절해진 이수영 앞에 나타난 것은 바로 한비의 부모였다. 그들은 은은한 미소를 지은 채 그녀의 앞에 나란히 서 있었다. 이수영이 서둘러 일어나 인사했다.

"안녕하세요?"

이수영이 한비의 어머니와 아버지를 향해 공손한 미소를 보냈다.

"네가 한비 친구 이수영이지?"

한비의 어머니가 물었다.

"네, 정식으로 인사드려요. 축하드립니다! 한비가 오늘 너무너무 예뻐죠!"

이수영이 말하며 한비 쪽을 바라보았다. 그녀는 어느새 테이블에 앉아 B선배와 이야기를 나누고 있었다. 도미니크는 보이지 않았다.

"우리가 축하받을 게 뭐 있니. 한비 재 인생인데! 자신의 삶을 살아가는 거지. 그렇지 않아요?"

한비의 어머니가 묘한 웃음을 지으며 남편을 바라보았다.

"암, 그렇지! 우리는 그저 한비의 행복을 바랄 뿐이지."

한비의 아버지 또한 묘한 웃음을 지어 보이다가는 별안간 진지한 표정으로 이수영을 향해 물었다.

"시인이라고 했던가, 이수영 양?"

"아…… 예…… 예, 맞아요. 요새는 잘 안 쓰지만……."

"그래그래, 맞아! 네가 한비의 예술가 친구!"

한비의 어머니가 멀리 한비를, 다시 이수영의 얼굴을 보며 말을 이었다. "그래그래, 맞아. 수영이 네가 우리 한비의 예술가 친구! 예술가 친구 이수영! 그렇다면 우리 한비는……?" 모호한 의문형의 문장으로 말을 끝내며 그녀는 남편을 바라보았다.

"우리 한비는?" 한비의 아버지가 의아한 얼굴로 아내를 보았다.

"그렇다면 우리 한비는 뭘까요?"

"우리 한비가 뭐긴 뭐야?"

"그러니까 우리 한비는…… 그러니까 우리 한비는……."

"이 사람아 무슨 말을 하고 싶은 거야? 한비가 왜?" 한비의 아버지가 답답한 표정으로 아내를 보았다. 그녀는 대답 대신 골똘히 생각에 잠긴 표정을 지어 보였다.

"여보……." 마침내 한비의 아버지가 애원하는 시늉을 하며 아내의 팔을 잡으려는 찰나,

"보헤미안! 우리 한비는 보헤미안!"

한비의 어머니가 손뼉을 짝, 치며 외쳤다.

"그죠, 맞죠, 여보? 우리 한비는 보헤미안! 보헤미안!"

"뭐라구? 보헤미안? 하하하하!" 한비의 아버지가 웃음을 터뜨렸다.

"보헤미안! 으하하하 맞군, 맞아! 우리 한비 녀석이 보헤미안이었네! 맞군, 맞아, 영락없는 보헤미안이었어! 이럴 수가! 으하하하하! 왜 깨닫지 못했던가! 으하하하하하하!"

한비의 아버지가 너무나도 참을 수 없이 웃기다는 듯이 배를 잡고 몸을 뒤틀며 웃어댔다.

"맞죠, 그쵸, 여보, 그쵸? 그렇지, 수영아? 우리 한비는 보헤미안, 너는 예술가! 우리 한비는 보헤미안! 그리고 이수영이 너는 예술가! 예술가! 예술가!"

흥분한 한비의 어머니가 급기야 이수영에게 삿대질을 하며 소리치기 시작했다. 이수영의 표정이 급격히 안 좋아지는 것을 발견한 한비의 아버지가 아내의 어깨를 감싸 안으며 말했다.

"하하하, 여보 그만…… 이제 그만…… 하하…… 이수영 양, 만나서 반가웠어. 너무나도 반가웠어. 그렇지, 여보? 몹시 반가웠지? 하지만 우리는 이제 가봐야겠지? 그렇지, 여보?"

그는 강하게 동의를 구하는 표정으로 아내를 바라보았다.

"그쵸, 그쵸. 우리는 이제 가야겠죠? 그렇겠죠? 늙은 사람들이 있으면 젊은 사람들이 불편해할 테니까, 우리는 이제 그만 가봐야겠죠? 쏙 빠져줘야겠지? 그렇지, 수영아? 그래야겠지? 여보? 여보?"

그녀는 계속해서 질문하며 한비의 아버지에게 끌려 어딘가로 사라졌다.

*

해 뜨기 직전, 가장 춥고 또 깜깜한 시간에 이수영은 집으로 돌아왔다. 그녀는 잠드는 대신 책상 앞에 앉아 골똘히 생각하기 시작했다. 자신의 이십대에 대하여. 지난 10년, 그 긴 시간, 어쩐지 사기당한 기분이 드는 것은 왜일까? 알뜰살뜰 평생 모은 돈을 믿었던 동네 반찬가게 아주머니에게 맡겼더니 어느 날 반찬가게 셔터는 내려가 있고 아주머니의 전화기가 꺼져 있는 걸 발견한, 그런 느낌. 완벽하게 뒤통수 맞은 듯한 이 느낌의 정체는 무엇일까? 왜 그런 기분이 드는 걸까.

그녀는 찌푸린 얼굴로 눈을 감았다.

달뜬 얼굴로 한비와 자신을 번갈아 가리키던 한비 어머니의 모습이 아른거렸다.

보헤미안 한비. 그리고 그의 예술가 친구. 이수영.

보헤미안 한비와 그의 예술가 친구, 이수영.

보헤미안과 그의 예술가 친구.

보헤미안과 예술가.

보헤미안…… 과 예…….

보헤미안과 예술가……?

“뭐 그딴 미친 인간들이 다 있어!”

이수영은 꽥 소리를 질렀다.

“별 미친 인간들을 다 보겠네!”

“아 재수 없어!”

"아이 씨발 재수 없어!"

"재수 없어!"

"미친놈들!"

이수영은 분한 듯 악을 썼다. 창밖으로 어슴푸레 해가 밝아오고 있었다. 이상한 소리에 잠에서 깬 이수영의 어머니가 자신의 방 안, 책상 앞에 앉아 발광한 듯 소리치는 딸을 발견하고는 서둘러 그녀의 입을 막았다.

"얘, 왜 그러니? 미쳤니? 술이 덜 깼어? 왜 이래? 닥쳐! 딸, 제발 닥쳐!"

이수영은 거칠게 엄마를 밀어냈다.

"몰라! 엄마는 몰라! 세상이 얼마나 미쳐 돌아가는지 엄마는 몰라! 아빠도 몰라! 아무도 몰라! 모른다고! 아 진짜!"

그녀의 어머니는 딸을 바라보았다. 이수영의 시뻘건 두 눈에서 눈물이 줄줄 흘러내리고 있었다.

"어머, 얘, 수영아……."

"아아 난 어떡하라고!"

"뭘 어떡해, 얘……."

"아아 나는 어떡하냐고! 나는! 나는!"

이수영은 계속해서 악을 썼다. 그녀의 어머니는 처음 마주한 딸의 절망에 망연자실한 채, 엉거주춤 서 있을 뿐이었다. ■

제 1 3 회
김 유 정 문 학 상
수 상 후 보 작

김혜진

자정 무렵

김혜진

2012년 동아일보 신춘문예에 당선되면서 작품활동을 시작했다. 소설집 《어비》, 장편소설 《중앙역》 《딸에 대하여》 《9번의 일》, 중편소설 《불과 나의 자서전》이 있다.

저녁이다. 공원은 산책을 나온 사람들로 붐빈다.

고개를 들면 가느다랗게 난 공원 길을 사이에 두고 양편으로 우뚝 솟은 아파트 단지가 보인다. 아파트 단지들이 들어서기 전 이곳엔 조그마한 가게들이 복잡하게 엉겨 붙어 있었다.

종다리, 딸기, 비너스, 장미.

간판만 있고 반사 필름이 붙여진 문 너머로 뭘 하는지, 뭘 파는지 알 수 없는 곳들이었다. 문밖으로 불그스름한 불빛들이 새어나오던 기억이 난다. 아니, 내가 뭔가 잘못 기억하고 있는지도 모르지. 이제 그런 흔적은 하나도 남아 있지 않다. 겨우 삼사 년 전 일인데도 다들 그런 기억은 깨끗하게 지워버린 것 같다.

공원 입구에 설치된 운동기구들 앞에 멈춰 섰을 때 네가 말한다.

유리 기억나지? 유리, 유리 말이야.

바람은 차고 자꾸만 몸이 움츠러든다. 산책이고 뭐고 그만 집에 가고 싶다. 너는 그럴 마음이 없어 보인다. 너는 운동기구에 붙은 사용법 같은 것을 골똘히 들여다보며 한 번 더 유리의 이름을 말한다.

유리? 그게 누군데?

너는 기억에 도움이 될 만한 이야기를 조금 더 한다. 집 나온 애들, 미혼모, 쌈닭, 블루라이트 요코하마. 거기까지 들었을 때 기억 속에서 단번에 그 이름이 떠오른다.

미러볼이 도는 어둑어둑한 노래방에서 유창한 일본어로 노래를 부르던 모습이 생각난다. 너는 술에 취해 잠이 들고 맞은편에 앉은 유리의 남자친구는 휴대폰을 내려다보며 말이 없었다. 그래서 노래가 끝날 때까지 박자에 맞춰 박수를 치는 사람은 나 혼자였다.

깡마른 체구에서 어떻게 그런 목소리가 나오는 걸까. 한 번씩 말을 더듬던 버릇 같은 것도 노래를 부르는 순간엔 다 사라지고 없었다. 그 노래 제목이 '블루라이트 요코하마'라는 건 나중에 알았다. 실은 유리가 일본어를 거의 못한다는 사실도. 일본 노래거나 중국 노래거나. 노래방 기기에선 한국어 발음이 가사 아래 표기된다는 것도.

유리는 너의 친구였다.

중학교 때인가. 고등학교 때인가. 영문도 모른 채 따돌림을 당하던 너에게 말을 걸어주고, 체육 시간이나 가정 시간에 기꺼이 짝이 되어준 사람이 유리라고 했다. 누군가 시비를 걸면 네 곁에 붙어서서 잘잘못을 따지고 하나둘 가세한 아이들과 삼 대 일로, 사 대 일로, 끈질기게 말싸움을 벌였다고 했다. 얼마 안 가 학내엔 너와 유리가 사귄다는 소문이 파다하게 퍼졌다고 했다. 어딜 가든, 뭘 하든, 묘한 경계와 호기심의 눈초리가 너와 유리의 뒤를 낄낄거리며 쫓아다녔다고 했다.

진짜? 진짜 사귄 거야?

몇 차례 내가 물었는데, 너는 아니라고 잘라 말했다. 유리는 그런 사람이 아니라고. 그러니까 너에게 특별한 감정이 있어서 그랬던 게 아니고, 잘못된 것이기 때문에 바로잡으려 했을 뿐이라는 거였다.

유리는 너와 함께 대학을 다녔다. 대학을 다니는 동안엔 미혼모들을 돌보는 쉼터 같은 곳에서 봉사를 하고, 졸업 후엔 일본으로 유학을 가려 했는데, 어쩌다 보니 시기를 놓쳤고 그런 뒤엔 지역의 대안 학교에서 일한다고 들었다. 어디까지나 너에게 들은 이야기여서 어디까지가 사실이고 아닌지 알 수는 없었다.

내가 너를 만나고 일 년이 좀 못 되었을 무렵이었다. 좋은 친구다. 한번 보자, 다 같이 만나자. 잊을 만하면 조르던 너의 부탁에 못 이긴 척 유리를 만났던 즈음이기도 했다. 어색하고 불편할 거라는 예상과 달리 그날의 만남은 자연스럽고 유쾌했다.

함께 밥을 먹고 맥주를 마시는 동안에도 유리의 이야기는 자신의 일상과 근황 주변을 조심스럽게 옮겨다녔다. 그러다 문득 남자친구를 불러도 되냐고 물었는데, 그 사람이 온 뒤에도 달라진 건 거의 없었다. 너와 내 안부를 물을 때도 있었지만 모두 적당한 수준이었고 불필요한 경계선을 넘지 않기 위해 주의를 기울이는 듯 보였다. 내가 혹은 네가, 우리에 대해 무슨 이야기를 하든 그러려니 여기고 더 궁금해하거나 캐묻지 않는 무관심함이 유연하고 담백한 사람이라는 인상을 주었던 것 같다.

네 친구 중에도 이런 사람이 있구나.

대화를 주도하는 유리에게서 어떤 노련함, 세련됨, 배려와 친절 같은, 너에게선 좀처럼 느낄 수 없었던 덕목들이 자연스럽게 배어나왔다. 그러기 위해서 안간힘을 쓰고 있다는 느낌은 받지 못했다. 그건 오랜 시간 몸에 밴 습관처럼 여겨졌고 그러므로 유리라는 사람에 대해 어떤 호의를 가질 수밖에 없었다.

오늘 내가 혼자 너무 떠든 것 같네.

거의 헤어질 무렵이 다 되어서야 유리는 그렇게 말했다. 택시를 잡으려고 다 같이 도로변에 서 있을 때였다. 택시에 올라타며 유리는 한마디 더 했다. 잘 지내라는 말이었나, 또 보자는 말이었나. 택시가 출발하고 열린 창밖으로 유리가 얼굴을 내밀고 손을 흔들었다.

아까 오후에 유리가 전화 왔더라. 사무실을 옮겨야 한다나봐. 요 근처로 알아보면 어떨까 하던데?

요 근처?

아니, 여긴 못 구하지. 저기 고개 너머 동네 있잖아.

어디선가 고양이 한 마리가 튀어나오고 산책 나온 개들이 한꺼번에 짖는다. 너는 동그란 발판을 딛고 올라선 다음 두 손으로 손잡이를 잡고 요리조리 허리를 돌리기 시작한다.

사무실만? 집은 어쩌고?

걔가 집이 어디 있어. 사무실 옮겨 오면 집도 그 근처로 다시 구하겠지.

나는 커다란 나침반 같은 데에 매달린 끈을 양팔로 번갈아 잡아당기며 조금 더 자세한 안부를 전해 듣는다. 대안 학교를 그만두고, 몇몇 지인들과 함께 사무실을 얻고, 마을 사업 같은 것을 하다가 다시 몇 사람과 함께 독립을 준비한다는 이야기가 이어지는 동안 나는 좋은 일을 한다거나, 대단하다거나, 잘되었으면 한다거나 하는 짤막한 대답을 보탠다. 실은 줄을 놓칠까봐 온 신경을 곤두세우고 있다. 바짝 당겨졌던 끈이 빠르게 되감기면서 몇 번이고 턱이나 볼을 때릴 뻔한다.

넌 꼭 그러더라. 사용법을 먼저 읽어야지. 거기 옆에, 옆에 붙어 있잖

아. 안 읽었지?

너는 동그란 발판에서 내려와 재빨리 옆 기구로 옮겨 간다. 두 다리를 뻗고 앉아 체중이 실린 손잡이를 끌어당기는 너의 얼굴이 일그러진다. 매일 저녁 저렇게 열심히 운동을 하는데도 왜 체중은 조금씩 더 늘어나는 걸까. 집에 있는 낮 동안 칼로리가 높은 음식들을 실컷 먹는지도 모르지. 불안함과 초조함 같은 것들을 먹는 걸로 해소하려는지도 모르지. 아니, 실은 어디론가 매일 출근하지 않아도 된다는 느긋함을 즐기고 있는지도 모르지. 자격증이니 시험이니 그런 건 금세 다 잊어버린 건지도 모르지. 나는 그런 추측들을 몰아내려고 더 힘껏 줄을 잡아당긴다.

그리고 며칠이 지난 어느 날, 네가 다시 유리의 이야기를 꺼낸다.

내가 유리 사무실 구했다고 말했나?

너는 내가 사온 식료품들을 하나씩 꺼내 요리조리 돌려보며 잠깐씩 말을 그친다. 위험한 식탁이니 어쩌니 그런 다큐멘터리를 하나 본 뒤로 너는 먹는 것에 퍽 까다롭게 군다. 계란 껍데기에 사육 환경과 생산 농가를 식별할 수 있는 번호가 찍혀 있다고 알려준 것도, 미국이나 브라질, 스페인에서 어떻게 건너왔는지 모를 고기를 먹느니 차라리 굶는 것이 더 낫다고 말해준 것도, 시중에 파는 팝콘은 죄다 유전자 조작 옥수수로 만들어진다고 경고한 것도 너다. 그러나 사람들로 붐비는 마트에서서 포장지에 붙은 작은 글자들을 일일이 하나씩 확인하는 게 더 피곤한 일일 수 있다는 건 모르는 것 같다. 뭐든 살 때마다 요모조모 따지고 가격을 비교하면서 식품을 고르고 가려 먹는 게 오히려 정신 건강엔 더 해로울 수 있다는 건 생각 못하는 것 같다.

이건 사오지 말라니까, 또 사왔네. 이런 건 먹으면 안 좋아.

너는 두부 하나를 꺼내고 소시지 한 봉지를 골라낸다. 그런 다음 봉지에 넣어 냉장고 한쪽 구석에 밀어넣는다.

한국은 포장이 너무 과해. 한 사람이 하루에 플라스틱 하나만 더 써도 그게 일 년이면 동남아시아 어디 섬 하나 크기가 된다고, 내가 말했지?

너는 바닥에 쪼그리고 앉아 일일이 포장지를 뜯고 종류별로 분류하며 투덜거린다. 나는 잠자코 나머지 재료들로 간단히 저녁을 준비한다. 가지와 호박, 토마토를 굽고 닭고기를 삶는 내 옆에 서서 너는 양배추를 가느다랗게 썬다. 칼로리도 낮고 몸에 이롭다는 것들로 채운 식단. 그러나 식사가 시작되기도 전에 식욕이 다 달아난 기분이 든다.

유리 사무실 오픈하기 전에 나도 뭐 하나 사주려고.

간을 거의 하지 않은 음식에선 아무런 맛도 나지 않는다. 나는 음식을 내 접시에 던 다음 자꾸만 소금과 후추를 더 넣는다. 너는 주의를 주듯 소금과 후추를 네 쪽으로 가져다놓는다.

뭘 사줄 건데?

내가 묻고 네가 대답한다.

이왕 사주는 거 뭐가 필요한지 한번 물어볼까? 괜히 안 쓰는 거 사줄 필요 없잖아.

나는 그러자고 한다. 그래 봐야 전자레인지나 가습기, 테이블이나 프린트 정도겠지. 직장을 그만두고 자격증 준비를 하고 있는 네 처지를 모르지 않으니까. 부드럽게 거절을 할지도 모르지. 그래서 유리가 냉장고, 에어컨 중 하나를 사달라고 구체적으로 말했다는 이야기를 전해 들었을 때는 다소 놀라운 마음이 든다.

주말 내내 우리는 전자제품 대리점을 찾아 조금씩 더 멀리까지 걸어간다.

두 분이서 쓰실 거예요?

직원이 물을 때마다 너는 열 평 남짓 되는 사무실에서 서너 명이 사용할 거라고 설명한다. 직원은 기본형 냉장고 앞을 지나쳐 양문형 냉장고가 늘어선 쪽으로 우리를 안내한다. 조그마한 사무실에서 겨우 몇 사람이 사용할 정도면 된다고 이야기하던 너는 어느새 팔짱을 끼고 직원의 말에 고개를 끄덕이고 있다. 냉장고 같은 가전제품은 돈을 더 주더라도 크고 튼튼한 것을 고르는 게 제일이라는 직원의 말에 또 어느새 설득당한 눈치다. 그렇게 세 군데 대리점을 더 돌아본 뒤에 너는 어쨌든 크고 좋은 걸로 사는 게 낫겠다고 결론을 내린다. 그런 후엔 겁도 없이 800리터가 넘는 최신 모델 냉장고를 고른다.

사무실이 작다고 하지 않았어? 이렇게 큰 냉장고를 놓을 자리가 있을까? 너무 크잖아.

직원이 계약서를 가지러 간 동안 내가 소곤거린다. 너는 이왕이면 더 좋은 걸 해주고 싶다고 말하고, 마음 같아선 제일 좋은 것으로 해주고 싶다고 말한다. 그래도 내가 지갑을 꺼내지 않고 머뭇거리자 어쨌든 할부금은 틀림없이 자신이 내겠다고 다짐을 둔다.

걱정 마. 내가 낼게. 내가 낸다고.

무슨 수로, 어떻게 낼 거냐는 질문을 나는 간신히 참는다. 당장은 버는 돈도 없고 모아둔 돈도 거의 바닥나지 않았느냐는 말도 하지 못한다. 지난번 빌려간 돈도 아직 갚지 못했다는 이야기도 끝내는 삼켜버리고 만다.

몇 해 전 겨울인가. 네가 후배 두 명을 집으로 데려온 일이 있었다. 오랜만에 가볍게 맥주나 한잔할 생각이었는데 시간이 늦어졌다고 했고 취한데다 춥고 집이 멀어서 그냥 돌려보내긴 아무래도 불안했다고 했다.

현관에 들어서면 작은 거실 겸 주방이 있고, 주방을 사이에 두고 조금 더 큰 방과 이불과 옷, 쓰지 않는 짐을 보관하는 용도로 쓰는 작은 방이 전부인 좁은 집에 무슨 생각으로 사람을 데려온 걸까. 내가 굳은 얼굴로 싱크대 앞에 서 있는 동안 너는 그 애들에게 편한 옷을 내주고 수건을 건네며 화장실로 밀어넣다시피 했다. 그런 후엔 제발 그런 식으로 굴지 말라고 소곤거렸다.

쟤들이 뭐 하루를 있어, 이틀을 있어. 그래 봐야 고작 몇 시간이야. 겨우 몇 시간 불편하고 말 일이라고. 이 밤에 쟤들을 보내서 사고라도 나면 어쩔 건데? 그냥 재우고 아침에 보내는 게 안전하잖아.

지금이라도 택시를 불러 보내는 게 서로에게 좋다는 말은 더 하지 못했다. 그리고 며칠이 더 지나서야 작은 열쇠고리와 향수 미니어처 몇 개가 없어진 걸 알았다. 오래전 여행에서 내가 사온 것들이었고 몹시 아끼는 것들이었다.

야, 걔네 그런 애들 아니야. 넌 늘 내가 아는 사람들을 그런 식으로 취급하더라.

처음부터 너는 내 편이 아니었다. 어쩌면, 혹시, 만약에. 어떻게든 조심스럽게 이야기를 시작해보려는 내 말을 자신에 대한 공격으로 받아들였고 모욕을 당한 것처럼 여겼다. 네 말처럼 값이 나가는 물건들도 아니고, 따지고 추궁해서 그 물건들을 되찾으려고 한 것이 아닌데도.

그 일이 있고 난 뒤에도 나는 네가 아는 사람들을 몇 번 더 만났다. 아는 오빠, 친한 선배, 착한 동생. 좋은 친구. 그러나 막상 만나고 나면 도대체 왜 만났을까 싶은 경우가 대부분이었다. 너라는 공통분모 하나만을 가지고 시간을 보내기엔 서로에게 너무나 불편하고 번거로운 일이 아닌가. 그런 말을 입 밖으로 꺼낸 적은 없었다.

그럼에도 유리의 사무실 오픈을 앞두고는 다시금 틀림없이 참석하겠다는 약속을 하고 만다. 핑계를 대고 대답을 미루면서 너와 불필요한 신경전을 벌일 자신이 없어서다. 아니, 가지 않으면 그 일에 대해 두고두고 서운함을 표시할 네 집요한 성격을 잘 알기 때문이다. 어쨌든 너와 연결된 누군가 한 명을 꼭 만나야 한다면 유리가 가장 적당한 사람일지 모른다고 생각하려고 애쓴다.

한 주가 지나고 금요일 오후에 냉장고 배송이 완료되었다는 문자가 온다. 유리네 사무실에서 작은 파티가 열리는 날이다. 나는 퇴근 후 곧장 유리네 사무실로 간다. 문을 활짝 열어놓은 1층 식당을 지나, 문 닫힌 2층을 지나자 3층에 유리네 사무실이 있다. 오래전 개조한 2층 주택 옥상에 임시로 올린 가건물 같다. 커다란 화분과 상자, 어디에 쓰이는지 모를 고무통 같은 것들이 옥상 한쪽을 차지하고 있다. 꿈꾸는 마을 연구소. 액자처럼 작은 현판이 컨테이너 문 앞에 붙어 있다.

일찍 왔네.

문을 열자 더운 공기와 말소리 같은 것들이 달려나온다. 커다란 테이블에 사람들과 둘러앉아 있던 네가 얼른 자리에서 일어난다. 등을 보이고 앉아 있던 사람들이 일어서서 차례로 인사를 건넨다. 유리와 함께 사무실을 운영한다는 사람 둘. 공부방, 공방을 운영하는 사람이 셋. 마을 주민 자격으로 왔다는 한 사람이 더 있다. 그들 중엔 애가 둘인 부부도 있다. 고작해야 네댓 사람이 전부일 거라고 예상했던 모임은 꽤 규모가 크다. 나는 네 옆에 자리를 잡고 앉는다. 그런 뒤에는 사무실 안에 자욱하게 고여 있는 페인트 냄새를 맡으며 찬찬히 내부를 둘러본다.

사무실 가운데 놓인 큰 테이블 뒤로 책상이 두 개. 안쪽에 작은 싱크대가 있고, 창가 쪽에 책장과 선반 같은 것들이 놓여 있다. 다 어디서 가져온 물건들인지 새것처럼 보이진 않는다. 길이나 너비 같은 것들이 다 제각각이어서 어딘가 몹시 어수선해 보인다. 새로 칠한 게 분명한 바닥과 벽, 천정도 말끔해 보이진 않는다.

네가 보낸 양문형 냉장고는 창문을 반쯤 가린 채 사무실 한구석에 서 있다. 도대체 어디에 어떻게 놓아야 할지 모르겠다는 듯. 일단은 거기 세워둔 것 같다. 몇 번 더 사무실을 둘러보지만 덩치가 산만 한 냉장고를 둘 만한 적당한 자리는 가늠이 되질 않는다.

유리는 한참 뒤에 사무실로 들어온다. 두 손 가득 술과 음료, 과자와 과일 같은 것들이 담긴 봉지를 든 채다. 바로 뒤따라 들어오는 남자가 헌 옷이 담긴 상자들을 차례로 내려놓는다. 못 본 사이 유리는 살이 조금 붙은 것 같다. 깡말라서 몹시 예민해 보이던 인상이 부드러워지고 한결 편안해 보인다.

너무 오랜만이다. 잘 지냈죠? 유리한텐 가끔 소식 듣고 그랬어요. 바쁠 텐데 와줘서 고마워요.

유리는 환한 얼굴로 인사를 한 뒤 곁에 선 남자를 가리키며 남자친구라고 소개한다. 4년 넘게 만났고 식만 올리지 않았을 뿐이지, 거의 부부나 다름없다는 이야기도 한다. 오래전 유리와 함께 만난 사람은 아닌 것 같다.

오빠는 다 처음 만나지? 여긴 내 친구. 그리고 내가 말했지? 내 친구 파트너.

남자가 고개를 숙여 인사를 한다. 내 표정에 드러난 당황한 기색을 읽었는지 유리가 한마디를 더 보탠다.

아, 괜찮아요. 여기서는. 편하게 생각해도 돼요. 편하게.

7시가 조금 지나자 중국집 배달 음식이 도착한다. 몇 차례 유리가 독촉 전화를 걸고 언성을 높인 후다. 헬멧을 쓰고 온 남자는 숨을 몰아쉬며 음식을 꺼내놓는다. 그러면서 이런저런 말을 보태는 유리를 빤히 보며 한마디 한다.

그릇은 요 아래 1층에 내놓으세요.

짜장면과 짬뽕은 면이 불어 있고 탕수육과 깐풍기 같은 요리는 양념이 강해서 먹기가 힘들다. 그럼에도 너는 튀긴 고기와 야채를 한꺼번에 입안으로 밀어넣는다. 다들 배가 고팠는지 한동안은 음식을 씹고 삼키는 데에 몰두하고 있다. 쩝쩝거리는 소리가 유난히 크게 들린다. 아니, 다시 보니 다들 작정한 것처럼 입을 벌리고 소리를 내는 것 같다.

식사를 마친 후에 가벼운 술자리가 이어진다. 유리 곁에 남자친구와 사무실 식구들이 붙어 앉고, 맞은편에 마을 사람들이 앉고, 너와 내가 창가를 등지고 앉는다. 한동안 이야기는 사무실을 오픈하고 새로 시작할 일들을 설명하는 데에 할애된다. 주민 사업, 공동주택과 교육 단체, 케어 센터. 어떤 건 이미 시작했고, 어떤 건 진행 중이고, 또 어떤 건 자금이 모아지는 연말부터, 내년엔 꼭 시작을 할 거라고 말한다. 그런 대화를 주고받는 사람들의 표정은 진지하고 비장해 보이기까지 한다.

오다가 봤어요? 요 앞에 저희 마을회관 짓고 있는데. 아니, 마을회관이라고 하니까 너무 옛날식이다. 그냥 동네 사랑방이라고 해야 되나? 저쪽에. 아니, 그쪽 말고 저쪽 골목이요.

나는 사람들이 손가락으로 가리키는 방향을 가늠하다가 그냥 고개를 끄덕이고 만다. 우체국 골목이었나, 편의점 앞에서 공사 중인 자그마한 가게를 본 것 같기도 하다. 단층 건물 귀퉁이에 붙은 좁은 가게여서 마을 단위의 사람들이 들락거리긴 무리일 거란 생각이 든다. 아니, 마을 사람들이 다 들어오고도 남을 만한 회관을 짓는다고 해도 과연 몇 사람이나 거기 올까 싶다.

유리가 잔을 든 채 자리에서 일어난다. 그런 후엔 정말 살기 좋은 마을 공동체를 이루는 데에 힘을 모아달라고 이야기한다. 이미 시에서 주는 얼마간의 지원금을 받았다고 말하고, 구청에서 하는 지원사업에도 선정되면 본격적으로 일을 벌일 수 있을 거라고 한다. 주택도 짓고 학교도 세우고, 마트와 병원, 극장과 식당까지. 모든 걸 주민들이 직접 살피고 운영할 수 있도록 하겠다고 한다. 그래서 원한다면 10년씩, 20년씩 안정적으로 살 수 있고 늙어서도 편안하게 지낼 수 있는 마을을 만들겠다고 다짐한다. 스웨덴, 핀란드 같은 나라의 작은 마을 이름을 대고 구체적인 사례를 들먹이면서 어쨌든 장기적으로 가족이 있는 사람들도, 없는 사람들도, 청년들도 노인들도 다 함께 사이좋게 어울려 살 수 있는 곳으로 바꿔놓겠다고 말한다.

어때?

유리가 물으면 너는 삶은 풋콩을 하나씩 까다가 문득 천장을 올려다보며 답한다.

너무 좋지. 진짜 너무 좋을 것 같아.

그러면서 도움이 필요하면 얼마든지 돕겠다는 이야기도 한다. 정말 가능할까 싶은 이야기들이고 뭐 그럴 필요가 있나 싶은 생각이 들기도 하지만, 나는 의미 있는 일인 것 같다고, 잘되었으면 좋겠다는 정도의 이야기만 덧붙인다.

다음주에 요 아래서 바자회 열 건데, 물건 한번 볼래?

문득 유리가 바닥에 놓인 상자를 열어 안에 든 것들을 테이블 위에 올려놓는다. 티셔츠, 바지, 스카프와 목도리, 신발과 인형 같은 것들이 한 움큼씩 테이블 위로 올라온다. 사람들의 손이 바빠진다. 너는 스팽글이 달린 보라색 티셔츠를 펼쳐 보고 낚시 그물처럼 구멍이 숭숭 뚫린 스카프를 내 목에 둘러준다. 스카프에서 곰팡이 냄새가 난다.

이런 건 너무 괜찮다.

모자를 써보고 토시를 껴보고, 재킷과 티셔츠 같은 것을 입어보며 사람들은 한마디씩 보탠다. 그중엔 아기 옷과 신발, 인형과 장난감, 액자와 앨범 같은 것들도 있다. 약 2주간 마을 사람들이 모은 것들이고 필요하면 정기적으로 바자회를 열겠다는 유리의 말에 사람들이 반색을 한다.

사람들은 각자 마음에 드는 옷가지를 한두 개씩만 골라 가진다. 다 가져갈 수 없으므로 이것저것 고르는 사람들의 손길이 신중해진다. 너는 작은 액자 두 개와 실내에서 신는 슬리퍼 하나를 고른다. 나는 한참 만에 조그마한 도장 케이스 하나를 집는다. 몇 개 더 가져가라는 사람들의 권유에도 뭔가를 더 골라볼 마음은 생겨나지 않는다.

두 사람도 그냥 이쪽으로 이사오지. 여기 이제 살기 좋아져요. 다른 동네에 비하면 아직 집값도 꽤 싼 편이잖아요. 저기 너머에 지금 공동 주택 새로 올리고 있는데, 들었죠?

그리고 화제가 갑자기 우리 쪽으로 향한다. 내가 우물쭈물하며 대답을 미루는 사이 누군가 한마디를 더 한다.

근데 어디 산다고 했죠? 두 분은?

네가 사는 곳을 말하자, 아, 그럼 충분히 이쪽으로 옮겨 올 수 있겠네, 자가예요? 전세예요? 월세예요? 따위의 질문이 따라 나온다. 나는 아직 계약 기간이 많이 남았다고만 답한다. 그 집은 내 명의로 된 집이고 대출 거치 기간이 두 번 갱신되는 동안 네 돈이 조금 더 보태졌다. 그러나 나는 그런 사적인 이야기까지 할 마음이 없다. 집을 나서면 곧바로 큰 대로가 나오고, 조금 더 가면 하천을 정비해 만든 산책로가 이어지고 버스 정류장과 지하철도 가까운 동네를 떠날 생각은 해본 적도 없다. 재개발이니 재건축이니 하는 뜬소문들로 멀쩡한 건물을 부수고 짓고, 사람마다 달라지는 셈법으로 사고팔고 하는 일이 부지기수인 이 동네로 옮겨 오고 싶다는 생각도 해본 적이 없긴 마찬가지다.

아 맞다. 요 아래 이번에 새로 이사온 커플도 여자분들이에요. 가까운데 살면 같이 밥도 먹고 이야기도 하고 좋을 것 같아.

그리고 저쪽에 앉아 있던 중년 여자가 손뼉을 치며 말한다.

아, 저 공원 뒤에 한 커플 더 살지 않아요? 맞아. 그랬던 것 같아. 왜 있잖아요. 지난번 후원의 밤 할 때 왔던 분들. 나이가 좀 있어 보이셨는데.

유리가 한마디를 더 거든다. 그러는 동안에도 나는 그 사람들과 우리가 왜 밥도 먹고 가깝게 지내야 하는지 의아한 기분이 든다. 아무 관계도 상관도 없는 그들과 우리를 왜 한데 묶으려고 하는지도 알 수가 없다. 그러면서도 그것을 어떤 호의나 친절로 받아들이려고 최선을 다한다.

그런 후엔 대화가 이상한 방향으로 흘러간다. 어쨌든 점진적으로 그런 사람들도 우리가, 사회가 끌어안아야 한다는 이야기다. 그런 사람들이라니. 사회적 약자, 마이너리티, 관용과 배려. 듣다 보니 거기엔 너와 나도 포함되어 있는 것 같다. 돌아보니 너는 말린 자두를 조금씩 떼어먹으며 고개를 끄덕이고 있다. 나도 잠자코 사람들의 이야기를 듣는다. 듣다 보면 왜 이런 이야기를 듣고 있어야 하나 싶은 이야기들이고 나와는 상관없는 일인 것 같은데도, 사람들은 자꾸만 나와 너의 의견을 묻고 동의를 구하고 싶은 것 같다. 너는 주택관리사 시험을 준비하고 있다고 말하고 자격증을 따고 난 이후의 계획들을 늘어놓기 시작한다. 아직 일어나지 않은 일이고 정말 그렇게 될까 싶은 이야기인데도 사람들은 네 말에 귀를 기울인다. 아니, 그래야 한다는 어떤 의무감에 휩싸인 사람들 같다. 너는 사람들이 묻지도 않은 이야기들도 한다. 4년 전 우리가 만났던 조그마한 영화 모임에 대해 설명하고 어쨌든 나를 만난 뒤엔 모든 게 다 좋아졌다며 나를 치켜세우는 데에 열심이다.

결국 네 입에서 내가 하는 일과 직장에 관한 정보까지 흘러나온다.

어머, 좋은 데 다니시네요. 거기 나름 대기업 아니에요?

공부방을 운영한다는 여자가 놀란 얼굴로 되묻는다. 그 회사는 대기업도 아니고, 그 기업에 달린 작은 하청업체에 소속되어 있을 뿐이라는 내 설명을 듣고서도 사람들은 그래 봐야 대우나 조건이 비슷한 거 아니냐고 알은체를 한다. 나는 몇 차례 더 구체적인 설명을 보태다가 그만 입을 다물어버린다. 사람들의 추측과 짐작 같은 것들이 내 처지와 형편을 마음대로 상상하도록 내버려둔다.

그럼, 아무 걱정 없네. 직장도 있겠다, 집도 있겠다. 그만하면 훌륭하지. 직장 없고 집 없어서 결혼 못하는 사람이 얼마나 많은데. 당장 결혼해도 되는 조건이지, 안 그래요?

저쪽에 앉은 여자가 문득 그렇게 말한다. 무슨 말일까. 그 사람과 눈이 마주쳤는데, 그 사람은 도망치듯 얼른 고개를 돌려 유리 쪽을 보며 한마디 더 한다.

그나저나 여긴 언제 해?

유리와 유리 남자친구에게 하는 말이다. 멀찌감치 떨어져서 다음주에 있을 행사 안내문을 꼼꼼히 살펴보던 남자가 고개를 든다. 그러면서 준비가 될 때까진 결혼을 미루고 있는 중이라고 말한다.

준비할 게 뭐 있어, 서로 좋으면 그만이지.

부부 중 남편으로 보이는 사람이 거들고 화제는 곧장 유리와 유리의 남자친구 쪽으로 옮겨 간다. 유리는 휴지로 테이블 위를 닦으며 지금은 서로 하는 일이 바빠서 결혼을 생각할 여력이 없다고 했다가, 이왕 늦은 거 1~2년 더 늦는 것도 상관없다고 했다가, 결혼이 뭐 중요한가요, 혼잣말을 하며 웃는다.

그렇잖아, 그지?

그리고 유리가 우리를 보고 묻는다. 너와 나. 사람들의 시선이 우리에게로 향한다. 잠시 침묵이 내려앉는다. 결혼이라니. 그런 건 한 번도 생각해본 적이 없고 원한 적도 없다는 말을 보태려는데 부부 중 아내로 보이는 여자가 내 말문을 막아버린다.

그래, 결혼 같은 거 해봐야 뭐 해. 골치만 아프지. 연애만 해. 연애만 해도 되지 뭐.

여자의 말이 끝나자마자 가볍게 웃음이 터진다. 돌아보니 너도 다른 사람들처럼 박수를 치며 웃고 있다. 그러나 대화는 끈질기게 그 주제를 물고 늘어진다. 사람들은 결혼이 필수가 아니라는 이야기에 열을 올린다. 요즘은 옛날처럼 결혼에 목숨을 걸지 않아도 되고 자유롭게 사는 게 훨씬 낫다고 말한다. 그럼에도 주택이니 세금이니 상속이니 하는 제도들이 결혼에 묶여 있는 건 참 문제라는 말도 한다. 어쨌든 누구든 결혼을 할 수 있도록 배려해야 한다고 목소리를 높이고, 여기저기서 들은 외국의 사례들을 들먹거린다. 도대체 이렇게까지 모두가 흥분하면서 해야 할 이야기일까 싶은데도 도무지 그만둘 기미가 없다.

그게 뭐 중요한가요. 각자 하고 싶은 대로 하면 되죠.

내 입에서 문득 그런 말이 튀어나온다. 이쯤에서 다들 그만했으면 좋겠다는 의미로 한 말이지만 분위기는 묘하게 더 경직된다.

결혼이야 원하면 얼마든지 할 수 있다는 내 말을 사람들은 이해하지 못한 눈치다. 내 말이 어떤 의미인지 알아듣지 못한 게 분명하다. 너희가 결혼을 어떻게 해? 그런 의아함과 당황한 기색 같은 것들이 사람들의 얼굴 위로 떠오른다. 법과 제도 같은 데에 호소해가며 결혼할 마음이 없고, 그러므로 이런 이야기에 더 말을 보태고 싶지 않다는 뜻을 알아차리는 사람은 아무도 없는 것 같다. 나는 조금 더 말한다. 말은 계속 길어지고 왜 관심도 없는 이런 이야기에 길게 해명을 덧붙여야 하는지 점점 알 수 없는 기분이 든다.

그래, 맞아요. 우리나라도 곧 그렇게 되겠지. 아니, 하고 싶다는데 왜 그걸 못하게 해, 그럴 이유가 있어? 하고 싶은 사람끼리 하게 해주면 그만이지. 안 그래요?

누군가 어색한 분위기를 흩뜨리듯 그렇게 말한다. 도대체 이 사람들은 나와 너를 뭐라고 생각하는 걸까.

사람들은 우리 곁에 나란히 서 있다가, 한꺼번에 갑자기 몇 계단 위로 뛰어 올라가서 우두커니 우리를 내려다보고 또 갑자기 우르르 몇 계단 아래로 내려선 다음 멍하니 우리를 올려다본다. 그 바람에 우리가 서 있는 자리는 그들보다 아래였다가, 위였다가, 오르락내리락한다. 이러나저러나 우리와 나란히 서 있는 건 해본 적도 없고, 하고 싶지도 않고, 할 줄도 모르는 사람들 같다.

생각해보면 우리 사회는 아직 참 갈 길이 멀어요. 사람들이 더 배려할 줄은 모르고. 정말 외국처럼 되려면 한참 멀었어요.

곁에 앉은 여자가 껍질을 벗겨낸 귤 하나를 건네준다. 누가 누굴 배려한다는 걸까. 내가 혹은 네가 어떤 배려를 바란다고 생각하는 걸까. 나를 보는 그 사람의 얼굴에 담긴 것이 조금의 의심도 담기지 않은 진심이라는 것을 나는 금방 알아챈다. 아, 이 사람은 정말 그렇게 생각하는구나. 정말 그렇게 믿는구나. 그 순간 내내 의구심과 의아함으로 뭉뚱그려진 감정들이 곧장 불쾌감으로 뒤바뀐다.

나는 귤을 테이블 위에 그대로 올려둔 다음 자리에서 일어난다.

왜 그래?

사무실 바깥까지 따라 나온 네가 묻는다. 나는 난간에 붙어 서서 다닥다닥 붙은 집들을 내려다보고 있다. 높은 건물이라고 해봐야 3층짜리, 4층짜리 다가구 건물이 전부인 동네. 높낮이가 없는 풍경이 바닥에 납작 엎드려 있다.

그렇게까지 굴 거 없잖아. 왜 그렇게 예민하게 그래?

내가 예민한 거야?

다 좋은 사람들이잖아. 다 우리 걱정해서 하는 이야기인데 왜 그래?

우리 걱정을 왜 하는데?

너와 나는 그곳에 서서 나지막한 목소리로 말다툼을 벌인다. 그러는 동안에도 컨테이너 안에서 사람들이 웃고 떠드는 소리가 끊임없이 흘러나온다.

그리고 멀리서 둔탁한 발소리가 나더니 이윽고 누군가 옥상 위로 불쑥 모습을 드러낸다. 헬멧을 쓴 중국집 배달원이다. 그는 컨테이너 문 앞에 놓인 그릇을 확인하고는 문을 열어젖히고 큰소리를 낸다.

그릇은 1층에 내려놔달라고 말했는데 못 들었어요?

유리와 남자친구가 컨테이너 밖으로 나온다. 잠시 실랑이가 인다. 남자는 그릇 위에 쌓인 휴지와 신문지, 포장지 같은 것들을 가리키며 이런 건 따로 분리해야 하는 게 아니냐며 따지고 든다. 그릇을 찾으러 3층까지 올라온 게 몹시 짜증스러운 얼굴이다.

저흰 당연히 문 앞에 내놓으면 되는 줄 알았죠. 다들 그러잖아요.

유리가 말하고 남자가 기가 찬다는 듯 바닥에 쌓인 그릇을 내려다보며 말한다.

아줌마, 우리 원래 여기까지 배달 안 해요. 전화 받는 사람이 뭣도 모르고 주문을 받는 바람에 여기까지 온 거라고요. 고마운 줄 알아야지. 이 동네에 여기 산꼭대기까지 배달 오는 가게가 어디 있어. 사람들이 양심이 있어야지. 양심이.

그는 쪼그리고 앉아 검은 봉지 안으로 그릇을 거의 던져넣다시피 한다. 그릇들이 부딪치고 남은 국물과 양념 같은 것들이 봉지 안으로 밖으로 튀어오른다.

지금 뭐라고 하셨어요?

그리고 네가 끼어든다. 내가 말릴 틈도 없이 너는 어느새 그 사람 바로 코앞까지 가 있다. 사무실 안에서 사람들이 더 나온다. 사과를 해라, 마라, 옥식각신 다투는 사이 어느새 배달원은 사람들에게 둘러싸인 꼴이 된다.

아이고, 미안합니다.

결국 남자가 못 이긴 듯 그렇게 말하고 돌아선다. 그릇이 담긴 봉지에서 요란한 소리가 난다. 남자는 문에 걸린 작은 현판을 보고 중얼거린다.

마을 연구소 좋아하네. 내년이면 다 철거될 동네에서 연구는 무슨 얼어죽을.

아저씨! 처, 철거라뇨. 누, 누가 그런 말을 해요! 그거 다 없던 일로 된 거 모르세요?

사람들의 기세를 등에 업은 유리가 그렇게 소리치자 어두운 계단 복도를 내려가는 남자의 우렁찬 목소리가 옥상까지 또렷하게 넘어온다.

내년이면 다 부수고 없어질 동네에 연구할 게 뭐가 있어. 말이야 좋지. 여기도 싹 갈아엎든지 해야지. 저런 정신 나간 것들이 몰려와서는 무슨.

남자가 가고 나서 나는 곧장 사무실로 들어가 가방을 챙겨 나온다. 만류하는 사람들에겐 회사에서 갑자기 급한 연락이 왔다고 둘러대고 너에겐 먼저 집에 가서 기다리겠다고 말한다. 얼빠진 얼굴로 서 있는 사람들에게 끝까지 공손하게 인사를 하고 마침내 그곳을 빠져나온다.

나는 큰 골목을 따라 걸어 내려가다가 대로로 향하는 좁은 지름길로 들어선다. 골목은 직선으로 뻗어 있는 듯 보이지만 이리저리 굽어져 있고 몇 번이고 막다른 길에 이른다. 나는 갔던 길을 되짚어 나오고 처음 이곳에 올 때 보았던 우체국과 편의점 같은 것들을 찾으려고 필사적이 된다. 어둠침침한 가등 불빛을 뒤집어 쓴 집들은 다 비슷비슷하고 어느 순간에 이르자 도저히 빠져나갈 수 없는 수렁에 갇혀버린 것 같은 두려움이 밀려온다.

그러는 동안에도 너는 끈질기게 전화를 걸어온다. 끊어졌나 싶으면 전화가 다시 걸려오고, 몇 개의 메시지가 연속으로 들어오기도 한다. 금방이라도 휴대폰을 열고, 전화를 받고, 메시지를 확인하고픈 충동을 간신히 억누르면서 나는 어떻게든 동네를 벗어나는 데에 혈안이 되어 있다.

그러니까 그 순간에는 나를 이곳까지 끌고 온 게 너라는 확신을 지울 수가 없다. 어쩌면 내가 벗어나고자 하는 건 이 낯선 동네가 아니고 바로 너라는 사람이라는 사실도. 그것이 실은 내가 생각한 것보다 훨씬 전부터 끊임없이 지속되어온 일이라는 것도 말이다.

하루가 지나고 이틀이 더 지난다. 그러는 동안에도 나는 그날에 관한 이야기는 입에 올리지 않는다. 너도 마찬가지다. 대화 속에서 문득 그날의 일들이 어른거리면 내가, 혹은 네가 말을 끊거나 엉뚱한 질문을 하는 식으로 그날의 일로부터 멀찌감치 물러선다. 유리. 유리네 사무실. 그곳에서 만난 사람들. 실은 우리가 피해 다니는 게 그런 게 아님을 나도 알고, 너도 안다.

몇 주가 더 지난 저녁 무렵 우리는 다시 유리 커플과 마주 앉아 있다. 유리가 마련한 식사 자리이고 미리 주문을 해놓았는지 창가 테이블에 앉자마자 금방 음식이 나온다.

사무실 오픈할 때도 와주고 냉장고도 사줬잖아요. 언제 저녁 한번 사려고 했어요.

실내는 어둡고 음식을 나르는 사람들의 움직임도 고요하다. 나는 파스타 면을 덜어 조금씩만 맛본다. 다른 사람들이 쥔 포크와 부딪히지 않도록 몹시 주의를 기울이게 된다. 그리고 옆에 앉은 네가 멀리 있는 음식들을 한 움큼씩 내 접시에 덜어준다. 괜찮다고 하는데도 젓가락으로 새우와 홍합, 베이컨 같은 것을 집어오고, 피클과 양상추 같은 것들을 옮겨다주며 테이블 위를 지저분하게 만든다. 신경이 점점 더 곤두선다.

아 우리, 집 합치기로 했어요.

식사를 마칠 때쯤 유리가 문득 그런 말을 꺼낸다. 각자 살던 집의 보증금을 합쳤는데도 전세를 얻기엔 턱없이 부족해서 월세를 조금 더 내는 방향으로 함께 살 집을 구하고 있다는 이야기가 이어진다. 유리 남자친구가 한두 마디씩 거들고 그때마다 두 사람 사이에 가벼운 실랑이가 벌어진다. 이 집, 저 집. 위치를 따지고 월세를 셈하고, 새로 사야 할 것과 버려야 할 것들을 정하고, 이런저런 비용을 마련하고 부담하는 일에 두 사람 모두 얼마간 지친 모습이다.

원래 그래. 둘 다 마음에 쏙 들 수 있니? 서로 양보하고 그런 거지.

함께 살다 보면 예상하지 못한 일들이 생겨나고 그때마다 포기해야 하는 일이 얼마나 많은지 네가 설명하기 시작한다. 도대체 나와 사는 동안 네가 포기한 건 뭘까. 뭘 양보했다는 걸까. 그러는 동안에도 나는 아무런 말도 하지 않는다.

너와 함께하는 동안 내가 포기한 것들, 앞으로 포기해야 하는 것들을 가늠해보고 있는지도 모른다. 아니, 지금은 알 수도 없는 그런 일들을 각오해야 한다면, 뭔가를 무릅써야 한다면 그건 너는 아닐 거라고 생각하고 있는지도 모른다. 오늘은. 내일은. 주말에는. 너와의 관계를 정리해야겠다고 생각하는 건지도 모른다.

그러나 유리 커플과 헤어지고 집까지 걸어오는 동안엔 다시금 너와 내일, 모레, 주말에 해야 할 일들에 대한 이야기를 나누느라 정말 하고 싶은 말은 할 수가 없다. 어디에나 있고, 누구나 가진, 특별할 것도, 특별하지도 않은 이런 것들이 우리를 여기까지 끌고 왔다는 것을 깨닫게 된다. 이것이 너와 나, 우리의 밤이다.■

제13회
김유정문학상
수상 후보작

이주란

한 사람을 위한 마음

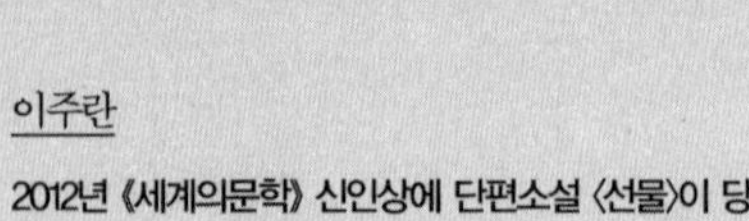

이주란

2012년 《세계의문학》 신인상에 단편소설 〈선물〉이 당선되어 등단했다. 소설집 《모두 다른 아버지》 《한 사람을 위한 마음》이 있다. 김준성문학상, 젊은작가상을 수상했다.

지난 토요일은 P의 결혼식이었다. 나는 그날 출근을 해야 했는데 결혼식 시간이 임박해오자 아무래도 마음에 걸렸다. 사장님 부부에게 사정을 말하니 바로 퇴근을 시켜주었다. 거리가 꽤 되었는데도 다행히 늦지 않게 참석할 수 있었다. P는 결혼식이 진행되는 내내 활짝 웃고 있었다. 신혼여행은 뱃속의 아이가 안정을 찾고 나면 하와이로 갈 예정이며 신혼집은 반포라고 했다. 오늘 정말 예쁘다고, 너무 축하한다고 내가 말하자 너도 얼른 가라고 P가 말했다. 나는 웃음을 지어 보인 뒤 집으로 갔다.

결혼식이 끝날 때쯤 갑자기 퍼부은 소나기 때문에 당황하고 있던 걸 거의 일 년 만에 만난 고교 선배 N이 집까지 차로 태워다주어서 편하게 올 수 있었다. 몸은 편했지만 이야기는 그렇지 않았다. N과 나는 작년 여름 장례식장에서 만난 적이 있었다. 고교 시절 함께 절친했던 선배가 자살을 했기 때문이었다. 우리는 그날 했던 이야기의 대부분을 반복해서 다시 했다. 그리고,

그날 P는 안 왔잖아?

N이 물었고,

네. 일이 바쁘다고.

내가 대답했다. 선배의 부고를 알렸을 때 P는 답장이 없었지만 다음 날 오래전 선배와 함께 찍은 사진과 함께 SNS에 장문의 추모글을 올렸다. 워낙 바쁘게 살고 있어 그런가보다 생각했었는데,

삼십 분이면 올 수 있지 않아?

N이 물었다. 그게 P가 사는 곳과 장례식장 간의 거리를 묻고자 하는 것이 아니란 건 알았다.

오빠는 결혼 생활 어떠세요?

그냥 남들 같지 뭐.

그러고 나면 P의 남편(잘 알지도 못하면서)에 대한 이야기나 결혼을 하기 위해 그간 많은 노력을 했던 P의 이야기로 넘어갈 수 있으리란 생각이 있었는데 어쩐지 그런 이야기는 하나도 하지 못하고 집에 도착했다. 갑자기 내린 비에 대한 이야기와 미세먼지, 우울증과 마그네슘에 대한 이야기를 나눴다. 아무튼 집에 와서는 냉장고를 뒤져 이것저것 먹었다. 나는 〈나는 자연인이다〉 세 편을 연이어 보다가 평소보다 일찍 잠들었다.

새벽에 일어나 P가 올린 추모글을 다시 찾아 읽었다. 우리는 어릴 때부터 글을 잘 썼다.

자연인 이모, 안 자?

송이가 방문을 밀고 들어왔다.

어, 이리 와.

송이가 귀와 몸이 긴 토끼인형을 안고서 내 팔을 베고 누웠다.

레나가 이모 얼른 잘 자래.

송이가 말했다. 팔다리가 금방이라도 떨어져나갈 것처럼 덜렁덜렁 하는, 귀와 몸이 긴 토끼인형의 이름이 레나다. 꿰매줘야 하는데 매번 잊고 만다. 레나라는 이름은 송이가 좋아하는 만화영화에 나오는 캐릭터의 이름이다.

나는 눈을 감고 언니를 떠올린다. 엄마와 함께 어려운 상황들을 헤치며 나름대로 즐겁게 자라던 우리들. 언니는 하얗고 나는 까맸던 우리들의 얼굴색과, 그러나 쌍둥이처럼 똑같이 입고 있는 옷 두 벌 같은 것들. 그리고…… 생각의 끝엔 항상 언니와의 마지막이 찾아온다. 기억은 언제고 멈추어야 하고 나는 그게 우리의 마지막 순간이 아니라 그저 좋았던 기억이고 싶다. 그러나 이미 언니와의 마지막 기억이 머릿속을 지배하고 있기 때문에 억지로 다른 기억을 떠올린 뒤에야 겨우 잠들 수 있다. 어떤 순간도 마지막이 될 수 있다고 나는 생각한다. 그리고. 그래서 마지막을 연습하는 것처럼 나는 매일 똑같은 일상을 보낸다. 송이는 올해 삼학년이 되었고 나는 엄마 대신 송이의 담임 선생님과 학기 초에 이뤄지는 개별상담을 했다.

나는 서점에서 하루에 열 시간씩 일한다. 아주 작은 서점이고 매출로만 보면 없어지는 게 맞을지도 모를 곳이다. 지역에서는 명문이라고 불리는 고등학교 앞에 위치해 있지만 참고서를 주로 파는데다가(그것만 판다고 해도 틀린 말은 아닐 것이다) 걸어서 10분 거리에 있는 이백 평짜리 대형 서점이나 주문하면 하루, 혹은 당일에도 도착하는 인터넷 서점에 밀려 손님이 많지는 않다. 많지 않지만 등교 시간보다 한 시간씩 일찍 와서 문을 두들겨대는 학생도 있고 문을 닫은 일요일 저녁에 서점 안을 빤히 들여다보는 어른도 있다. 깜짝 놀라 문을 열어보면 아직도 이 서점이 여기에 있느냐고 물으며 들어와서는 출간된 지 30년은 된 듯한 책들을 뒤적이다가 한두 권 사가곤 한다. 출간된 지 너무 오래되어 정가가 3천 원이거나 4천 원인 걸 보면 나도 조금 놀라곤 한다.

이곳은 원래 30년 넘게 선배의 부모님이 직접 운영하셨으나 삼 년 전 건강이 좋지 않아 직원을 구하게 되었다. 사장님 부부가 긴 고민 끝에 직원을 구하기로 하고 A4용지에 정성들여 쓴 구인공고를 붙이던 날 저녁, 나는 약속 시간에 늦는 친구를 기다리며 동네 여기저기를 걷다가 우연히 서점 앞을 지나게 되었다. 그리고 구인공고를 본 순간 망설임 없이 서점 안으로 들어갔다. 고교 시절 늘 다니던, 공부도 못하면서 참고서만 사느라 좋은 기억도 딱히 없으면서 어쩐지 정이 들어버린 곳이었다.

안녕하세요, 인사를 하고 일을 하고 싶다고 하니 따뜻한 국화차를 한 잔 주며 지금 시간이 되느냐고 물었다. 나는 동그랗고 오래된 테이블을 앞에 두고 사장님 부부와 마주 앉았다. 처음에 나의 간단한 신상을 묻고 이곳의 근로조건을 말해준 뒤로는 사장님 부부가 살아온 이야기를 들었다. 이야기는 강원도 산골로부터 시작되었고 "그게 우리 소박한 꿈이거든요"로 끝마쳐졌다. 그러니까 어째서 이 서점을 지키고 싶은지에 대한, 그런 마음에 대한 이야기였다.

당시 나는 집에서 두 시간 거리의 학원에서 아이들에게 국어를 가르치고 있었다. 어떤 이유에선지 학생의 뺨을 때리고 말도 없이 사라진 동료 선생 대신, 그 일로 찾아오는 모든 사람들에게 사과를 하며 하루하루를 보내던 때였다. 사정이 생겨 일을 그만둬야 할 것 같다고 말하며 다른 선생님이 올 때까지는 수업을 하겠다고 말하자 원장은 갑자기 가발을 벗어던지며 옆, 옆, 옆 교실에까지 다 들릴 만큼 큰 소리로 "씨발년아 당장 나가"라고 소리를 질렀다. 그간의 모든 스트레스를 나에게 푼 모양이었다. 나는 좀 놀라긴 했지만 요즘 같은 때에 그럴 수 있다 생각했고, 담담히 가방을 싸서 집으로 돌아왔다. 그날 새벽 원장은 내게 미안하다며 다른 선생을 구할 테니 이 주 정도만 더 수업을 해달라고 메시지를 보냈고 나는 그렇게 하겠다고 했다. 이틀 뒤부터 사람들이 면접을 보러 오기 시작했다. 일주일 만에 새 선생님이 결정되었고 나는 여느 날과 다름없이, 한마디 인사만 나누고는 짐을 뺐다. 그리고 바로 다음날부터 서점으로 출근하기 시작했다.

집에서 서점까지는 내 걸음으로 20분쯤 걸린다. 근무시간은 아침 7시부터 오후 5시까지. 열 시간씩 일해도 버는 돈은 전보다 적어졌는데 어쩐지 저축도 하며 지낸다. 3시 40분이 되면 수업을 마친 아이들이 슬리퍼를 끌고 나와 돌아다닌다. 맞은편에 새로 생긴 편의점이 북새통을 이루고 몇 명은 우리 서점에 들러 참고서를 사간다. 종이 울리면 아이들은 다시 교문 안으로 들어가고 교문 안으로 들어서는 아이들은 싫다고 욕을 해대면서도 뭔가 웃고 있는 것 같아 보인다. 나는 서점을 청소하며 그렇구나, 생각을 하고 5시가 되면 퇴근을 한다. 내가 퇴근을 하면 일찍 저녁식사를 마친 사장님 부부가 출근을 한다. 그들은 밤 10시까지 불을 켜고 그곳에 있다. 그냥…… 그곳에 있는 것이다. 나는 가끔 엄마나 송이와 밤 산책을 하며 서점 앞을 지나고, 사장님 부부가 텔레비전을 보거나 감자나 옥수수 같은 것을 먹는 장면을 보곤 한다.

삼 일 간 감기 몸살로 출근을 하지 못하고 끙끙 앓았다. 엄마는 고된 일을 마치고 와서 나를 간호해주었고 송이 역시 고된 학교생활을 마치고 와서 나를 간호해주었다.

송이…… 너…… 이모 데리고…… 병원놀이 하는 거지…….

이모, 쉿. 눈 감고 많이 많이 자.

송이에 따르면 많이 자야 낫는다고 한다.

그래. 환자가 말이 너무 많다.

엄마도 송이 말을 거들었다. 나는 더 대꾸할 힘도 없이 온몸에 약 기운이 퍼져가는 것을 느끼며 순식간에 잠들었고 정말 많이 잤다. 그리고 다음날 가뿐하게 일어나 오래 몸을 씻고 출근을 했다. 출근길에 휴대폰을 켜보니 P로부터 문자메시지가 와 있었다. 이틀 전에 온 것이었다. N과 함께 신혼집에 놀러오라는 얘기였고 나는 며칠 몸이 아파 답이 늦었다며 알겠다고, 시간을 맞춰보자고 답장을 보냈다.

점심 도시락을 먹고 파블로 네루다의 시집을 읽고 있는데 준호 씨가 왔다.

조지영 씨, 아프셨다면서요?

준호 씨는 편의점 옆 건물 일 층에서 학생들을 상대로 가격이 저렴한 파스타집을 운영하는데, 점심 장사를 마치고 나면 종종 들른다. 어떤 이유에선지(아마도 조금이라도 매출을 올려주려는 마음일 거라고 생각한다) 책을 한 권씩 사기도 하는데, 오래된 책을 사가는 사람은 있어도 책을 새로 들여놓는 일은 없으니 여기 있는 책이 다 팔리면 어떡하느냐고 묻곤 한다.

참고서가 많잖아요.

음, 이참에 수능을 다시 볼까요.

정말 그럴 수도 있을 거라는 생각이 들게 대답한다. 준호 씨가 가고 나는 읽던 시집을 계속 읽었다. 4시쯤 되면 청소를 했다. 작고 오래된 곳이지만 깨끗하다. 나는 빗자루를 든 채로 서점 밖에 서서 가만히 그 안을 들여다본다.

퇴근을 하면 송이의 학교로 간다. 송이는 수업을 마치고 내가 올 때까지 돌봄교실에서 시간을 보낸다. 내가 가면 송이는 보통 한 구석에서 책을 읽고 있다. 돌봄교실은 꽤 넓고 여러 학년이 섞여 있는데, 송이는 평소에 나이나 성별에 관계없이 친구들하고 잘 지내는 편이지만 혼자서도 잘 놀곤 한다. 보호자가 해야 하는 서명을 하는 사이에, 송이는 가지고 놀던 것들이나 읽던 책을 정리하고 겉옷을 입는다. 아이를 데려갔다는 사실을 확인하는 서명란에는 엄마, 아빠, 할머니, 태권도 선생님 등 아이와의 다양한 관계가 쓰여 있다. 보호자인 것이다. 나는 처음에는 이모라고 적었지만 언젠가부터 내 이름을 적었다. 거기에 이모라고 적는 것보다 내 이름을 적을 때, 나는 내가 송이의 보호자라는 것을 정확하게 느낄 수 있고 그럴 때마다 기분이 묘해지곤 한다. 우리는 선생님께 인사를 하고 교실을 나왔다.

오늘 간식은?

크림빵이랑 요플레.

요거트?

요플레!

어떤 맛?

요플레!

이런 식으로 말하면 내가 "정확하게 말해야지" 하는 것을 알면서도 송이가 나를 놀리며 조금 앞서 뛰듯이 걸어갔다. 우리는 마트에 가서 반찬거리와 젤리와 막걸리를 샀다. 내가 젓갈을 사자 송이가 싫어했고 막걸리는 오늘 입맛이 없다는 엄마 몫으로 샀다.

3월이라 스트레스 받는 것 없어?

적응 다 했어.

벌써?

아니.

3월엔 어쩔 수 없이 우리가 좀 긴장하곤 했다. 송이의 학교생활이 걱정되기 때문이다. 1학년 때는 친구들이 부모님에 대해 묻는 것 때문에 상처를 받아 종종 화를 내곤 했었는데 요즘은 내색을 잘 안 한다. 나보다 옷도 잘 입고 마음도 밝고 넓은 아이. 나는 송이가 모든 순간을 꾹 참고 있는 거라고는 생각하지 않지만 그럼에도 불구하고 늘 걱정이 된다. 엄마에게 김치부침개와 막걸리로 저녁상을 차려주며 나의 어릴 적 성격을 물었더니 꽤 좋았다고 한다.

넌 커가면서 오히려 성격이 나빠졌다.

뭐?

내가 흘겨봤더니 엄마가 막걸리를 한 잔 마시고 말했다.

결혼하고 싶지 않아?

별로.

이 소명서가 또 왔어.

아이 참.

너 개명할래?

이름은 괜찮고 성을 김으로 바꾸고 싶은데.

김지영으로?

응. 그러고 보니 요즘에 애들 보면 조씨가 별로 없는 것 같아.

미안해, 엄마가 보통으로도 못 키워줘서.

…….

어릴 적 '조지'나 '조져버려', 혹은 더 심한 말로 나를 놀리며 신나하던 언니가 떠오른다.

P의 집에 갈 날짜를 정하는 일은 쉽지 않았다. 저녁을 먹고서 N까지 셋이서 대화를 해보니 P가 화요일만 된다는 것이다. N은 화요일과 목요일엔 8시에 일이 끝난다며 도착하면 9시쯤 될 텐데 다른 요일은 전혀 안 되느냐고 물었다. 우리는 늦어도 10시쯤엔 헤어지는 편이기 때문에 그랬을 것이다. 그러나 P는 곧바로 자신은 화요일이 가장 낫다고 말하며 지영이와 먼저 만나고 있을 테니 늦더라도 꼭 오라고 말했다. 우리는 임신 중인 P를 배려해 일주일 뒤 화요일에 만나기로 했다. 약속이 있는 그런 날엔 돌봄교실 선생님과 통화를 한 뒤에 송이가 혼자 걸어서 집에 가는 길 내내 통화를 한다.

송이는 공식적으로는 엄마와 한 방을 쓰지만 잠은 여기저기 옮겨 다니면서 잔다. 나름의 기준이 있는지 어떨 때는 엄마랑 자고 어떨 때는 나랑 자는 것이다. 오늘 송이는 엄마와 자려는 모양이다. 막걸리 두 병을 마신 엄마 품에 송이가 안겼고 레나는 송이 품에 안겼다.

할머니, 나한테 심바라고 불러봐.

심바?

응, 그럼 나는 할머니한테 품바라고 불러줄게.

심바가 뭔데?

사자.

우리 송이 사자가 좋아?

응.

오, 멋지네. 그럼 품바는 뭘까?

바보.

나는 송이가 엄마 품에 안겨 있는 것을 보거나 내 품에 안겨 잘 때 슬프면서도 행복하다. 해줄 수 있는 게 없어서 슬프고 해줄 수 있는 게 있어서 행복하다. 그러니까 내가 송이를 바라볼 땐 언제나 슬픔이 먼저고 그 다음이 행복인데 송이도 그랬으면 하는 것, 송이가 자신을 바라볼 때 처음엔 좀 슬프더라도 마지막은 좋았으면 하는 것…… 그게 내 유일한 바람이다.

엄마의 코 고는 소리가 작게 들려온다. 엄마는 송이와 함께 살고 일 년쯤 지났을 때 이런 말을 한 적이 있다. "흰머리만 났었는데 이젠 검은머리도 나는 것 같다." 나는 언니와의 마지막 순간을 떠올릴 때마다 엄마의 그 말을 오래 생각하다가 잠들곤 한다.

밤사이 비가 조금 내렸고 자주색과 회색 보도블록 사이로 올라오는 새싹들을 피해 걷느라 어렵게 걸으며 출근을 했다. 서점 문을 열고, 전등 스위치를 켠다. 빗자루를 들고 서점 앞 작은 마당에 떨어진 나뭇잎들을 잠시 바라보다가 그대로 두자고 생각한다. 사장님 부부에게 출근을 알리는 메시지를 보내고 내 자리에 앉았다. 몹시 한가로웠던 겨울이 지나고 찾아온 봄엔 작은 서점도 같이 활기를 띤다. 일 교시 시작 전 정신없이 뛰어들어와 참고서와 문제집을 사간 현우는 일 교시 쉬는 시간에 다시 뛰어내려와 잘못 사간 참고서를 바꿔 갔다. 2학년 것을 사간 것이다. 현우는 고3인데 1학년 때부터 자주 다른 학년 것을 사가곤 했다. 그러고 보니 나 역시 잘못 팔았잖아? 조금 자책을 하고서, 현우가 중학생 때도 그랬을까 생각해본다. 그랬겠지,라고 단정 짓지 않기 위해 나는 지금과는 전혀 달랐을 수도 있는 현우의 어린 시절을 상상해본다. 그리고 역시 난 상상력이 없는 것 같다고 생각하며 이 교시부터 다시 한가로운 시간을 보낸다. 나는 차근차근 장부를 정리하고 발주를 넣은 뒤에 아이들의 점심시간 전에 밥을 먹어두기 위해 준호 씨의 가게로 갔다.

저 불고기스파게티 포장할 건데 몇 분 후에 오면 될까요?

지영 씨는 봉골레 좋아하시는데.

맞아요.

불고기 금방 돼요. 제가 갖다드릴게요.

나는 계산을 마치고 서점으로 돌아와 책장 구석에 오래 꽂혀 있던 《독설의 기술》을 펼쳤다. 모기를 잡을 때는 살충제를 뿌려서 잡는 게 아니라 살충제 통으로 때려잡는 거란 부분까지 읽었을 때 준호 씨가 왔다.

지영 씨는 별자리가 어떻게 되세요.

전 염소자린데요.

아, 그러시구나. 전 물고기자리거든요. 어느 날이었어요. 오래전 일이죠. 혼자 집에서 영화제 시상식을 보고 있었거든요. 그때 〈물고기자리〉가 무슨 상인가를 받는 상황이었어요. 근데 그 시상자가 불고기자리……..

준호 씨는 웃느라 말을 끝맺지 못했다.

아, 준호 씨가 물고기자리여서 더 재밌으셨던 거구나.

네, 네. 맞아요.

나는 읽던 책을 슬그머니 내려놓았다. 준호 씨는 그제야 불고기스파게티를 책 옆에 내려놓았고 끝까지 웃으면서 서점을 나갔다. 나는 금방 해서 따뜻하고 설탕을 넣어 달콤한 불고기스파게티를 배부르게 먹었다. 남긴 적이 없어서일까. 정말 괜찮다는데도 늘 양을 넉넉히 만들어준다.

사장님 부부가 즐겨 마시는 감잎차를 오늘은 나도 한 잔 마시며 오후 시간을 보냈다. 5시가 다 되어갈 무렵 비가 내리기 시작했다. 퇴근길에 준호 씨의 가게에 들러 잘 먹었다고, 고맙다고 인사를 하고 광역버스를 탈 수 있는 버스정류장으로 갔다. 나는 7시까지 가기로 했고 N은 9시까지 오기로 했다.

반포역에서 내려 15분쯤 걸어 P의 집으로 갔다. 초행길이었지만 찾는 것은 어렵지 않았다. 무엇을 사가면 좋으냐고 했더니 휴지라고 해서 가는 도중 편의점에 들러 두루마리 휴지와 아몬드가 박혀 있는 초콜릿 박스를 사갔다. P의 집은 그녀와 아주 잘 어울리는 깨끗하고 멋진 아파트였다. 우리는 식탁에 앉았고 P는 다시 일어나 내게 줄 따뜻한 녹차를 준비했다.

비가 와서 오는 데 힘들었지?

아냐, 괜찮았어.

P는 휴대폰으로 음악을 재생시켰고 나는 한참이 지나서야 그게 CCM이라는 것을 알았다. 나는 원래는 날씬했던 P의 남편이 매일 야근을 하느라(전문직이라) 야식을 먹어 살이 찔 수밖에 없다는 얘기와 시댁에 관한 이야기를 들었다. 서울대 음대를 나온 남편의 형, 그러니까 P의 아주버님이 사이비 종교에 빠져 전도를 위해 길에서 바이올린을 연주하고 다니는 바람에 길에서 한바탕 난리가 났었다는 것이다. 아주버님이 매일 아침마다 집에서 누룽지를 구워 적당히 부순 다음에 비닐팩에 넣어 가는 짓까지 하는데 그게 길에서 사람들에게 나눠주기 위함이라고 한다. 아니, 요즘 누가 누룽지를 먹니? 어머님한테는 먹어보라고도 안 한대. P는 그게 자신에게 나쁜 영향을 끼치는 엄청난 일이라고 토로한 뒤, 출산을 하게 되면 닥칠 회사에서의 불이익에 대해 이야기했다. 나는 P와 불과 얼마 전까지 완전한 타인이었던 아주버님이라는 사람이 이젠 P의 커다란 고민거리가 되어버렸다는 사실이 신기했다. P는 자신에게 닥쳤거나 닥칠 문제들에 대해 미리 세운 대안이랄까 대책들이 있긴 하지만 두려움은 어쩔 수가 없다고 말했다. 하지만 그런 일이 닥치더라도 결국엔 당신께서 도와주실 것을 알고 있다는 말로 P는 이야기를 마쳤다. 그리고 그토록 증오했던 아버지를 용서할 수 있었던 것도 모두 당신 덕분이니까,라고 덧붙였다.

아버지를 용서한 건 그냥 너잖아?

내가 물었더니 P는 아니라고 단호하게 말했다. 당신께서 도와주실 거라고 말하는 부분에서 눈물을 조금 흘리기도 했던 P는 이제 내게 엄마와 송이에 대해 이것저것 물어왔다. 우리 셋은 각자 나름대로 최선을 다하고 있고, 그래서 엄마에게 고맙고 송이가 대견하다고, 올해 들어서는 더 잘 지내고 있다고 나는 대답했다.

고무나무를 핑계로 널 버리고 간 태국 놈을 아직도 기다리고 있는 건 아니지?

눈물을 닦은 P가 물었다. 나는 언젠가부터 P에게 내가 만나는 사람들에 대한 이야기를 하지 않았다는 것을 깨달았다.

그게 아니라면 너도 얼른 누구 만나서 결혼해.

P가 말했다.

누구?

내가 되묻자,

그야 나는 모르지.

P가 말했다.

그게 아니고 결혼을 그냥 누구랑 해도 되는 거야?

내 말에 P는 아무 말이 없었고 나는 내가 사온 초콜릿을 두어 개 까먹었다. P는 잠시 침묵 뒤에 자신의 결혼에 따른 새로운 관계들에 대해 정의 내렸고 나는 대부분 P의 말들에 공감했다.

그럴 수밖에 없었고, 시계를 보니 어느새 9시 10분이 지나고 있었는데 N으로부터 "미안한데 오늘 못 갈 것 같다"는 메시지가 도착했다. 나는 P와 함께 결혼식 앨범을 보았다. 내가 단체사진 속 나를 가리키며 "얼굴이 진짜 네모다"라고 말하자 P가 "아니야, 완전 예뻐"라고 말했다. 그런 다음 고개를 들어 나를 빤히 바라보던 P는, "지영아, 넌 얼굴도 이렇게 예쁜데…… 그분을 만나면 너도 진짜 행복이 뭔지 알 수 있을 텐데"라고 말했고 나는 내 얼굴이 정말 예쁜가 생각했다.

P의 집에서 나왔을 때는 비가 그쳐 있었다. 나는 광역버스를 타고 한 시간 삼십 분쯤을 달려 동네에 도착했다. 버스에 우산을 두고 내렸고, 아차 했을 때는 이미 버스가 떠난 뒤였다. 집에 도착하니 자정에

가까운 시간이었다. 배가 고파서 씻지도 않고 밥부터 차렸다. 평상시보다 좀 빠르게 밥을 먹고 있는데 송이가 옆에 와서 내가 좋아하는 채널을 틀어주었다.

'잘 들어갔니? 나 사실 네 기도 매일 해. 또 보자.'

P로부터 문자메시지가 왔다.

'난 괜찮으니까 네 기도를 많이 해. 잘 자! ^^'

메시지를 보내고 남은 밥을 마저 먹고는 송이의 가방에서 알림장을 꺼내 보았다. 엄마랑 송이가 방과후 수업 신청서며 준비물들을 빠짐없이 준비해놓아서 나는 그냥 쉬다가 잠들면 되는 것 같았다. 나는 내가 남들처럼 괴롭지 않은 이유가 어쩌면 가진 것이 아무것도 없기 때문은 아닌가 하는 생각을 할 때가 있다.

4월에 들어섰지만 날은 아직 쌀쌀했고 우리 가족은 전보다 조금 웃음이 줄었다. 다름없는 일상이었지만 그런 것 같았다. 둘째 주 주말, K에게 부탁을 해서 K의 차를 타고 다같이 언니에게 다녀왔다. 우리집엔 차가 없는데 대중교통으로 송이를 데리고 다녀오기엔 조금 힘든 여정이기 때문이다. 다녀와서는 오랜만에 K와 별 시답잖은 얘기들을 하며 술을 마시고 노래방에 가서 놀았다.

전보다 표정이 좋아진 것 같아.

아까 그 꼴을 보고도 그래.

송이는 우는데도 예뻐.

맞아. 우린 다 못생겼었어.

K와 나는 고개를 끄덕이며 웃었다.

엄마도 못생겼었어, 그치.

어. 푸하하하.

지금보다 더 나빠지지만 마.

…….

싫으면 말고.

…….

…….

안 싫어.

언니와 K와 나는 어릴 적부터 셋이 함께 놀 때가 많았다. K는 나의 친구였지만 종종 K를 언니 같다고 느꼈고, 그래서 K를 보면 언니 생각이 더 많이 나곤 했다. 그러니까…… 그날 이후 나는 K를 조금 멀리 했다. 그리고…… 그런 나를 K는 기다려준다. 4월엔 언니가 있는 곳에 한 번, 지인의 결혼식에 두 번 다녀왔다. 아주 평범했을 화요일은 언니와의 마지막 화요일이 되고, 그날로부터 우리는 전과 다른 하루하루를 보내게 되었다. 우리가 시간을 보내는 것이 아니라 그저 시간이 지나가는 것이다. 이토록 수많은 마지막을 기억해야 한다면 언니가…… 죽어서도 힘들 거란 생각을 한다.

케이크 가게에서 밤케이크와 유자케이크, 무화과타르트를 샀다. 작지만 비싸서 나는 잘 안 사먹는데 예쁘고 맛있어서 가끔 선물을 하고 싶을 때 산다. 케이크 상자를 들고 익숙한 길을 걸었다. 나는 이 길이 좋다. 길도 길인데, 언젠가 사람 같은 것도 좋아하게 되는 순간이 올까.

조용히 서점 문을 열고 왼발을 안으로 들여놓자 용준 선배의 뒷모습이 보였다. 키가 큰데 늘 등을 조금 구부리고 다닌다. 주중에는 파주에 있는 기숙사에서 지내는데 주말이라서 집에 온 모양이다.

퇴근했는데 왜 다시 왔냐.

이거 드리려고요.

내 것도 있는지.

네.

용준 선배의 큰 눈이 어쩐지 개구져 보여서 괜히 웃음이 조금 났다.

별일 없고?

네. 오빠도 별일 없으시고요?

있어. 한국인 최초로 에어기타 대회에 나가볼까 한다.

용준 선배는 어릴 때부터 기타를 쳐왔고 지금도 사내에서 밴드를 결성해 활동하고 있다. 취미라고는 하지만 매주 합주를 하고 종종 공연도 한다고 한다.

오빠. 최초 아니세요.

으응?

흐음. 죄송해요. 이미 대회에 나간 한국인이 있어요.

정말?

네. 제가 유튜브에서 봤어요.

수상했어?

직접 보세요. 그럼 저 가볼게요.

그래, 조심히 가고 언제 맥주 한잔하자.

네.

나는 케이크 상자를 동그란 테이블에 올려두고 서점에서 나왔다. 나는 오래전에 M과 함께 에어기타 대회 영상을 본 적이 있었다. 사람들은 대단해, 다들 즐거워 보인다. 내가 말했었고 M은 고개를 끄덕이며 너도 해봐, 했었다.

3학년이 되니 확실히 숙제가 많아졌다. 집 앞에 있는 작은 상가에 있는 영어학원과 수학학원에 새로 들어갔기 때문이었다. 1학년 때는 엄마가 송이의 학교생활을 많이 챙기고 내가 집안일을 하는 편이었는데, 송이가 학원을 다니게 된 후부터는 내가 학교나 학원생활을 봐주고 엄마가 집안일을 많이 하게 되었다. 내가 해야 할 숙제도 아닌데 송이의 숙제를 보고 있으면 기분이 썩 좋지는 않다. 숙제란 건 정말 이지……. 송이는 앞으로 10년이나 더 어마어마한 양의 숙제를 해야 한다.

자연인 이모, 오늘은 자연인 안 봐?

봐야지. 너 이거 다 하는 거 보고.

그럼 나 이거 다 하면 소원 하나 들어줘.

소원?

응.

뭔데?

다 하고 얘기할래.

송이는 자세를 고쳐 앉고 열심히 연필을 굴리기 시작했다. 연필이라도 좋은 걸 사주고 싶어서 교보문고에 가서 블랙윙이라는 연필을 사주었는데 원래 쓰던 연필과 차이점을 모르겠다고 한다. 어쩌면 당연하게도 송이는 블랙윙에 전혀 관심이 없었고 따라서 그걸 원하지도 않았다. 순전히 내 욕심이었던 것이다. 속으론 조금 부끄러웠지만 그래도 나는 자꾸만 그걸 사주면서 "어때? 계속 써보니까 다르지?"라고 묻곤 한다. 송이의 소원은 이번주 금요일 밤에 친구들 세 명을 데려와 파자마 파티를 하게 해달라는 것이었고 나는 물론 흔쾌히 허락했다.

송이와 함께 〈나는 자연인이다〉를 두 편 보았다. 열 살인데 이렇게 늦게 자도 되나 걱정을 좀 했고, 송이가 엄마 방으로 들어가는 걸 보고 나도 방으로 들어왔다. 그리고 떡볶이 레시피를 검색했다. 꽤 많은 블로그를 검색했고 요리를 즐겨 하는 K에게도 문의를 했다. K는 내게 국내 최초로 설탕을 만들기 시작한 식품회사의 불고기소스를 알려주며 "이거 하나면 돼"라고 말했다. 나는 믿을 수 없었지만 K의 말은 틀린 적이 거의 없었으므로 믿기로 했다. 건조한 눈을 비비며 친구들에게 대접할 다른 음식들을 떠올렸다. 피자, 치킨, 과일, 음료수, 떡볶이였는데 다른 건 배달 주문을 하면 되고 나는 떡볶이만 만들면 되었다. 떡볶이 하나만 하면 되는데도 아이들은 보통 표정을 숨기지 않기 때문에 맛없다는 말을 들을까봐 조금 떨리기도 했다. 잘하려고 소시지나 다른 거 더 넣을 생각하지 말고 떡이랑 어묵이랑 파만 넣자. 기본에 충실 하는 거야. 여러 번 다짐을 하고 잠들었다. 살아가야 할 앞으로의 날들을 숙제라고 생각한 적은 있었지만 송이와 친구들을 위해 잘하지도 못하는 떡볶이를 만들어야 하는 건 숙제라는 생각이 들지 않았다.

송이와 송이의 친구들은 피자와 치킨보다 내가 만든 떡볶이를 더 많이 먹었다. 매운 것도 잘 못 먹고 떡볶이를 싫어한다던 예리라는 친구는 몇 번이나 리필을 요청해오기도 했다. 송이는 내 휴대폰으로 나를 찍는 시늉을 하며 비법을 알려달라 말했지만 나는 거절했다.

'그 소스 정말 최고였어.'

K에게 성공을 알리는 메시지를 보내며 출근을 했다. 오후에 준호 씨가 왔을 때는 기분이 좋아 농담도 했다.

제가 여기에 떡볶이 가게를 차리면 준호 씨 가게 운영에 방해가 될까요?

네?

농담이에요.

음, 만약 정말 그러실 생각이라면 동업은 어떤가요?

진짜 대답을 바라는 것도 아니면서 진지한 눈빛으로 나를 바라보며 묻는다.

준호 씨라면 동업도 괜찮지요.

내가 말했더니 준호 씨가 조금 놀라는 표정을 지었다.

혹시 제가 마음에 드시나요.

준호 씨가 물었고 내가 아무 말도 하지 않고 있자,

저는 조지영 씨가 좋거든요.

그렇게 말하곤 재빨리 서점 문을 열고 나갔다. 나는 준호 씨가 닫은 문을 바라보며 멍하게 서 있었다. 언젠가 내가 다시 누군가를 사랑하게 되는 순간이 올까, 잠시 생각했지만 그보다는 M이 돌아오는 게 더 빠를 것 같다. M은 내가 다시 예전의 일상을 찾아가기 시작했을 때 나를 떠났다. M이 떠날까봐 정신을 차리려 노력했는데 정신을 차리고 보니 M은 가고 없었다. 나는 가끔 그때 나를 살게 한 것이 나였는지 M이었는지 생각할 때가 있다.

4시쯤 청소를 하고 5시 넘어서까지 매출 정리를 하고 있는데 사장님 부부가 왔다.

내일부터 6일까지 푹 쉬고 와요.

네?

좋은 가족들하고 좋은 시간 보내면 좋겠어.

아…….

사장님 부부는 내 손에 케이크 상자와 흰 봉투를 쥐여주었다.

맨날 우리만 받으니까.

순간 눈물이 날 뻔한 것을 겨우 참느라고 엑셀 창이 띄워져 있는 모니터에서 눈을 떼지 못했다. 나는 마른침을 삼키며 4월 매출을 노려보았다.

그리고 저번에 지영 씨가 새 책들 들여놓는 거 어떠냐고 했었잖아? 생각이 바뀌지 않았다면, 해보면 좋겠어요.

나는 울어버렸다. 왜인지는 모르겠는데 참을 수 없이 눈물이 났다.

제가…… 쉬면서 목록을…….

울먹거리면서 말했더니,

쉴 땐 그냥 쉬고 7일에 출근해서 생각하는 게 좋을 것 같아.

사장님이 내 어깨를 어루만지며 말했다. 나는 그냥 막 울어버렸다.

조금 늦어서인지 송이가 집으로 갈 준비를 다 마치고 문 앞에 앉아 있었다. 나는 서명을 했고, 우리는 선생님께 인사를 하고 학교를 나왔다. 아이스크림 할인점에 들러 콘 아이스크림을 먹으며 집으로 가는 길. 내 발걸음이 좀 빨랐는지 송이가 말했다.

이모, 지금 다 흘리잖아.

응?

아까부터 제대로 까지도 못하고 왜 그래. 무슨 일 있어?

응, 있어.

뭔데?

비밀이야.

이모 오늘 이상해. 내 친구 같아.

나는 내가 내일을 기다린다는 것을 알게 되었고, 집에 돌아오자마자 벽에 기대어 앉아 좋아하는 작가들의 목록을 머릿속에 그려보았다. 진동 소리에 휴대폰을 보니 P에게 문자메시지가 와있었다. '잘 지내지? 네가 우는 꿈을 꿨어.' 나는 답장을 보냈다. '내가 우는 꿈? 오늘은 특별히 더 잘 지내고 있는데.' 그러자 P에게 다시 메시지가 왔다. '다행이다. 깨고 나서 네 기도 많이 했거든.' 나는 더는 답장을 보내지 않았고 내가 울고 싶지 않다는 것을 알게 되었다. 나는 송이를 불러 오늘의 저녁 메뉴에 대해 상의했고 저녁을 먹고 나면 좋아하는 TV프로그램을 보면서 엿새간의 휴가를 어떻게 보낼지만 생각해야지, 했다. 아직 하지 않은 일들이고 아직 오지 않은 날들인데도 생각만 해도 기분이 좋았다. 쉬고 싶었던 것이 아니라 하고 싶었던 것일까. 저녁을 먹은 뒤엔 〈나는 자연인이다〉에 채널을 고정했고, 송이의 스케치북을 한 장 찢어서

5.1 ~ 5.6

1.

이라고 써놓은 다음 한참을 바라만 보다가 잠들었다.

근로자의 날이지만 출근을 하는 엄마를 송이와 배웅하고 냉동실에서 꺼내두었던 떡을 나눠먹었다. 송이가 먹기에는 너무 커서 네 등분으로 잘라주었고 나는 반으로 잘라먹었다. 송이는 물과 함께 떡을 정말 맛있게 먹었다.

맛있다.

맛있지?

이 안에 당근이 있다는 거야?

아니, 앙금.

어제 케이크도 맛있고 오늘 떡도 맛있다.

어제 케이크도 맛있었고,라고 해야지.

알았으니까 더 줘. 이모가 다 먹었잖아.

알았어.

송이와 목욕탕에 다녀오는 길에는 조금 따로 걸었다. 사철나무를 보며 그야말로 사시사철 푸르다, 새삼 신기해하며 걷고 있는데 송이가 말했다.

이모, 참새는 왜 다 일정하게 작을까?

참새의 세계에서는 자기들만의 뭔가가 있지 않을까?

너무 귀여워.

너도 귀여워.

어떨 때는 송이에게 무한한 고마움을 느낄 때가 있다.

송이야, 사철나무는 왜 사시사철 푸를까?

사철나무니까!

우리는 집으로 바로 가지 않고 서점엘 들렀다. 내가 일하는 서점이 아니라 근처 이백 평짜리 서점이다. 송이의 책을 살 땐 이곳으로 온다. 하얗고 넓고 밝은 곳. 송이는 아동도서 코너로 갔고 나는 시와 소설 코너로 갔다.

준호 씨!

내가 부르자 준호 씨가 거의 주저앉을 듯이 놀라며 뒤를 돌아봤다.

아니 전 여기 오늘 처음 와봤는데요…….

저도 왔잖아요.

아니 거긴 책이 많지가 않아서 말이지요.

준호 씨의 말에 나는 이제 그 서점에도 새로운 책들이 들어올 거란 소식을 전하려다 때가 되면 이야기해야지 생각하고 말았다. 좋아하는 작가의 사인회나 낭독회 같은 곳도 다닌다고 말하며 준호 씨가 물었다.

이번주 금요일에 저랑 광화문 가실래요?

광화문이요?

네, 광화문이요. 이 작가가 낭독회를 하거든요.

한 사내의 뒷모습이 그려진 표지의 소설책을 한 권 들어 보이며 준호 씨가 말했다. 아…… 내가 제일 좋아하는 작가…… 나는 고개를 끄덕였고 준호 씨와 처음으로 전화번호를 교환한 뒤 각자 볼일을 봤다. 나는 송이가 고른 책 세 권과 내가 고른 《비폭력 대화》라는 책을 계산하고 지상으로 올라가는 계단을 몇 걸음 올랐다. 그리고 잠시 준호 씨가 있던 쪽을 바라보았고 몸을 돌려 다시 걸음을 옮겼다. 집에 돌아왔을 땐 P로부터 안 좋은 소식이 담긴 문자메시지가 도착해 있었다. 그리고 그 소식을 듣고도 아무렇지 않은 나를 발견했다.

준호 씨와는 동화면세점 앞에서 만나기로 했다. 버스에서 옆자리에 앉아 긴 시간 가야 하는 것이 조금 부담스러웠기 때문이다. 오늘은 엄마가 쉬는 날이라 송이를 데리러 가기로 해서 마음 편히 외출을 할 수 있었다. 버스는 당산역을 지나 여의도를 지나 광화문에 도착했고 약속 시간 10분 전에 준호 씨가 왔다. 우리는 광화문 같지 않은 골목을 여러 개 지나 호젓한 북까페에 도착했다. 준호 씨를 따라 중앙에 자리를 잡았고 낭독회는 즐거웠다. 중앙에 앉는 것은 원래 좋아하지 않는데 그러길 잘했다는 생각까지 하면서. 마지막에 책에 사인을 받으려고 줄을 섰을 때 준호 씨가 말했다.

너무 좋아하시는 것 같은데요.

아니에요.

팬이라고 한 말씀 하세요.

뭐하러요.

내 차례가 왔고, 나는 작가와 눈을 마주쳤다.

성함이 어떻게 되세요?

저 조지영이구요, 정말 완전 팬이에요. 정말 좋아해요.

아하하하. 아이구 정말 완전 감사합니다. 정말 감사해요.

작가가 호탕하게 웃으며 책에 내 이름과 자신의 이름을 적을 때, 뒤에 서 있던 준호 씨의 따가운 눈빛을 느꼈다. 우리는 거리로 나와 어둡고도 밝은 광화문 거리를 걸었다. 가까운 맥줏집이 있으면 들어가기로 해놓고 30분째 걷기만 했다. 걸어야만 하는, 그런 공간과 날씨였고 정말 배도 고프지 않았다.

지영씨 아까…….

좋으면 좋다고 말하는 게 좋은 거였네요.

그쵸?

네. 속이 시원해요.

저도 좋네요. 좋은데 맥주는 다음에 마실까요? 시간이 너무 늦었네요.

그래요.

우리는 어쩔 수 없이 같은 버스를 타고 옆자리에 앉은 채 한 시간 사십 분을 달려 동네에 도착했다. 좋아하는 책 이야기와 감동을 주는 고등학생 손님들에 대한 이야기를 하느라고 어딜 지나치고 있는지, 어딜 지나쳐왔는지도 나중에 내릴 때가 되어서야 알았다. 가벼운 얘기들이었지만 준호 씨의 목소리로 들으면 가볍지 않은 얘기들이 된다. 버스에서 내려 집으로 걸으며 그런 생각을 했다.

'가장 좋아하는 책 = 두고 내리신 책'

'그 책 제가 챙겼습니다. 걱정하지 마세요.'

준호 씨에게 문자메시지가 왔다.

지난날들이 다시 오지 않는다는 것에 가슴을 쓸어내리는 밤. 그날들은 지나갔고 다른 날들이 온다는 것을 잘 알고 있다. 나는 모든 것은 지나간다는 사실에 잠시 안도했던 적이 있었으나 어쩌면 그 사실이 싫었던 건지도 모르겠다. 나는 언제든 마지막이 될 수 있는 모든 날들을 비슷하게 만들며 살고 싶었다. 나 혼자 그런다고 되는 게 아닌 걸 알면서도.

나는 송이가 학교에 가면 광역버스를 타고 작은 동네서점을 둘러보고 돌아와 입고할 책의 목록을 만들어보다가 잠들었고 출근을 하기 전날 밤엔 산책을 나갔다가 불 꺼진 서점 앞에 서서 오래 그 안을 들여다보았다. 깜깜해서 아무것도 보이지 않는 유리창엔 우두커니 서 있는 내 모습이 비쳐 있었다.

퇴근을 하고 사장님 부부와 이야기를 나누고 싶었지만 송이와 어버이날 파티 준비를 해야 해서 뒤로 미룰 수밖에 없었다. 어린이날에 큰

감동을 받았으니 할머니에게 그만큼, 아니 더 많이 해주고 싶다는 것이었다.

송이와 나는 마트로 갔다. 송이는 엄마가 좋아하는 막걸리를 세 병 사며 "할머니는 원래 두 병 먹는데 어버이날이니깐 세 병 먹게 해줄래"라고 말했다. 그리고 내게 떡볶이 조리법을 물었다.

다른 걸 해. 너 라면 잘 끓이잖아.

이모, 난 그걸 하고 싶어!

넌 못해.

할 수 있어!

쉬운 게 아니라구.

사랑이 들어가잖아!

……. 산 거야.

응?

산 거라고.

뭐라고?

이 소스라구!

나는 매콤불고기소스 통을 꺼내 송이의 눈앞에 가져다주었다. 우리는 불고기소스와 오이, 막걸리 다섯 병(내 몫으로 두 병), 그리고 아침햇살(송이의 가짜 술)을 사서 집으로 돌아왔다. 오는 길엔 꽃집에 들러 장미꽃도 샀다. 엄마 것도 사야 한다면서 송이는 모은 돈을 꺼내 카네이션 한 송이를 샀다. 나는 잠시 후 우리 모두가 울게 될 거라는 걸 알았다.

열 살인 송이는 가게를 차려도 될 만큼 맛있는 떡볶이를 만들어냈다. 나는 달걀옷을 입혀 두부를 부치고 개운한 콩나물국을 끓였다. 그리고 오이를 다듬어 기다랗게 썬 다음 쌈장과 함께 상에 올렸다. 송이가 언니의 사진을 장식장에서 꺼낼 때 엄마가 현관문을 열고 들어왔다.

할머니다!

엄마는 맛있는 냄새가 난다고 말하며 손을 씻었다. 우리는 모두 동그랗고 오래된 상에 둘러앉았다. 송이는 앉았다가 냉큼 일어나 레나를 데려왔고 언니도 엄마 옆에 앉아 우리를 바라보았다. 잔이 채워지고 우리는 건배를 했다. 나는 엄마에게 장미꽃과 약간의 용돈이 들어 있는 흰 봉투와 속옷 선물을 주었다.

안에 편지도 있어.

내가 말하자 엄마가 웃었다.

사이즈는?

엄마가 물었고

제일 큰 걸로 샀어.

내가 말했다. 송이는 언니에게 빨갛고 싱싱한 카네이션을 주었다.

엄마, 나도 편지 썼어.

송이가 말했고 언니가 웃었다.

할머니, 나 2학기 때는 회장 될 거야.

송이의 말에 엄마는 "그래! 이모는 그런 거 한 번도 못해봤는데 우리 송이가 좀 해줘라!"라고 말해서 나의 빈축을 샀다. "너는 회장이 돼. 이모는 자연인이 될 테니까!" 내가 말했고 "언니는?" 하고 내가 묻자마자 엄마와 나는 얼굴을 일그러뜨리며 울었는데 송이는 우는 모습도 예뻤다. 눈코입이 예쁘다기보다는 그냥…… 송이는 그냥 예뻤다. 언니는 송이가 얼마나 보고 싶을까? 나는 언니가 미치도록 보고 싶었고 울고 싶은 만큼 울었다.

미안해. 이모만 엄마가 있어서.

괜찮아. 할머니도 엄마 없잖아.

그래. 우린 다 아빠도 없고.

그러고 보면 송이야, 할머니는 너만 있다.

난 조카가 없잖아. 지금만 없는 게 아니라 평생 있을 수가 없어.

넌 니가 있잖아.

말이야 방구야.

엄마가 말했고 우린 짧게 웃고 나서 한동안 아무 말도 하지 않았다.

송이야, 너 개명할래?

엄마가 묻자

이름은 괜찮고 성을 바꾸고 싶어.

송이가 대답했다.

이모하고 똑같은 소리 하네. 뭘로 바꾸고 싶은데?

조씨로.

조송이?

응.

왜?

이모가 좋으니까.

그래도 조송이는 왠지 좀 이상한데.

엄마, 혹시 서운해?

내가 묻자 엄마가 크게 웃었다.

나는 매일 아침 서점으로 가는 길이 너무 좋다. 예전엔 봄이 참 싫었는데 변하기도 하네, 그런 생각을 하며 사철나무라든지 참새를 바라보며 걷는다. 큰 참새는 정말 없나? 그런 생각도 했다. 서점에 도착해 문을 열고 전등 스위치를 올렸다. 오늘부터는 서점을 정리해야 한다. 새로 들여올 책들을 어디에 놓으면 좋을까, 그런 것도 생각해야 한다.

조지영 씨, 눈이 많이 부으셨네요.

점심을 주문하러 준호 씨의 파스타집엘 갔더니 준호 씨가 대뜸 말했다.

그죠. 저 봉골레 주세요.

전화 주시지. 바로 달려갔을 텐데.

내가 건넨 카드를 손에 들고 준호 씨가 말했다.

몇 분 후에 오면 돼요?

봉골레 금방 돼요. 기다리실래요?

그럴까요.

나는 시원한 물을 따라 마시며 준호 씨의 작은 가게를 둘러보았다. 가게 안의 냉장고에는 세계 여러 나라의 도시 이름이 새겨진 자석이 많이 붙어 있었다. 여행을 좋아하시나봐요, 물었지만 준호 씨는 봉골레 파스타를 만드느라고 대답이 없었다. "오늘은 무료예요"라고, 준호 씨가 파스타와 카드를 건네며 말했다. 나는 어쩐지 고맙다는 말도 제대로 못하고 가게를 나와 서점으로 돌아왔다. 봉골레 파스타로 해장을 한 뒤엔 마스크를 쓰고 작은 서점의 책장을 하나씩 정리했다.

'지영아, 난 이제 괜찮아. 이런 고난도 지나고 보면 그럴만한 이유가 있는 거거든.'

P의 메시지를 받았고 나는 다행이라고 생각했다. 그리고 잠시 머뭇거리다가 메시지를 보냈다.

'아까 잘 먹었어요.'

'아닙니다.'

'여행 좋아하시나봐요.'

'네. 여행 좋아하세요?'

'안 좋아하는데, 거기 붙어 있던 것들은 전부 예쁘더라고요.'

'아, 마그넷이요. 하나씩 꼭 사오곤 해요.'

'저도 앞으로 여행을 가면 꼭 하나씩 사오려고요.'

'마그넷을요.'

'네, 냉장고에 붙이는 자석이요.'

'네, 마그넷이요.'

'네.'

'혹시 지금 맥주 한 잔 어떠세요?'

준호 씨가 물었고 나는 좋다고 메시지를 보낸 뒤 내 팔을 베고 있던 송이의 머리를 조심스럽게 베개로 옮겨주었다. 송이는 레나를 안고 긴 속눈썹을 내려놓은 채 자고 있다. 송이는 오늘 어떤 하루를 보냈을까. 거실에서 엄마의 코 고는 소리가 작게 들려온다. 나는 아직 끄지 않은 거실 불빛이 스며들어오는 어두운 방 안에 서서 한참 동안 송이를 바라보았다. ■

제 1 3 회
김 유 정 문 학 상
수 상 후 보 작

조남주

여자아이는 자라서

조남주

2011년 장편소설 《귀를 기울이면》으로 문학동네소설상을 받으며 작품활동을 시작했다. 소설집 《그녀 이름은》, 장편소설 《고마네치를 위하여》 《82년생 김지영》 《사하맨션》 《귤의 맛》이 있다. 2016년 황산벌청년문학상, 2017년 오늘의작가상을 수상했다.

오른쪽 입꼬리에서 이어진 2센티미터 가량의 자상. 자를 대고 가로로 그은 듯 반듯한 붉은 선을 중심으로 붉은 점이 위아래 번갈아 콕콕 찍혀 있다. 바늘이 드나든 흔적일 것이다. 묵직한 카페 출입문에서 끼이익, 소리가 나는 순간 불쑥 그 장면이 떠올랐다. 동시에 입가가 따끔하더니 오른쪽 관자놀이 깊은 곳에서 두통이 올라왔다. 나는 입을 손으로 틀어막았다.

그때 나는 중학교 2학년, 딱 지금 주하 나이였다. 아줌마가 집을 떠나자 아버지가 흉터에 대해 물었다. 엄마는 잠금고리들을 하나하나 다시 확인해 걸며 무심히 대답했다.

"한 번만 더 말대꾸하면 입을 찢어버리겠다고 했대. 근데 다시 대답을 했고……."

"그게 말이 돼? 가위로 종이 자르듯 말끔하게 잘렸잖아. 그렇게 잘리도록 몸부림치지도 않았다는 거야?"

"흉터가 말끔한 게 그렇게 이상해? 그게 그렇게 말이 안 되는 거 같아? 남편이 자기 마누라를 갈비뼈에 금이 가고 온 얼굴에 멍이 들도록 패다 못해 입을 찢어놓은 건 안 이상하니? 그건 말이 되는 거 같아?"

순간 서늘하고 따가운 느낌이 싹뚝, 하고 내 입가를 스쳤다. 그게 시작이었다.

현성언니는 주하 일로 해줄 말이 있다며 나를 불러냈다.

"내가 자기니까 말해주는 거야. 은비라는 애, 하, 진짜 못쓰겠더라. 자기 주하가 그런 애랑 어울리는 거 알고 있었어? 몰랐겠지, 뭐. 자기가 좀 바빠야지."

나는 현성의 엄마에게는 현성언니, 세호의 엄마에게는 세호언니, 선우의 엄마에게는 선우언니라고 부른다. 나보다 육아든 교육이든 더 잘 알 것도 능숙할 것도 없는 그녀들은 늘 나를 미숙한 엄마 취급했다. 저도 똑같이 배 아파 낳고 똑같이 십오 년 키웠는데 제가 부족할 건 또 뭔가요? 언니들보다 한참 어린 제가 정보 수집력도 기동력도 더 낫지 않을까요? 겉으로 말하지는 못했다. 맞아요 언니, 고마워요 언니, 적당히 받아넘기며 어울리고 도움을 받았다.

주하에게서 학폭위 얘기는 들었다. 중학생들이 벌써 성희롱이라니 조금 놀랐는데 현성이가 가해자 중 한 명이라는 말은 감흥 없이 흘려들었다. 현성이는 공부 잘하고 운동 잘하고 성격도 활달해서 초등학교 때부터 남자애들 사이에서 인기가 많았다. 어려서는 주하하고도 잘 어울렸다. 자라면서 자연스럽게 멀어지는 듯하더니 언젠가부터 현성이 얘기만 나오면 주하는 입을 삐죽거리며 고개를 젓는다. 현성이가 왜 그렇게 싫어졌냐고 묻자 주하가 짧게 답했다.

"빻았어."

사춘기 딸의 말과 행동을 하나하나 지적하고 교정하려고 들면 끝도 없다. 싸우고 싶지 않아 친구한테 그런 말 쓰지 말라고만 하고 넘겼다. 남편은 그 말도 하지 말란다. 그랬구나 대화법. 아이의 요구를 다 들어줄 필요는 없지만 감정은 다 인정해주어야 한단다.

"그랬구나. 현성이는 빡았구나. 나보고 그렇게 말하라는 거야?"

남편은 소파에 풀썩 쓰러지며 컥컥 숨이 넘어가게 웃었다. 뭐가 저렇게 재밌을까. 남편이 정신 놓고 보는 코미디프로그램이 전혀 웃기지 않아서 도대체 어떤 대목에서 웃는 거냐고 물은 적이 있다. 그때 남편은 그냥 다 재밌다고 했다. 다? 전부 다? 내가 여전히 이해할 수 없다는 얼굴이었는지 남편이 덧붙였다.

"우리는 유머코드가 다른가봐."

그런 사소하고 별것 아닌 이질감이 처음은 아니었다. 정말 유머 코드가 다를 뿐인가. 한 집에서 한 이불 덮고 십오 년 넘게 살았지만 어쩌면 우리는 전혀 다른 세상을 살아왔는지도 모르겠다.

주하에게 학폭위에 대해 더 이상 묻지 않았다. 친구에 대해, 학교생활에 대해, 공부에 대해, 나와 함께 있지 않는 그 어떤 시간에 대해서도 묻지 않는다. 일단 짜증부터 내는 주하가 먼저 입을 열어주리라, 곧 마음도 열어주리라 믿고 기다리는 중이다. 그래서 몰랐다.

일부러 치맛단을 접어올릴 것도 없었다. 여자애들의 교복치마는 이미 민망할 정도로 짧고 타이트하니까. 그날 은비는 굳이 교복을 입고 와서 하필 남학생 사물함 위에 태연히 걸터앉았다. 스커트가 더 말려 올라갔다. 그렇게 앉아서 두 발을 앞으로 뻗었다 놓고 또 뻗었다 놓기를 반복하자 은비의 종아리부터 발까지 까딱까딱 그네처럼 흔들렸다.

허벅지가 얼핏얼핏 드러났다. 현성이와 또 다른 남학생 한 명, 그렇게 둘이 마침 교과서를 꺼내려고 사물함 쪽으로 다가갔다.

점심시간이었고 교실 안은 병원이나 서비스센터의 대기실처럼 잔잔하게 어수선하고 모두 각자의 용건으로 바빴다. 그때 갑자기 은비가 소리를 질렀다.

"야, 이 변태 새끼야! 너 지금 뭐하는 거야?"

현성이가 은비의 다리 쪽으로 폰을 들고 찰칵, 사진을 찍은 것이다. 주변에 있던 여자애들까지 합세해 비명을 지르고 야유를 보냈다. 현성이와 남학생은 짓궂게 웃었다. 왜 오버하고 그러냐. 우리는 그냥 셀카 찍었다. 거짓말 하지 마라. 가만두지 않겠다. 한참 원초적인 욕설이 오갔고 현성이가 자신의 폰을 내밀었다.

"자, 네 사진 있는지 없는지 확인해봐."

은비가 차분하게 팔짱을 끼고 비웃으며 말했다.

"확인? 너 지금 확인이라고 했어? 확인은 내 폰 보고 할 거니까 걱정 마."

모든 장면이 은비의 휴대폰에 찍히고 있었다. 그 동영상을 찍은 사람이 맨 뒷자리에 뒤돌아 앉아 있던 주하였다.

순진한 남학생들은 당황해 대꾸도 못했다. 은비는 장난을 친 두 남학생을 교내 상담센터에 신고했고 다음주 학폭위가 열릴 예정이다. 성적이 괜찮은 남학생들인데 이 일 때문에 부모님과 선생님들께 불려 다니고 혼나느라 공부를 제대로 못하고 있다. 게다가 서면사과라도 처분이 나오고 학생부에 기록되면 특목고 진학은 불가능하다고 봐야 한다.

여자애들은 저희도 함께 욕하고 싸웠으면서 말을 맞추어 딱 잡아뗐다. 무서운 여자애들은 영악하게 다 빠져나가고 생각 없는 남학생들만 처벌을 받게 생겼다. 여기까지가 내가 현성언니에게 들은 사건의 전말이다.

"자기, 어떻게 생각해?"

뭘 어떻게 생각해요? 그래서 대체 언니가 무슨 얘기를 하려고 이 시간에 불러냈는지 겁나죠. 솔직히 대답할 수도 없고 그냥 허탈하게 웃었다. 현성언니는 현성이뿐 아니라 주하도 피해자라고 했다. 성적이 좋은 남학생들을 주저앉히려는 은비에게 주하도 이용당했기 때문이다. 주하가 학폭위에 증인으로 나와 진실을 말해줬으면 좋겠단다.

"진실……이요?"

은비가 의도적으로 상황을 설계한 후 주하에게 몰래 촬영하도록 했다는 진실.

"그러니까 우리 주하가 일부러, 몰래, 동영상을 찍었다는 얘기인가요?"

"애들이 지들끼리 놀면서 찍은 것처럼 연기를 하긴 했대. 다리 길어 보이게 찍어줘, 폰 좋다, 이런 소리도 괜히 하고. 화면만 보면 진짜 우연히 찍힌 것 같다고 그러더라고. 그래서 사실대로 얘기해줄 사람이 필요해."

화면을 보면 진짜 우연히 찍힌 것 같은데 무슨 근거로 일부러 찍었다는 거지? 그리고 우리 주하가 왜 은비한테 이용을 당했다고 생각하는 거지? 이용당한 건 맞나?

"제가, 지금, 처음 듣는 얘기라서. 지금은 뭐라고 대답을 못할 것 같아요. 일단 주하랑 얘기를 좀……."

현성언니는 울컥 할 말이 있는 듯 숨을 들이켜놓고는 그대로 후 뱉어버렸다.

"그래. 자기 나한테 처음 듣는 거면 당장 대답하기 어렵겠다. 주하랑 천천히 얘기해봐. 내가 내일 다시 전화할게."

굳은 표정의 현성언니를 먼저 보내고 일부러 커피를 다 마신 후 천천히 일어섰다. 무겁고 어지러운 마음으로 카페 문을 밀어 여는데 오랜만에 그 통증이 찾아왔다.

*

엄마는 알맞게 쪄낸 완두콩 깍지들을 마루 한구석에 부려놓고 슬슬 흩어 펼치며 식히고 있었다. 우리집은 가끔 완두콩을 쪄먹었다. 밥이나 떡에 넣는 것이 아니라 깍지째 쪄서 바구니에 담아놓으면 가족들이 오가며 간식으로 까먹는 것이다.

"시장에 갔는데 벌써 완두콩이 나왔더라. 색도 선명하고 향도 좋아서 한 자루 사왔어."

깍지를 까 알맹이를 입에 넣었다. 입안에서 천천히 온기가 퍼질 정도로 적당히 따뜻한 완두콩에는 설탕의 단맛과는 전혀 다른 충만하고 생기 넘치는 달콤함이 있었다. 말없이 계속 입안에 콩알을 넣는 내 모습을 보며 엄마가 흐뭇하게 웃었다.

"왜 웃어?"

"부모는 원래 자식 입에 뭐 들어가는 것만 봐도 행복한 거야."

"나 결혼하려고."

나는 말을 뱉기 전과 같은 자세, 같은 표정, 같은 손놀림으로 완두콩의 깍지를 까서 알맹이를 입에 넣었다. 콩깍지에서 배어나온 물기가 손금을 따라 조금씩 모였다가 손목을 지나 옷소매를 걷어올린 팔뚝으로 조로록 흘렀다. 그때 엄마가 내 손을 탁, 쳤다. 쥐고 있던 매끈한 완두콩 한 알이 튕겨나가 동, 도르르르, 맑고 작은 소리를 내며 마루 위를 굴러 멀어졌다.

"하지 마."

마치 TV드라마의 한 장면처럼 나와 엄마가 마주 앉아 있는 모습이 내 기억 속에는 있다.

"누구랑? 소개팅 했다는 그 여덟 살 많은 남자? 너 미쳤니? 열 번은 만났어?"

"일곱 번 만났어."

남편에게 한눈에 반했느냐면 그렇지 않았다. 그는 유달리 훌륭한 인성의 소유자도 아니고 소위 조건이 좋은 사람도 아니다. 그때 나는 내 인생이 좀 피곤했다. 엄마에 대한 존경스럽고 서운한 마음이 점점 커져서 애증의 간극을 감당하기 힘들었다. 이제까지와는 전혀 다른 방식으로 생각하고 움직이며 살고 싶었고 그냥 집과 가족을 떠나고 싶기도 했다. 그것뿐이었다.

"하지 마. 너 스물네 살이야. 앞으로 네가 할 수 있는 일이 얼마나 많은데 그걸 다 포기하겠다고?"

"왜 포기해? 결혼 한다고 내가 왜 포기해? 난 다 하고 살 거야."

"그게 마음대로 될 것 같아? 결혼하고 애 낳고 키우고 그러면서 여자가 하고 싶은 거 다 하고 살 수 있을 것 같아?"

"엄마가 그렇게 말하면 안 되지."

"아직 그렇게 말할 수밖에 없으니까 엄마 같은 사람이 있는 거야."

엄마는 거의 30년 전, 보수적이기 이를 데 없는 지방 소도시에 가정폭력상담소를 연 사람이다. 공동대표와 함께 사비를 털어 얻은 세 평 남짓 사무실에 '가정폭력상담소' 간판이 걸리던 날, 요즘 부인 때리는 남편이 어디 있다고 동네 망신을 시키느냐는 아저씨와 남의 집안일에 왜 참견하느냐는 아저씨들의 항의 방문이 끊이지 않았다고 한다. 놀랍게도 그들은 대부분 술을 마시지 않은 상태였고 욕을 하거나 집기를 부수는 등 비이성적인 행동을 하는 사람은 극히 일부였다. 자신들의 생각이 옳다고 믿어 의심치 않으며, 아무것도 모르는 여자들이 큰 실수를 한다고 생각해 가르쳐주려는 점잖은 마음으로 온 것이었다. 그해 2월에는 남편에게 맞아 장이 파열되고 태아를 사산하게 된 여성이 남편을 살해한 사건이 있었다.

이후로 종종 모르는 아줌마들이 집에 왔다. 잔뜩 긴장한 얼굴로 경계와 분노의 기운을 뿜어대는 아줌마도 있었고 단정하고 고상하고 말이 느린 아줌마도 있었고 엄마의 오랜 친구처럼 내내 신나게 수다를 떨어대는 아줌마도 있었다. 아줌마들이 오면 아버지는 1층 할머니 집에 내려가서 잤고 나와 동생은 왠지 무서워 서로를 꼭 끌어안고 잤다. 동생의 정수리에서 나던 시큼하고 고소한 땀 냄새를 잊을 수 없다.

엄마는 부인을 찾는 남자들에게 맞기도 했다. 그럴 때 아무리 도움을 요청해도 출동하지 않던 경찰은 부인이 감금되었다는 남편의 신고가 있다며 한 번씩 사무실과 쉼터와 우리집까지 헤집어놓았다. 주변의 시선도 호의적이지 않았다. 분란을 일으킨다고 거북해하는 사람들이 절반쯤, 저런다고 뭐가 달라지느냐는 회의적인 사람들이 절반쯤. 대놓고 그만두라고는 안 하셨지만 할머니도 가시돋힌 말을 툭툭 내뱉곤 했다.

"그래서 그게 직업이냐 뭐냐? 돈은 받냐?"

"서울 본부에서 활동비가 조금씩 나와요."

"월급도 아니고 이문도 아니고 활동비가 뭐라니? 나는 무식해서 모르겠다."

모두 각오했던 일이라며 엄마는 담담했다. 하지만 상담 받던 여성들이 결국 남편에게로 돌아가고 나면 며칠을 앓았다. 우리집에 일주일을 숨어 있던 아줌마가 떠난 후, 아버지가 무심코 이럴 거면 상담소는 왜 찾아왔던 거냐고 한마디했다가 엄마가 폭발하기도 했다.

"정애 씨가 가고 싶어 갔겠어? 돈은 없지, 할 수 있는 것도 없지, 돌아갈 친정도 없지, 애들은 둘이나 집에 있지. 근데 어떻게 해? 정애 씨 욕하지 마. 세상에 정애 씨 욕할 수 있는 사람 한 사람도 없어!"

소장으로 간사로 고문으로 다시 소장으로, 자신의 인생을 모두 상담소에 바칠 것 같던 엄마는 한순간 모든 것을 놓았다. 주하를 키우기 위해서였다. 나는 결혼하자마자 주하를 가졌고 엄마 말처럼 아직 젊고 할 일이 많았다. 엄마는 갓난아기를 안고 동동거리는 딸을 차마 외면하지 못했다. 안 그래도 쉬려고 했다는 엄마의 말을 나는 애써 믿었다.

*

걸을 수 없을 정도로 머리가 아팠다. 편의점에서 두통약과 생수를 사고 그 자리에서 두 알 삼켰다. 약기운이 기대만큼 얼른 퍼지지 않아 일단 상가 입구 머릿돌에 걸터앉았다. 남편에게 데리러 나오라고 전화를 할까 잠시 생각하다가 남편이 온다고 두통이 가라앉는 것도 아니고 나를 업고 갈 것도 아닌데 싶어 그만두었다. 공기가 썩 맑지는 않았지만 밤바람이 그런대로 시원해 정신이 좀 씻기는 기분이 들었다. 그렇게 20분쯤을 앉아 있었다.

밤 11시가 다 되어 집에 들어갔는데 주하의 방에서 인터넷 강의 소리가 새어나왔다. 처음 중학교에 입학하고는 학교 가기 싫다고 자퇴한다고 난리를 피우던 주하가 2학년이 되면서 걱정이 될 정도로 성적에 집착했다. 잘할 거야, 이길 거야, 밟아줄 거야, 만만하게 보이지 않을 거야, 소리를 입에 달고 산다. 알아서 하는 건 다행이지만 어쩐지 마음이 좋지 않았다.

식빵을 한 장 구워 주하의 방에 가지고 들어갔다. 주하가 한 번 흘끔 돌아보더니 동영상을 멈춰놓고 말했다.

"할 말 있으면 해."

직접 듣긴 해야 한다. 모른 척, 아무 일도 없었던 척 넘어갈 수는 없다. 그런데 현성언니가 쏟아놓은 많은 이야기들이 머릿속에서 엉켜버렸다. 나는 몇 번 입술을 축이고 음, 음, 만 반복하다가 피식, 웃었다. 또 웃어버렸다. 당황해도 민망해도 쑥스러워도, 아니 불쾌하고 불편한 상황에서도 웃음이 나온다. 원래 나는 잘 웃지 않는 아이였다. 오래된 접착형 앨범에 붙어 있는 사진 속의 어린 나는 늘 입이 나와 있다. 사진 찍을 때만 좀 웃으래도 웃지 않았다고 들었다. 대학 때 친구들은 나를 '정색'이라고 불렀다. 남들 다 농담으로 넘기는 말들에도 진의를 따져 묻곤 했다. 그랬던 내가 어쩌다 이렇게 실없이 웃는 사람이 되었을까.

심호흡을 한 번 하고는 최대한 내 의도와 가치판단을 담지 않고 물었다.

"현성이 학폭위 얘기 좀 해줄래?"

주하는 계속 무표정이었다. 나를 닮았다.

"우리 반 남자애들이 여자애 하나를 성희롱했어. 남자애 중 한 명이 현성이야."

주하는 토스트를 한 입 베어물었다. 바사삭, 경쾌하게 부서지는 소리가 났다.

"그게 다야?"

"다야."

"남자애들이 왜 성희롱을 했고 어떤 의도로 했고 그게 어떻게 학폭위까지 올라갔고 뭐 그런 거 있잖아."

"왜냐고? 나도 좀 묻고 싶어. 한두 번도 아니고 대체 왜들 그러는지. 지금 우리 반 분위기 최악이야."

주하는 나를 빤히 쳐다봤다. 또 한 번 토스트를 베어문다. 그사이 눅눅해진 토스트는 아무 소리 없이 주하의 앞니 모양으로 잘려나갔다.

"엄마 밤에 현성이 이모 만나고 왔구나?"

싹뚝. 또 그 통증. 황급히 입을 틀어막듯 가렸다. 두통의 전조가 느껴졌다. 내 괴로움을 전혀 눈치채지 못한 주하가 태연하게 말을 이었다.

"이모가 뭐라고 했는지 못 들었지만 알겠다. 아마 이모가 한 말 다 틀렸을 거야. 이모도 알고 있을걸? 알면서도 그렇게 믿고 싶은 건지, 현성이한테 눈이 멀어서 정말 그렇게 믿고 있는 건지."

찡. 두통이 시작됐다. 잠깐 사이에 두 번이나. 이런 적은 드문데. 더 이상 대화나 판단이 불가능했다. 나중에 다시 얘기하자고, 너무 늦게 자지 말라는 말만 겨우 하고는 주하 방에서 나왔다. 샤워도 못하고 쓰러져 잠들었다.

출근해 자리에 앉자마자 현성언니에게 전화가 왔다.

—자기야, 어제 주하랑 얘기해봤어?

"아, 그게, 어제 주하가 좀 아파서 얘기를 제대로 못했어요."

—이거 느긋할 일 아닌데. 시간이 없어. 오늘은 가서 얘기 꼭 해봐. 알았지?

"네, 언니. 제가 다시 전화할게요."

학폭위가 다음 화요일이랬나. 어제 한잠도 못 잤겠네 싶어 안쓰럽다가 그래도 주하가 아팠다는데 어디가 아팠냐, 지금은 괜찮냐는 말 한마디 없나 싶어 또 조금 서운했다. 아이를 낳고 키워봐야 어른이 된다고들 한다. 나도 그렇게 생각했는데 요즘은 아니다. 세상을 알고 사람을 겪어본 평범한 어른들은 종종 대의를 위해 자신의 손해나 고통을 감수하기도 한다. 상식적이고 이성적으로 판단할 줄 알고 일정 정도의 정의감, 측은지심, 희생정신도 있다. 그런데 자녀의 일에 대해서는 그렇지 않다.

피해학생을 쫓아다니며 합의를 부탁하는 성폭행 가해학생의 부모, 내 아이 학교 옆에 특수학교를 짓지 말라는 학부모들, 논문의 공저자로 미성년 자녀의 이름을 올리는 대학교수, 자녀의 취업을 청탁하는 고위 공직자…… 이런 뉴스를 볼 때마다 부모가 된다는 것은 무엇일까 생각한다. 나빠지지 말아야지, 내 아이에게만 매몰되지 말아야지, 나빠지지 않고도 아이를 무사히 키울 수 있다, 고 계속 나를 다잡는다.

기분이 가라앉으며 몸도 처졌다. 커피를 줄이는 중이지만 진하고 차가운 아메리카노 한 잔이 너무 절실해 지갑과 휴대폰을 들고 조용히 사무실을 나왔다. 업무시작 10분 전. 얼른 1층 커피전문점에서 커피만 사가지고 올라오면 된다. 빠른 걸음으로 엘리베이터를 향하는데 남편에게서 전화가 왔다.

—어떡하지? 나 지금 공장 내려가는 중이야. 빨라봐야 내일 새벽에

나 집에 들어갈 수 있을 것 같은데?

"나 오늘 워크숍이라고 했잖아."

—우리 사고 났어. 지금 한 명이 크게 다친 모양이야. 검색해봐, 실시간으로 뉴스도 계속 떠.

"알았어. 일단 끊어."

커피가 아니라 술이 필요할 지경이었다. 매년 1박 2일로 가던 워크숍을 내가 강력하게 주장해 한나절로 줄였다. 늦은 오후에 영화 한 편 다 같이 보고 삼겹살 먹고 헤어지는 일정. 내가 영화도 선정하고 예매하고 삼겹살집도 예약했다. 남편이 칼퇴근해 주하 저녁을 챙기기로 했었다.

주하 혼자 충분히 학원도 갔다 오고 저녁도 챙겨먹을 수 있을 만큼 크긴 했지만 그래도 너무 늦게까지 아이 혼자 두는 것은 마음이 편치 않다. 세상도 못 믿겠고 사실은 내 자식을 못 믿겠다. 결국 엄마에게 전화를 걸어 오늘 저녁만 주하랑 좀 있어달라고 말했다.

—나 오늘 학교 가잖아.

아, 맞다. 목요일. 엄마의 야간 대학원 수업이 있는 날이다.

—무슨 일 있어?

"하아아아니야. 내가 알아서 할게."

왜 하필 오늘은 목요일일까. 의도치 않게 긴 한숨이 먼저 나왔다. 영화 보고 식당까지 안내한 후에 결제와 정리는 윤진 씨에게 부탁하고 먼저 나와야겠다고 생각했다. 지난 설에 윤진 씨 당직을 바꿔주었다.

오늘도 출근 시간에 딱 맞춰 도착한 윤진 씨는 콧잔등에 송글송글 맺힌 땀을 티슈로 꾹꾹 눌러 닦아내고 있었다. 아이 어린이집 셔틀을 태우고 오느라 늘 이렇게 아슬아슬하단다. 아직 숨도 돌리지 못한 윤진 씨를 보니 차마 입이 떨어지지 않았다. 망설이고 있는데 엄마에게서 카톡이 왔다. '오늘 휴강. 내가 주하 챙길게. 천천히 와.' 입력창에 정말 휴강 맞아? 라고 쓰긴 했는데 전송 아이콘을 누르지 못했다. 갑자기 휴강일 리가 없다. 이번에도 애써 엄마를 믿으며 고마워,라고 뻔뻔한 답을 적어 보냈다.

엄마의 대학원 합격 소식은 주하에게 들었다. 주하의 중학교 입학을 앞둔 2월이었다.

"그게 무슨 말도 안 되는 소리야, 할머니 환갑도 넘었는데?"

"환갑 넘으면 대학원 못 가?"

"어? 아니. 그건 아니지."

엄마는 예순셋에 심리상담 공부를 시작했다. 상담소 후배들의 스트레스와 상처가 크다며 제대로 돕고 싶다고 했다. 나는 대뜸 어느 세월에 학위 따고 자격증 따서 상담을 해주겠냐고 말했다. 깊이 생각하지 않고 한 말이었고 뱉어놓고는 아차 싶었다.

"꼭 학위 있고 자격증 있어야 들어줄 수 있는 건 아니니까. 지금도 나한테 하소연들 많이 해. 나도 그랬다, 안다, 힘내라, 그런 말만 하고 있을 수는 없잖아. 제대로 배우면 좀 낫겠지."

내 엄마지만 엄마는 참 멋있는 사람이구나 생각했다. 저 멋있는 엄마에게서 어쩌다 나 같은 딸이 나왔을까 또 생각했다. 그냥 생각만 했다. 이렇게 생각만 하게 되기까지 많은 시간이 필요했다. 어려서는 엄마가 하는 일을 정확히 몰랐고 조금 자라면서는 엄마가 늘 바쁘고 지쳐 있는 게 불만이다가 곧 엄마를 자랑스러워하게 되었다. 이후로 내내 나를 엄마와 비교하며 스스로 한심해했다.

엄마의 책장에는 가정폭력, 성폭력 관련 책자들이 빼곡히 꽂혀 있었다. 나는 엄마의 상담소에서 발행한 사례집들을 세계문학전집 들춰보듯 심심할 때마다 한 번씩 꺼내 읽곤 했다. 순정만화잡지《윙크》와《이슈》를 보면서 동시에 페미니스트저널《이프》를 읽는 청소년이었다. 가정폭력 예방 애니메이션과 다큐멘터리 영화 상영회에 따라다녔고 청소년 성교육 캠프에도 참가했다.

대학에 입학하고 자연스럽게 여성주의 학회나 동아리를 찾았는데, 없었다. 엄마가 상담소를 시작한 게 벌써 10년 전인데? 너무 어이가 없고 믿을 수 없고 암담해서 나는 여성주의 책읽기 모임을 만들었다. 지금은 사라진 프리챌에 커뮤니티를 개설해 공지, 일정, 자료실, 자유게시판, 사진첩 정도의 어설픈 메뉴를 만들고 웹페이지 주소와 내 핸드폰 번호를 적은 홍보물을 건물마다 붙였다. 의외로 모임을 함께 하고 싶다는 연락이 많이 왔고 인터넷 커뮤니티 가입신청은 더 많았다. 욕설이나 조롱, 협박 문자도 적잖게 받았다. 엄마를 보면서 자랐고 알면서 시작한 일이었기에 크게 당황하지는 않았지만 그들이 자기 번호를 감추지도 않는다는 사실은 조금 충격적이었다.

몇 번 모임을 하고 나니 날짜나 진행 방식, 멤버도 어느 정도 자리를 잡았다. 고정 멤버는 여섯 명이었는데 그 중 넷이 1학년이었다. 우리는 금방 친해졌고 넷이 신나게 몰려다니느라 대학생활이 낯선 줄도 어려운 줄도 몰랐다.

그러다 종강파티였나 사은회였나 하여튼 오랜만에 과 모임에 나간 날이었다. 별로 가고 싶지 않았는데 동기가 계속 같이 가자고 졸라서 따라갔다. 과 활동을 거의 안 하니 아는 사람도 없고 재미도 없어서 동기 옆에 앉아 맥주만 홀짝이고 있었다. 그때 대각선 자리에 앉아 있던 이름도 얼굴도 모르는, 아마도 선배가 내 이름을 또박또박 큰 소리로 부르더니 말했다.

"어? 이게 누구야? 페미니스트도 술 마시나?"

발음이 다 뭉개져 있었다. 취한 선배의 자리 앞에는 반쯤 남은 소주병 하나와 맥주병 대여섯 개가 놓여 있었다. 불쾌하긴 했지만 대꾸하지 않았다. 그런데 옆자리의 선배가 말을 보탰다.

"아, 이 무식한 새끼. 페미니스트들이 술을 얼마나 잘 마시는데. 담배도 존나 잘 피워. 너도 담배 존나 잘 피우지?"

주눅이 들거나 불안하지는 않았다. 오히려 한심하다고 생각한 쪽이다. 하지만 불쾌감이 사라지지 않아 술자리에서 일찍 빠져나왔다. 집으로 가는 길, 편의점에 들러 에쎄 한 갑과 일회용 라이터를 샀다. 천천히 걸으며 더욱 천천히 연기를 빨아들였다. 내 인생 처음이자 마지막 담배. 어떤 맛과 냄새였는지, 몸에 퍼지는 느낌이 어땠는지 기억나지 않는다. 가로등 하나가 고장났는지 타들어가는 소리를 내면서 깜빡거리던 모습만 선명하게 남아 있다.

이후로도 계속 똑같은 대학생활이었다. 졸업하자마자 공무원 시험에 합격했고 그해 가을 결혼했다. 그리고 다음해 여름 주하를 낳았다. 변한 것은 없다. 나는 여전히 주하 엄마고 공무원이다. 주하가 초등학교 1학년 때 일 년 동안 육아휴직을 했던 것 말고는 정신없이 일만 했다. 이렇게 업무량이 많을 줄은 몰랐다. 야근하고 돌아오면 주하가 이미 잠들어 있는 날이 많았고 행사라도 있어 출근하는 주말이면 주하가 보고 싶어 화장실에서 몰래 울었다. 그리고 여행을 가거나 유학을 떠나는 미혼 친구들을 부러워했다. 그때 결혼을 하지 않았더라면, 주하를 낳지 않았더라면, 내 인생은 어떻게 됐을까 상상해보곤 했다.

엄마는 힘들어 하는 내게 좀 쉬라거나 새로운 일을 시작해보라고 말했지만 나를 완전히 이해하지는 못하는 눈치였다. 내가 주하도 다 키워주고 살림도 다 해주지 않니, 일 년이나 육아휴직 할 수 있는 직장이 흔한 줄 아니, 그러게 누가 결혼하랬니…….

"나는 일하는 게 어느 정도로 무서웠냐면, 상담소 정리하고 집에 걸어오는 길에 그 약국 건물 뒤로 구불구불한 골목 있잖아, 거기 지날 때마다 여기서 칼 맞아 죽도 새도 모르게 사라질 수도 있겠다고 생각했어. 이런 소리하면 너 서운하니? 내가 너무 꼰대 같은가?"

"응. 나 무지 서운하고 엄마 꼰대 같아. 그러니까 그런 소리 하지 마."

엄마가 얼마나 힘들고 치열하게 살아왔는지 알고 있다. 그렇다고 내가 느끼는 고통과 불합리가 사라지는 것은 아니었다.

*

좁은 슈퍼싱글 침대에 주하와 엄마가 꼭 붙어 자고 있었다. 반바지를 입은 주하의 길고 새하얀 다리가 내 낡은 트레이닝복을 입은 엄마의 다리 위에 걸쳐 있다. 퇴근이 늦는 날 언제나 마주하던 풍경. 물론 달라진 것도 있다. 만화 캐릭터가 잔뜩 그려진 바닥요가 침대로 바뀌었고, 땅콩처럼 자그마하던 주하가 이제 제 할머니보다 더 커졌다. 잠이 깬 엄마가 조심조심 주하의 다리를 몸에서 떼어놓고 일어나 나왔다.

"주하 친구 엄마한테 전화가 오는 것 같더라?"

아, 현성언니! 가방에서 휴대폰을 꺼내 보니 전화도 두 번이나 했고 연락달라는 메시지도 남겼다. 그렇다고 애한테 직접 전화를 하다니. 어이없고 허탈해서 풋, 하고 웃었다.

"그 엄마는 창피하지도 않나? 남자애가 아주 작정하고 카메라를 들이대더구만. 쯧쯧."

아주 작정하고 카메라를 들이댔다고?

"엄마, 동영상 봤어?"

"주하가 찍었다는 거? 넌 안 봤어?"

학폭위에 대해 물었을 때 주하는 남자애들이 성희롱을 했다고만 말했다. 장난이든 악의이든 현성이가 은비의 다리를 향해 카메라를 뻗고 촬영 버튼을 눌렀다는 것도, 의도적으로 유인해 찍었든 우연히 찍혔든 그 장면을 주하가 찍었다는 것도 나는 현성언니에게 들었다. 주하가, 나에게는 최소한의 사실관계 이외에는 말하지 않았던 주하가 제 외할머니에게는 다 말했다. 동영상도 보여주었다. 나는 주하가 동영상을 가지고 있는 것도 몰랐다. 갑자기 술기운이 훅 올라오며 얼굴이 달아올랐다.

다시 주하 방 문을 열었다. 주하는 아까 자세 그대로 옆으로 누워 자고 있다. 거실에서 흘러들어온 옅은 빛이 턱 쪽에서 비쳐 주하의 두 볼이 평소보다 통통하게 느껴졌다. 콧구멍도 유난히 동그랗게 보인다. 저 귀엽고 동그란 코. 주하는 스무 살이 되자마자 코 수술부터 할 거라고 했다. 지금도 충분히 예쁘다는 말은 한 번도 주하를 설득하지 못했다. 그렇게 화장 안 해도 예뻐, 머리 묶어도 예뻐, 귀걸이 안 해도 예뻐, 코 수술 안 해도 예뻐,라고 아무리 말해도 주하는 입술을 새빨갛게 칠하고 허리까지 오는 머리를 한여름에도 치렁치렁 풀어 헤치고 기어이 귀에 구멍을 세 개나 뚫었다.

"엄마가 자꾸 이렇게 해도 예뻐, 저렇게 해도 예뻐, 그러니까 어쨌든 예쁘기는 해야 할 것 같잖아. 예쁘지 않아도 된다고 해줄 순 없어?"

하지만 내 눈에 너는 너무 예쁜걸. 코 수술도 결국 하겠지. 나를 닮았고 또 나와 너무 다른 주하를 지켜보는 마음이 쓸쓸하고 막막하다. 침대맡에 주하의 휴대폰이 놓여 있지만 손을 댈 수가 없었다. 머뭇거리며 주하의 얼굴과 휴대폰을 번갈아 보는데 주하가 부스스 눈을 떴다.

"엄마 왔어?"

주하가 비틀비틀 자리에서 일어나 방에서 나갔다. 아주 작은 발소리도 없이 사뿐사뿐 화장실로 걸어간다. 딱, 화장실 조명 버튼 누르는 소리, 다알각, 조용히 화장실 문이 닫히는 소리, 조로로록, 변기를 따라 흘러내려가는 소변줄기 소리, 곧 요란하게 변기 물 내려가는 소리와 찰찰찰찰 세면대에서 손 씻는 소리. 나는 주하의 침대 앞에 멍하니 서서 그 소리들에 집중하고 있었다.

주하는 화장실에서 나와 주방 쪽으로 가더니 냉장고에서 생수를 꺼냈다. 페트 입구에 입술이 닿지 않도록 높이 들어 입안으로 물을 쏟아붓는다. 꿀럭꿀럭 물 삼키는 소리가 요란했다. 잠이 깼는지 주하는 식탁 의자에 앉아 내게 물었다.

"술 많이 마셨어?"

"현성이 이모한테 전화 왔었다며?"

주하는 대답이 없고 나는 주하 맞은편 의자를 빼고 앉았다. 엄마는 그새 잠들었는지 거실 소파에 몸을 웅크리고 누워 있었다.

"엄마한테도 현성이 이모가 전화했었어. 학폭위 때 네가 와서 사실대로 얘기를 좀 해줬으면 좋겠다고. 현성이 과고 준비하는 거 알지?"

"나 그런데 얽히기 싫어."

"네가 동영상 찍었다며. 너 이미 얽혔어."

"그래서? 지금 현성이 과고 갈 수 있게 나한테 거짓말을 하라는 거야?"

"아니. 엄마한테는 솔직하게 얘기해달라는 거야. 그래야 엄마가 너를 보호해줄 수 있어."

"솔직히 말했잖아. 현성이가 일부러 은비 치마 아래로 핸드폰을 들이대면서 성희롱했다고."

"남자애들이 일부러, 그러니까, 그런 성적인 의미를 담아서 그런 게 맞아? 그냥 장난친 게 아니고? 남자애들은 원래 생각이 없어. 뭘 잘 알지도 못하면서 괜한 영웅심에 그런 걸 수도 있어."

주하는 대답하지 않았다. 말도 섞기 싫다는 표정으로 의자를 뒤로 밀며 일어섰고 나는 황급히 주하의 손목을 잡았다. 그 모든 상황이, 네가 동영상을 찍은 것도 다 계획되어 있던 건 아니냐고 묻고 싶었는데 차마 그 말은 나오지 않았다.

"은비가, 전에도, 공부 제일 잘하는 남자애한테 먼저 사귀자고 해놓고 걔 성적 다 떨어지니까 차버린 적이……."

더듬더듬 딴소리를 하고 있는데 주하가 내 말을 끊으며 끼어들었다.

"걔네들 상습범이야. 걸핏하면 여자애들 다리나 가슴 쪽으로 카메라 뻗으면서 셀카 모드로 해서 찰칵찰칵 소리 내고 낄낄거린다고. 여자애들이 기겁하면 더 좋아해. 나도 몇 번 당했어. 기분 얼마나 더러운지 알아?"

주하는 눈을 질끈 감으며 잠시 인상을 찡그렸다.

"그래서? 그래서 찍었어? 그래서 너희가 유인한 거야?"

"엄마도 똑같네."

"아니! 엄마 똑같지 않아! 너 엄마가 뭘 보고 배우면서 어떻게 자랐는지 몰라? 엄마가 너만할 때부터 성교육 캠프 다니던 사람이야. 대학

때 책모임 만든 얘기 들었지?"

주하가 피식 웃으며 대답했다.

"그랬겠지, 무려 20년 전에. 그리고 지금 엄마는 남자애들은 생각이 없다, 이해해줘야 한다, 몰래 사진 찍고 낄낄거리는 게 장난이다, 그러는 사람이 됐어. 여자애들이 성적 떨어뜨리려고 남자애를 꼬신다, 그런 한심한 소리나 하는 사람이 됐다고. 그러니까 엄마, 업데이트 좀 해."

벌써 20년 전 일이구나. 20년 동안 나한테는 무슨 일이 있었던 걸까. 말문이 막혀 멍하니 허공만 보고 있는데 주하가 자기 휴대폰을 가지고 나와 식탁에 올려놓았다.

"갤러리에 동영상 있어. 궁금하면 봐. 그리고 은비가 정우랑 헤어진 건, 정우가, 정우가 자꾸 씻지도 않은 손을 은비 팬티 안으로 넣었기 때문이야."

주하는 방문을 쾅 닫고 들어가버렸다. 그래서 손을 씻으면 괜찮다는 거야? 주하 너도 그래? 이렇게 말하면 내가 너무 꼰대 같으니? 입술을 깨물고 식탁에 엎드렸다. 한참을 그렇게 훌쩍이고 있는데 어깨에 묵직하게 손이 얹혔다.

"네 딸은 왜 저런다니? 내 딸 속상하게."

아, 엄마. 울먹이며 고개를 들었는데 엄마의 눈이 너무 지쳐 보였다.

"대박! 은비 폰 바꿨대. 화면 완전 쨍쨍하지?"

분명 주하의 목소리다. 웃는 모습이 얼음조각처럼 맑은 화면 속의 여자아이가 은비인가보다. 초등학생이라고 해도 믿을 정도로 앳되고 눈꼬리가 축 처져 순한 인상이었다. 은비는 다리 길어 보이게 찍어달라고 말하며 풀썩 사물함 위로 올라가 앉았다. 짧고 통통한 다리를 팡 팡 튕기는 모습이 귀여워 웃음이 났다. 그때 현성이와 모르는 남자애 하나가 화면 안으로 들어왔다. 은비를 보고 자기들끼리 뭐라고 귓속말을 하더니 현성이가 주머니에서 휴대폰을 꺼내 은비 쪽으로 팔을 뻗었다.

"오오! 잘 보여, 잘 보여, 기이입숙한 데까지 잘 보여!"

찰칵찰칵 소리가 났다. 화면이 불안정하게 떨리다가 갑자기 초점을 잃을 정도로 줌인 됐다가 다시 줌아웃 됐다. 그리고 주하와 모르는 목소리의 대화.

"주하야, 왜 그래? 괜찮아?"

"나 셔터 소리만 들으면 앞이 잠깐 안 보여."

"정말? 왜?"

"몰라. 플래시 터지는 것처럼 번쩍, 하면서 안 보여. 머리도 아프고. 갑자기 관자놀이가 쑤시네."

그 대화 뒤로 낄낄거리고 웃는 소리, 야유하는 소리, 욕하는 소리가 뒤섞여 들렸다. 내가 내 셀카도 못 찍냐? 나한테 카메라 들이댔잖아! 그 짧은 다리 쪽으로 고개도 안 돌렸어! 변태, 돼지년, 한남, 니에미, 그리고 또 알 수 없는 말들이 이어지다가 영상이 뚝 끊겼다.

나는 화면을 앞으로 조금 돌려 주하의 말을 다시 들었다. 갑자기 관자놀이가 쑤시네. 고작 열다섯 아이들이 끊임없이 쏟아내는 욕설들보다 주하의 무심한 한마디가 더 철렁했다. 내 증상과 같다. 어떤 충격적인 기억의 일부가 재현될 때 그 감각과 감정과 정서가 되살아나는 경험. 열다섯의 나는 모르는 아줌마의 길고 선명한 흉터가 무섭고 끔찍하면서도 괜찮은 척했다. 이미 비슷한 일들을 충분히 보고 들었고 이 정도는 아무렇지 않다고 내 불안과 공포를 부정했다. 그리고 통증이 시작됐다. 입가가 찌릿하며 관자놀이부터 시작되는 편두통이 지금까지다. 자신도 찍혔었다고 말하며 인상을 찡그리던 주하의 얼굴이 떠올랐다.

다음날 아침, 현성언니에게 전화를 걸어 주하가 진술해주기는 어렵겠다고, 주하도 중간에서 입장이 곤란하다고 말했다. 현성언니는 아무 말 없이 전화를 끊어버렸다.

*

가해학생들에게는 서면사과와 특별교육 처분이 내려졌다. 그리고 학생 휴대폰은 아침 조회 때 일괄 수거했다가 종례 때 돌려주기로 했단다. 사건 이후 이미 몇몇 학급에서 휴대폰을 걷기 시작했는데 아예 학칙으로 못박은 것이다.

학폭위가 열리던 날, 주하는 두통이 너무 심해 학교에 가지 못했다. 은비가 동영상을 증거로 제출했을 뿐 주하는 증언하지도 진술서를 내지도 않았다. 그래도 마음이 불편했던 모양이다. 전날 저녁부터 왼쪽 관자놀이가 쑤신다더니 약을 먹이고 일찍 재웠는데도 아침에 일어나자마자 구역질을 했다. 그런 애를 굳이 학교는 가야 한다며 교실로 밀어넣고 싶지 않았다. 혼자 종일 있을 수 있겠냐고 물었더니 주하는 말없이 고개를 끄덕였다.

"라면 끓여먹지 말고 밥 먹어."

마음 고생하는 딸에게 할 수 있는 말은 고작 그것뿐이었다.

급한 오전 업무를 마무리하고 11시가 조금 넘어 전화를 걸었더니 주하는 자다 깼는지 목소리가 푹 잠겨 있었다. 아침보다 많이 괜찮아졌다며 걱정하지 말란다. 나는 또 밥 잘 챙겨먹으라고 말하고 전화를 끊었다. 12시 반쯤 밥 한 공기와 냉장고에 있던 밑반찬들을 꺼내 차린 식탁 사진이 카톡으로 날아왔다. 그리고 무뚝뚝한 한마디. '밥 잘 먹고 있음.' 사진에 마음이 놓이기도 했고 일이 바쁘기도 해서 오후에는 주하가 집에 혼자 있다는 사실도 잊어버렸다. 퇴근하며 저녁 뭐 먹고 싶냐고 카톡을 보냈더니 외할머니가 준비하고 있다는 답이 왔다. 주하가 연락했나. 미안하고 한시름 놨다.

반찬은 장아찌와 젓갈, 김치뿐이었다. 엄마는 뭔가 예쁘고 소담하게 담겨 있지만 아무 향이 나지 않는 오목한 접시 세 개를 식탁 위에 올려놓았다.

"이게 뭐야?"

"아보카도 명란 덮밥."

"그런 음식이 다 있어? 엄마가 저녁 준비하고 있다기에 집에 오면 얼큰한 김치찌개가 부글부글 끓고 있을 줄 알았지."

"나 이제 옷이며 머리에 김치찌개 냄새 배는 거 딱 싫다. 깔끔하게 살자."

우리의 대화를 듣고 있던 주하가 외할머니에게 엄지를 척 들어 보였다. 엄마가 차린 깔끔한 저녁이 의외로 맛있어서 나는 내내 음, 음, 하고 낮은 감탄사를 뱉었다. 조용히 숟가락질을 하던 주하가 불쑥 말했다.

"일부러 찍은 거야. 거기에 그렇게 걸터앉으면 남자애들이 올 줄 알았어. 은비랑 대사 연습도 했었어."

알고 있었다. 너무 많이 커버렸지만 내 딸이다. 그 정도는 짐작할 수 있다. 엄마는 예상하지 못했었는지 당황하고 언짢은 얼굴로 주하 너, 했다. 나도 꾸지람을 한번 해야 하나 고민하다가 공범이 되기로 했다.

"아무한테도 말하지 마. 너랑 은비랑 우리만 아는 얘기야."

주하가 고개를 끄덕였다.

"머리 아픈 건 괜찮아?"

"그러네. 그러고 보니 말끔해졌어."

창밖이 환했다. 해가 많이 길어졌고 놀이터 방향으로 나 있는 주방 창을 통해 동네 아이들이 떠드는 소리가 들렸다. 서로의 이름을 부르는 것 같기도 하고 싸우는 것 같기도 했다. 웃는 것 같기도 하고 우는 것 같기도 했다. 여자아이 목소리 같기도 하고 남자아이 목소리 같기도 했다.■

제13회
김유정문학상
수상 후보작

최은미

보내는 이

최은미

2008년 《현대문학》으로 등단했다. 소설집 《너무 아름다운 꿈》 《목련정전(目連正傳)》, 장편소설 《아홉번째 파도》, 중편소설 《어제는 봄》이 있다. 2018년 대산문학상을 수상했다.

진아 씨를 떠올리면 나는 언젠가 그녀가 소화기를 사야겠다고 하던 게 생각난다. 진아 씨와 많은 날 여러 얘기를 나누었지만 이상하게도 진아 씨 하면 그때가 떠오른다. 휴대전화 화면을 밀어올리면서 진아 씨는 투척형 소화기로 살까 스프레이형 소화기로 살까 물었다. 식탁에 견과류 껍질들이 흩어져 있었다. 욕실 거울에 붙어 있던 동그란 시계. 변기 안에 떠 있던 참외 씨앗 하나—그건 진아 씨한테서 나온 것일까, 진아 씨 남편한테서 나온 것일까, 진아 씨 아이한테서 나온 것일까?

진아 씨네서 바라보던 내 집 창문도 기억난다. 저 끝은 작은 방 베란다 창. 오른쪽은 중간 방 창. 가운데에 작게 붙어 있는 건 주방 창. 진아 씨네서 건너다보면 20층 외벽에 매달린 내 집은 놀랍도록 왜소해 보였다. 저기가 정말 거긴가? 몇 달 넘게 인테리어를 고민하고 여전히 대출금을 갚고 있는 그 집? 하지만 나는 진아 씨네서 내 집을 바라보는 시간을 싫어하진 않았다. 그 시간을 기다리기까지 했다.

다 지난 얘기다. 이제 나는 두 번 다시 진아 씨가 살던 집에 들어가볼 수 없다. 하지만 나는 오늘도 진아 씨네서 시간을 보내던 때를 떠올린다. 창문 밖이 천천히 짙어지던 저녁을 생각하고 김치냉장고에서 꺼내 먹던 차가운 맥주를 생각한다. 어느 날엔 진아 씨 남편의 것이 분명한 면도기로—진아 씨는 아직 이 사실을 모른다—겨드랑이 털을 재빨리 밀어버리기도 했다. 진아 씨네 식탁 의자는 네 개였고 그중 두 개엔 늘 옷가지가 걸려 있었다. 냉장고 손잡이엔 한참 된 〈겨울왕국〉 스티커. 돌고 또 돌아가는 공기청정기. 나쁨. 상당히 나쁨. 매우 나쁨. 윤이들이 곧 가져올 생활통지표는 잘함. 매우 잘함. 이후 계속 매우 잘함.

하지만 내가 떠올리고 싶은 건 그런 것들이 아니다. 나는 진아 씨가 소화기를 주문하던 것을 생각하고 싶다. 에어컨을 틀 만큼은 아니었지만 더웠다. 방문과 창문을 모두 열어젖혔다. 진아 씨는 싱크대를 등지고 식탁에 앉아 있다. 쇼핑몰 앱을 열어 검색창에 '소화기'라고 친다. 어떤 업체에서 주문할까 잠시 탐색한다. 소방서에 납품도 한다는 업체를 선택한다. 스프레이형 소화기로 결정한 뒤에는 다용도실에서 먼지를 쓰고 있는 분말 소화기를 보고 온다. 거기에 씌울 비닐 커버도 함께 주문한다. 곧 111년 만의 폭염이 찾아올 예정이지만 진아 씨도 나도 우리에게 어떤 여름이 올지 알지 못한다. 나는 다만 진아 씨 맞은편에 앉아서, 저렇게 여분의 소화기를 준비하는 사람이라면 인생의 어떤 순간에 아주 나쁜 선택을 하진 않을 거라고 생각한다.

그날 진아 씨가 주문했던 초기 진압 소화 용구는 택배상자에 그대로 담긴 채 내 집에 있다. 소화기를 주문하는 마음과 이제는 소화기가 필요 없어진 마음, 진아 씨, 그 사이엔 뭐가 있는지.

*

진아 씨가 떠난 뒤로 내게 과거를 회상하고 현재를 인지하는 기준은 진아 씨가 되었다. 옆 동네로 칼국수를 먹으러 가서는 생각한다. 지난번에 이걸 먹을 땐 진아 씨가 있을 때였지. 미용실에 가서 뿌리염색을 하면서도 생각한다. 지난번 염색 때만 해도 나는 언제든 진아 씨와 연락할 수 있었는데. 아이가 영어학원 할로윈 파티 공지문을 가져왔을 때도 생각했다. 작년 할로윈 때는 진아 씨가 있었지. 우리는 두 윤이—진아 씨의 윤이와 나의 윤이—를 나란히 세워놓고 뺨에 해골 스티커를 붙여주었다. 눈두덩에 펄 섀도우를 잔뜩 얹어주고 입가에서 피도 흘리게 해주었다. 다이소에 할로윈 소품들이 등장하면 이젠 선풍기를 들여놔야 한다. 에어컨에 커버도 씌워야 한다. 하지만 시월이 다 저물어가도 나는 아무것도 하지 않는다. 카페에서 벌써 캐롤송을 튼다는 것에 배신감을 느낀다. 말도 안 되지. 하늘이 저렇게 창창한데 어떻게 벌써 크리스마스를 기다릴 수 있지? 머플러로 목을 가린 사람들을 붙잡고 묻고 싶어진다. 올여름에 정말 더웠잖아요. 안 그래요? 벌써 잊었어요? 떨어져내리는 나뭇잎들을 보면서 어떻게 하면 진아 씨와 예전처럼 지낼 수 있을까 생각한다. 시간을 되돌릴 지점을 궁리하는 사람처럼 지난여름의 장면들을 불러오고, 뒤섞고, 밀어내고, 다시 불러들인다.

일기예보 앱에 일주일 내내 우산 표시가 그려져 있었다. 이건 7월 초일 것이다. 홈쇼핑에서 전동 발 각질 제거기 두 개를 주문했다. 하나를 진아 씨한테 주었지. 7월 중순엔 젊고 멋진 남자가 내 눈을 보며 말했다. 영수증 버려드릴까요?

건강검진을 받으러 간 병원에서 질문도 받았다. 임신 가능성이 있으신가요? 나는 간호사에게 속삭이듯 답해주었다. 없-어-요-전-혀. 방학 전의 어느 저녁엔 아이랑 둘이 근린공원 옆에 있는 닭갈비집에 갔다. 아이한테 막국수를 시켜주고 옆에서 청하 한 병을 비웠지.

밤새도록 더웠다.

너도나도 한 손에 미니선풍기를 들고 다녔다. 고무장갑의 손가락 끝이 자꾸 녹았다. 밖에서 5분만 서 있어도 살갗이 아렸다. 차문을 열면 헉 소리가 났다. 에어컨을 틀지 않고는 한 시간도 견디기 힘들었다. 가마솥 더위. 기상 관측 이래 최고의 더위. 1994년을 훌쩍 넘어선 더위.

진아 씨네 집에 가게 된 걸 폭염 때문이라고 해두자. 아니다. 여름방학 때문이라고 하자. 아이들은 폭염 한중간에 방학을 했고 밖에서 노는 건 불가능했으니. 아이가 방학을 하면 개인 시간은 어차피 없었다. 핸드로션 바를 틈도 없이 낮 시간을 보내다 저녁이 되면 우리는 만났다. 그리고 나는 이제 이런 것들을 되짚는다. 더운데도 머리를 풀고 다니던 것. 바닥에서만 부풀던 풍선. 끈 원피스를 입고 나란히 걸어가던 열한 살 윤이들. 앨리스 양산. 창문이 움직이던 소리. 바람이 보여준 것들. 그리고 진아, 진아 씨, 나는 오늘도 당신을 뭐라고 불러야 할지 모르겠다.

*

진아 씨가 이전 글들을 지우지 않았는지 보기 위해 매일 지역맘카페에 들어간다. 하루에 서른아홉 번, 어쩌면 아흔아홉 번. 새로고침. 새로고침. 한 번 더 새로고침.

새 글을 올리지도 않았고 이전 글과 댓글들을 지우지도 않았다. 지난 두 달, 어디서도 진아 씨가 움직인 흔적을 찾을 수 없다. 나는 진아 씨가 그동안 올린 글 목록을 습관처럼 읽는다. 오늘 문 여는 안과 있나요? 지금 코스트코 주차장 상황. 아이사랑적금 넣고 계신 분. 머리는 몇 살 돼야 혼자 말릴까요. 외부 새시 교체 견적이요. 티벳버섯 효과 어떤가요?

고추청을 담갔다는 게시글도 있다. 나는 그 글을 제일 자주 열어본다. 내가 아는 진아 씨는 그런 걸 담가 먹는 사람이 아니다. 담갔다면 나한테 나눠주지 않았을 리도 없다. 나는 고추청 때문에 그 닉네임—윤이맘7—이 진아 씨가 아닐 수도 있다고 생각했다. 하지만 다른 글들은 진아 씨라고 보지 않기가 더 힘들었다. 무엇보다 윤이맘7이 올린 사진 중엔 진아 씨의 카톡 프로필 사진과 같은 사진이 있었다. 진아 씨네 식탁등 사진이었다.

누군가 매직펜을 든다. 천장에서부터 선 하나를 그어 내린다. 허공에 탐스럽고 둥근 갓 하나를 띄운다. 폭염에 갈 곳 없는 이들을 위해. 무채색으로 가라앉은 진아 씨네 집에서 식탁등은 제일 빛나는 사물이었다. 우리는 그 등 아래에서 얼마나 여러 초저녁 함께 술을 마셨던가. 윤이들은 집 안에서 안전하게 놀고 있고 남편들은 안 오거나 늦었고 우리에겐 술을 마시지 않을 수 없는 많은 이유들이 있었다.

그 등 아래에서 나는 진아 씨한테 이런 얘기를 들었다.

진아 씨는 어느 해 여름에 과 사람들과 엠티를 갔다. 야구모자를 쓰고 있었다. "더워도 야구모자는 한번 쓰면 벗기 힘들잖아. 머리가 눌려서 엉망이니까." 과 사람들이 다 모인 자리, 친한 동기가 "장난"을 치다 진아 씨의 야구모자를 확, 벗긴다. 벌겋게 익은 얼굴과 납작하게 엉겨 붙은 머리가 만천하에 드러난다. 몇 초간의 정적이 진아 씨한테로 쏟아진다.

이런 얘기도 들었다.

서윤이는 밤에 잠을 안 자는 아기였다. 두 돌이 막 지난 진아 씨의 윤이는 새벽 3시, 주방놀이 장난감을 펼쳐놓고 거실 한쪽에서 도마질을 한다. 그러다 심심하면 엄마를 부른다. "진아야. 진아야!" 진아 씨는 잠이 쏟아져서 대답을 할 수가 없다. 새벽 4시, 윤이는 주방놀이를 접고 블록을 쌓는다. 그러다 역시 "술 취한 노인네처럼" 집 안이 떠나가라 엄마를 부른다. "진아야. 진아야아아아!" 날이 밝아오기 시작하면 윤이는 난장판이 된 거실 아무 데나 누워 잠이 든다.

그런 얘기를 들으며 나는 거실 저쪽에서 도란도란 놀고 있는 윤이들을 아득한 마음이 되어 쳐다보곤 했다. 이젠 다 컸어. 그치? 쟤들 어릴 때 우리 얼마나 힘들었어. 지금은 그때보다 낫잖아. 그렇잖아? 잘 놀다가도 툭하면 싸우고, 식탁으로 조르르 달려와서 한 명이 한 명을 일러바쳤잖아.

윤이들이 같은 어린이집을 다니던 세 살 때부터였으니까 진아 씨를 알고 지낸 시간은 짧지 않았다. 그땐 진아 씨도 나도 직장을 다니고 있어서 아이들을 데리고 자주 보긴 힘들었다. 그래도 마음으론 다른 사람들보다 서로를 각별히 생각했다. 둘 다 외동인 여자아이를 키우고 있었고—이름 끝자까지 같은—같은 단지 안에서도 앞동 뒷동에 살았고—둘 다 꼭대기층인—많은 것들이 불안했지만 적어도 서로 때문에 불안하진 않았다. 윤이들이 다른 유치원에 가게 되면서 자연스럽게 연락이 뜸해졌지만 몇 달 만에라도 불쑥 이런 메시지를 주고받곤 했다. "뒷베란다에 계속 불 켜져 있네, 영지 씨." "이런 깜빡했네. 고마워, 진아 씨."

윤이들이 초등학교에 들어가면서부터는 아이들이 일곱 살이 될 때까지 버텨온 직장생활을 진아 씨도 나도 포기했다. 그 후에는 놀이터, 단톡방, 투썸 모닝 세트, 그 담임 어때? 그 학원 어때? 그 엄마 어때? 그리고 몇 년이 지나 이제 윤이들은 열한 살이 되었다. 나는 단톡방과 투썸에서 빠져나왔다. 고개를 들어보니 저 건너, 지진이 나면 제일 먼저 흔들릴 꼭대기층, 불이 나면 가장 빠져나오기 힘든 탑층의 플라워팟 펜던트 아래에서, 진아 씨가 나를 기다리고 있었다.

"그래서 그 동기는 어떻게 했어?"

그러니까 진아 씨의 야구모자 굴욕 사건이라든지, 진아 씨의 윤이가 한때 얼마나 엄청났는지 하는 얘기들을 나는 수년에 걸쳐 천천히 알게 된 것이 아니었다. 초등학교에 가서도 4년 만에 같은 반이 된 윤이들이 방학을 한 지난여름의 한 달 동안에 알게 된 것이었다. 진아 씨가 아직 윤이의 배냇머리카락 일부를 보관하고 있다는 것. 자신이 스물두 살에 뽑은 사랑니와 사랑니를 감싸고 있던—피 묻은—거즈까지도 보관하고 있다는 것. 진아 씨네는 칼이 아주 잘 들고, 진아 씨 남편은 주말에만 온다는 것. 그리고 진아 씨는 주걱을 꼭 보온 중인 밥통 속에 넣어놓았다. 진아 씨가 초등학생일 때부터 진아 씨의 엄마는 말했다. 주걱은 밥통 속에 넣어놓으면 안 된다, 진아야. 살아오면서 진아 씨는 엄마의 말대로 하지 않은 게 하나도 없었다. 이제 진아 씨는 엄마의 말을 매일매일 어기기 위해 매일매일 주걱을 밥통 속에 넣는다. 그리고 또…… 8년여를 봐오면서도 진아 씨에 대해서 아무것도 몰랐구나 싶을 만큼 진아 씨는 단기간에 나에게 쏟아져들어왔다. 나는 성큼성큼 빨아들였다. 진아 씨한테 빠져들어갔다. 정신을 차리기가 힘들었는데, 실은 정신을 차리고 싶지도 않았다. 나는 예전부터 그런 편이었다. 좋아할 만하다 싶으면 쉽게 마음을 주었다. 마음을 먹고, 마음을 주고, 그런 후에는 전력을 다했으며, 다한 만큼 욕구가 충족되지 않으면 상처를 받고, 더 나아가면 남몰래 앙심을 품었다.

나는 알고 있었다. 진아 씨네 식탁등이 아무리 각별해도 여긴 내 아이의 친구 집이다. 진아 씨는 내 아이 친구의 엄마이며, 지켜야 하는 선이 있다. 비슷한 여건과 생각을 가진 사람을 만나 관계를 이어가는 게 쉽게 일어나는 일이 아니라는 걸 나는 이제 아는 나이이므로, 이 관계를 오래 가꿔가고 싶다면 훅 들어가선 안 된다. 우리를 짓누르는 사회 구조적인 것들에 대해선 얼마든지 얘기를 나눠도 좋지만 개인적인 고통을 털어놓는 건 신중해야 한다. 아이들 사이에 문제가 생겼을 경우 내 아이에게 불리한 빌미가 될 수도 있으므로, 내 스트레스 상황 또한 너무 드러내는 건 좋지 않다.

하지만 한낮의 폭염이 조금씩 내려앉고 저 아래 땅에서 식은 김이 올라오는 저녁이 되면, 아이들이 남긴 저녁 반찬을 안주 삼아 한 잔, 또 한 잔 마시다 보면 나는 그 선을 살짝 넘어가보고 싶어지는 것이었다. 펜던트 조명 아래에 있으면 나는 어느 때보다도 예뻤다—그 무렵 내가 건진 셀카는 다 진아 씨네 식탁에서 찍은 것이었다. 나는 그곳에 진아 씨와 마주 앉아 있는 내가 마음에 들었다. 거기로 건너가 있으면 나는 혼자서 마시는 키친 드렁커도 아니었고 사회적으로 고립된 느낌에서도 잠시간이나마 벗어날 수 있었다. 아이한테 뭔가를 해주고 있다는 느낌도 받을 수 있었다. 단짝친구를 만들어주고 있다는 느낌. 아이를 통해 맺는 인간관계의 한계, 그걸 넘어선 친밀감을 갈망하면서도 아이를 포함시키지 않으면 불안했다.

마무리 의식처럼 혼자 진아 씨네 베란다로 나가는 건 대체로 술이 관자놀이 아래까지 차오른 때쯤이었다. 저희들끼리 재미있는 윤이들과 식탁의 그릇을 정리하는 진아 씨를 뒤로하고 거실 문을 닫으면 다른 온도, 다른 소음, 다른 공기가 나를 감쌌다. 나는 일단 숨을 한번 내뿜고, 베란다 외부 창을 드르륵 연다. 에어컨 실외기의 후끈한 바람에 먼저 얼굴을 내준다. 20층 베란다 난간을 짚고 서서 8월의 열대야 공기를 들이켠다. 다시 뱉어내며 몇 초간 더운 바람을 고르고 나면 저 건너 꼭대기 가장자리, 내 집이 보였다. 내가 사는 집. 두세 방울의 불빛으로 겹쳐지면서 아른아른 떠 있는 집. 나는 그 순간의 느낌을 위해 집에 일부러 불을 켜두고 오기도 했다. 내 10여 년이 통째로 담겨 있는 곳을 보려고. 일어났다 사라지고, 솟아났다 흩어지고, 눌리고, 찌그러지고, 터져나와 천장에 파편처럼 박혀버린 모든 감정, 말들, 욕과 사랑, 애원과 멸시, 체념, 기대, 자책과 비명, 난간을 잡고 비틀, 하면서 그걸 건너다보고 있으면, 하…… 그래 씨발, 뭐 있나, 나의 윤이도, 진아 씨의 윤이도, 진아 씨도, 남편도, 나 자신까지도, 나는 다 사랑할 수 있을 것만 같았다. 어떤 수단으로든 나에겐 그런 감정적 고양 상태에 도달하는 것이 너무나 중요했다. 그런 걸 안 느낀 날은 초조하고 또 초조할 정도로.

아이와 함께 집으로 걸어가는 동안에도 가슴은 식을 줄을 몰랐다.

"하윤아."

나는 아이의 어깨를 힘껏 당겨 안고는 하늘을 올려다본다.

"우리 오래오래 친하게 지내자."

"우리?"

"서윤이네랑 말이야. 하윤아, 너 다른 애랑은 싸워도 서윤이랑은 싸우면 절대 안 돼. 알지?"

엘리베이터 앞에 서서 나는 아이의 머리를 쓸어 넘긴다. 이리 보고 저리 봐도 예뻐서 얼굴을 한참 들여다본다.

"세상에서 제일 예쁜 내 새끼. 나는 니가 좋아서 정말, 가슴이 터질 것 같아."

아이를 으스러지게 껴안는다. 볼에 입술을 대고 빨아 먹을 듯이 비빈다. 코도 비비고 이마도 맞대고 입술에도 뽀뽀, 뽀뽀. 엘리베이터에 타서도 두 손으로 볼을 당기고, 쓰다듬고, 문대고, 다시 껴안고, 터뜨릴 듯이 끌어당긴다. 숨 막혀, 엄마. 엘리베이터 문이 열리자마자 아이는 탈출하듯 달려가 현관 도어록을 누른다. 남편은 귀가 전이다. 내 집 현관에서 신발을 벗는 시간, 나는 알알하고 허망해서 어떻게 해야 할지를 모르겠다. 허망한 채로도 이렇게 차올라서, 이 마음을 이제 어디에 쓰지.

*

당연한 말이지만 내 집에서도 진아 씨네 집이 보인다. 싱크대 앞에서 고개만 들면 주방 창문 저편으로 뒷동의 스카이라인이, 진아 씨네 집 전면이 보인다. 외부 창마다 엑스 자가 그어져 있는 건 지난여름의 흔적이다. 엑스 자는 고층일수록 많고 주로 알루미늄 창인 집들에 집중돼 있다.

진아 씨는 정말로 창호를 새로 하고 싶었을까. 카페에 올린 글을 보면 주기적으로 견적을 알아봤던 것 같다. 아파트 탑층은 여러 가지가 과하게 오는 곳이었다. 빛과 열도 과하게 쏟아졌고 바람도 과하게 통과했다. 지어진 지 20년이 넘은 노후된 아파트로는 창호 광고지가 자주 날아들었다. '지난겨울에 추웠던 창호, 올겨울에는 더 춥습니다.' '창호만 바꿔도 연간 냉난방비 40프로가 절감됩니다.' '태풍은 매해 오고 미세먼지는 매일 옵니다. 건강과 안전을 위해 창호를 바꾸세요.' 그런 광고지가 현관에 붙어 있는 날이면 줄자와 계산기를 품에 안고 창호 교체의 열망에 싸여 밤을 보낸 적도 있었다. 뒷동과 앞동을 훑다 보면 창호를 새로 한 집은 도드라지는 흰 선 안에 안전하게 들어가 있었다. 올수리의 정점이자 핵심은 바로 창호지. 26밀리 로이유리로 외부 창을 전부 바꾸고 내부 창은 폴딩도어를 다는 거야. 단열과 방음은 기본, 이젠 강풍이 불어도 집이 덜그럭거리지 않는 거야.

하지만 언젠가부터 나는 창호 생각을 접었다. 그게 언제부터였는지는…… 잘 모르겠다. 그냥 어느 순간 집을 손보고 가꾸는 데 돈을 쓰는 게 의미 없게 느껴졌다. 얘기를 나눠보면 진아 씨도 나와 다르지 않은 것 같았다. 이제 와 새삼. 우리는 에어프라이어에 먹태 껍질을 튀겨 먹으며 그런 얘기를 했다. 윤이들이 여름내 슬라임을 사랑하는 동안 우리는 에어프라이어를 사랑했다. 오늘은 여기다 뭘 해 먹어볼까. 웨지감자에 닭 윙에 고구마 스틱에 식빵 러스크도 만들고 인스타에서 보니까 막창도 맛있겠더라. 에어프라이어가 돌아가는 동안 윤이들은 슬라임을 직접 만들겠다고 천사점토와 물풀 같은 것들을 가져다 거실에 늘어놓았다. 비율을 따져가며 베이킹소다도 넣고 리뉴도 넣고 셰이빙폼도 넣어서 섞고 또 섞었다. 그러면 정말로 슬라임이 되었다. 아이들은 그 이물스럽고 차가운 덩어리를 만지고 뭉치고 바닥에 대고 늘여서 풍선을 만들었다. 아이들이 환호를 하면서 엄마들을 부르면 우리는 역할극을 하는 배우처럼 거실로 걸어가 바닥에서 부풀었다 바닥으로 꺼지는 풍선을 묘한 마음으로 내려다보곤 했다. 에어프라이어를 열고 간식을 꺼내놓으면 아이들은 슬라임 한 덩어리씩을 내밀며 엄마들한테도 만져보라고 애원했다. 같이 좀 좋아해줘, 우리 좀 이해해줘,라고 말하듯이. 그러면 진아 씨도 나도 손사래를 쳤다. "이거 다 안 좋은 성분이야. 그만 만져." "우리가 직접 만든 건 괜찮다니까." 그런 실랑이들. 아이들이 식탁 위로 몸을 숙일 때마다 식탁 저편의 진아 씨가 조금씩 가려졌다. 그때마다 나는 이상하게 조급하고 애틋한 마음이 되어 진아 씨를 건너다봤다. 집에선 늘 냉장고바지를 입고 있는 진아 씨. 눈밑살이 점점 꺼져가는 진아 씨. 수학경시대회만 나가면 탑이었던 진아 씨. 주말에는 거실 블라인드를 한 번도 올리지 않는 진아 씨. 어두컴컴해지면 동 옆 공터에서 혼자 줄넘기를 하는 진아 씨. 윤이맘7이 확실한 진아 씨, 내 앞에선 집 따위에 초연했었는데 뒤에선 계속 창호 견적을 알아보고 있었어. 그렇지?

지역맘카페에서 진아 씨를 보지 않았다면 어땠을까 생각해본다. 진아 씨가 어떤 얘기들은—'펑 예정'이라는 사전 경고도 없이—올리고 곧 지운다는 걸 몰랐다면 어땠을까. 지역맘카페에 들락거리는 그 마음을 나 또한 모르지 않았다. 어디에도 말할 수가 없는 마음, 너무 사랑해서 말할 수 없고, 사랑하지 않아서 말할 수 없고, 가까워서 말할 수 없고, 멀어서 말할 수 없고, 구차하고 흔해서 말하고 나면 별 게 아닌 게 되어버리는 얘기들. 힘내라는 댓글 딱 하나만 보고 내리려고 올리는 글들. 아무리 억지스러운 얘기를 올려도 수십만의 회원 중에 한 명은 호응을 달아주는 사람이 있었다. 거기선 모두가 거침없었다. 재판관과 상담사와 의사와 친구 역할을 돌아가며 했다. 당장 이혼하세요. 안 봐도 뻔해요. 그런 엄마 그냥 차단하세요. 그걸 왜 참으세요? 얼마나 속상하셨을까요. 에궁. 토닥토닥. 하트를 날리고 눈물을 글썽이며 격하게 껴안는 브라운과 코니. 즉각적인 공감과 위로를 받고 고개를 끄덕이며 글을 내린다. 하지만 매일 얼굴을 보는 사람 앞에선 에어프라이어에 뭘 해 먹을까만 얘기하는 것이다.

하지만 진아 씨, 진아 씨가 5분 만에 내린 글을 읽은 66명의 조회자 중에 내가 있을 수도 있다는 생각은 설마 못했는지. 게시글이 아니라 무심코 달아놓은 댓글에서 진아 씨에 대한 여러 정보를 얻었다는 걸 알고 있는지. 친정 식구들이랑 가려고 쓰리 베드룸 풀빌라 알아보고 있다며. 진아 씨, 다낭 가?—나한텐 그런 얘기 없었잖아. 동파육을 추천한다는 댓글도 달았더라. 진아 씨, 지난 주말에 신랑이랑 이연복 셰프 식당에 간 거야?—나한테 그런 얘기 없었잖아?

어느 순간부터 나는 진아 씨가 어떤 얘기를 해도 서운하고 어떤 얘기를 하지 않아도 서운했다. 겉으로는 티내지 않았다. 진아 씨가 나한테 해주지 않은 얘기를 내가 알고 있다는 걸 진아 씨는 전혀 몰랐다. 지역맘카페에서 진아 씨를 봤다고 터놓고 말할 수는 없었다. 윤이맘7이 단 댓글에선 남이 알기를 바라지 않을 듯한 진아 씨의 아주 사적인 얘기까지도 유추할 수 있었기 때문이다. 나는 진아 씨에 대해서 몰라도 되는 걸 알게 될 때마다 진아 씨가 더 특별하게 느껴졌다. 그런 마음이 들수록 진아 씨와 나누는 얘기들이 점점 시시해졌다. 전엔 4나 5까지만 가도 즐겁고 흥미로웠지만 이젠 8을 넘어가지 않으면 충족이 되지 않았다. 나는 더 가길 원했다. 시이모가 암인데, 그러니까 무슨 암이냐고, 몇 긴데. 힘든 건 알아. 그러니까 뭐가 어떻게 힘든데. 진아 씨 사정은 뭔데. 너도나도 비슷하게 겪는 그런 거 말고 난 진아 씨만의 질감을 원해. 조금 더 간질간질한 디테일을 나한테 달라고, 진아 씨. 맘카페에서 모르는 여자들이랑 나누지 말고 나랑 나눠. 우리가 특별한 사이라는 걸 조금만 더 느끼게 해줘. 나는 다른 거 안 바라. 무심코라도 하루 안부 물어주는 거. 하루에 10분쯤은 온통 그 사람한테만 집중해주는 거. 남편이랑은 이제 못하는 거. 남편 때문에 다른 사람이랑도 못하게 된 거. 그걸 나랑 하자.

당연히 이 모든 건 속으로만 한 생각이었다. 나는 진아 씨한테 대놓고 묻거나 재촉한 적이 한 번도 없었다. 하지만 서운하고 허탈한 마음까지 없앨 수는 없었다. 아이가 잠들고 나면 불을 끈 주방 창문 앞에 서서 원망스러운 마음으로 진아 씨네를 건너다보는 일이 잦아졌다. 진아 씨는 그런 내 마음을 아는지 모르는지 내일은 하윤이가 좋아하는 약단밤을 구워보자느니 하는 메시지를 보냈다. 나는 일이 생겼다거나 피곤하다는 핑계를 대며 진아 씨네로 건너가는 날을 줄였다. 더워서 집에만 틀어박혀 아침을 하고 설거지를 하고 빨래를 널고 다시 점심을 하고 설거지를 하고 청소를 하고 간식을 만들고 다시 저녁을 하고 설거지를 하고 기진맥진해서 혼자 맥주캔을 따고, 왜 잘함이 두 개나 돼, 전부 다 매잘이어야지! 아이한테 취중진담을 하고, 나머지 시간엔 주방 창문에 우두커니 서서 진아 씨네 어느 방에 불이 켜져 있는지를 지켜보곤 했다.

어느 날 점심을 먹다가 윤이가 말했다. "엄마, 어제 서윤이가 고양이카페에 갔는데, 거기 고양이 중에서……." 아이는 고양이 얘길 계속하고 싶어 했지만 나한테 중요한 건 그게 아니었다. "그래서, 누구랑 갔대?"

윤이들을 데리고 같이 고양이카페에 가자고 했던 건 진아 씨였다. 그랬던 진아 씨가 메시지 하나 없이 다른 집이랑 간 걸 알고 나서 나는 거실을 계속 서성였다. 그럴 수도 있지, 생각하다가도 갑자기 배신감에 휩싸였고 환영을 만들었다. 진아 씨네 식탁등 아래에 다른 여자가 앉아 있는 환영. 진아 씨의 윤이가 나의 윤이가 아닌 다른 아이랑 단짝이 되는 환영. 아이가 잠든 뒤 나는 아이의 휴대전화 비번을 풀고 문자메시지 내역을 살폈다. 다른 아이들과 주고받은 메시지는 그대로 남아 있는데 서윤이와 주고받은 메시지만 보이지 않았다.

요 며칠 문제집을 펼쳐놓고 끙끙거리다 숨을 길게 내쉬던 아이 모습이 떠올랐다. 끙끙거린 게 숙제 때문이 아닐 수도 있다는 생각이 들었다. 다음날 나는 하윤이를 앉혀놓고 물었다.

"싸웠니?"

하윤이가 한참을 그대로 있다 마지못해 고개를 끄덕였다. 메시지도 다 지웠다고 털어놓았다.

"나쁜 말 썼어?"

"서윤이도 썼단 말이야. 근데 우린 벌써 화해했어."

"내가 서윤이랑은 싸우지 말라고 했잖아. 이런 인연이 또 있는 줄 아니?"

아이가 여러 감정이 뒤섞인 표정으로 나를 쳐다봤다. 그러다 다시 고개를 숙이고는 웅얼웅얼 말했다.

"서윤이 좀 짜증날 때 있어."

"짜증? 어떻게 친구한테 그런 말을 써!"

"잘 있다 갑자기 삐친단 말이야. 근데…… 이유를 모르겠어."

표정을 보니 그 문제가 아이를 꽤 힘들고 답답하게 하는 것 같았다.

"니가 뭐 섭섭하게 한 거 없어?"

그 말에 하윤이가 억울하다는 듯 나를 건너다봤다. 곧이어 눈에 눈물이 고여들었다.

"나는 정말…… 모르겠다고. 서윤이가 좋은데 모르겠다고."

하윤이가 잠든 뒤 나는 이쪽 윤이와 저쪽 윤이의 마음에 대해서 한참을 생각했다. 열대야는 계속 이어졌고 언제나 그랬던 것처럼 주말이 되자 진아 씨네 집은 블라인드가 내려졌다. 저녁에도 계속 불이 켜져 있는 걸 보면 외식을 하러 나가지도 않은 것 같았다. 남편이 올라와 있는 주말이 되면 진아 씨네 집은 이상한 고요에 휩싸여 있고는 했다. 다른 집의 움직임들—티브이만 튼 거실에서 나오는 푸른빛, 러닝셔츠를 입고 오가는 할아버지, 소파에서 뛰고 있는 아이들, 커다란 화분 실루엣—을 훑다가 진아 씨네 집에 시선을 고정시키면 외부 창에까지 촘촘히 내려진 블라인드 안쪽으로 빨래로 짐작되는 사물이 희미하게 감지될 뿐이었다. 나는 진아 씨가 직접 사고 널고 했을 옷과 수건들을 그려보면서 주말이 지나면 자연스럽게 메시지를 보내보자 생각했다. 얼마 전만 해도 수시로 얘기를 나누었다는 게 믿기지 않을 만큼 진아 씨한테 다시 말을 거는 게 어렵게 느껴졌다. 망설이는 사이 월요일이 지나갔고 하윤이는 서윤이가 학원에 오지 않았다는 말을 전했다. 토요일부터 내려진 블라인드는 화요일 아침이 되도록 그대로였다. 뉴스에서는 온통 붉게 이글거리는 지구, 지열로 들끓는 도시와 기록을 경신한 폭염 이야기였다.

'진아 씨, 집에 있어?' 고르고 고르다 메시지를 보냈지만 진아 씨는 몇 시간이 지나도록 확인하지 않았다. 해가 내리꽂히는 오후 2시, 나는 아이를 학원차에 태워 보낸 뒤 뒷동으로 건너가 꼭대기층으로 가는 버튼을 눌렀다.

*

진아 씨는 흰색 별이 촘촘히 박힌 냉장고바지에 목이 늘어난 것인지 루즈핏인지 분간이 가지 않는 젖은 티셔츠를 입고 있었다. 계속 거기 앉아 있었던 사람처럼 문을 열어주자마자 식탁으로 터벅터벅 걸어가 앉았다. 모든 문은 닫혀 있었고 집은 지나치게 조용했다. 실내에 항상 깔려 있던 미세한 소음이 사라져 있었다. 그게 집이 이렇게 후텁지근한 이유일 터였다. 묶어 올린 머리가 다 빠져나와서 목에 엉겨 붙은 게 보였다. 진아 씨는 정수리에서부터 땀을 흘리고 있었다.

"할 말이 있으면 해, 영지 씨."

진아 씨는 땀을 훔칠 생각도 안 하고 식탁 의자에 등을 기대며 말했다.

"진아 씨."

"응."

"에어컨 좀 켜줘. 너무 더워."

하지만 진아 씨는 그럴 생각이 전혀 없어 보였다.

"식탁등도 꺼져 있고, 술도 없고, 아이들도 없네."

진아 씨 말대로 등도 없고 술도 없이 진아 씨와 나는 마주 앉아 있었다. 아이들 없이 둘이서만 만나니 생각보다 어색해서 나는 놀라고 있었다. 나는 우리의 관계가 왜 이렇게 되었는지에 대해서 진아 씨와 차근차근 얘기를 나눠보고 싶은 마음이 있었지만—'진아 씨, 내가 뭐 실수한 거 있어?'라고 물어볼 예정이었다—더워서 아무 생각도 나지 않았다.

"이렇게 보니까, 내가 어때 보여?"

진아 씨가 나를 건너다보며 물었다.

"더워 보여. 그 티셔츠 진짜 더워 보여."

진아 씨가 픽, 하고 웃더니 냉장고 쪽으로 걸어갔다. 낮에 온 게 처음은 아닌데도 한낮에 보는 진아 씨네 집은 왠지 모르게 낯설었다. 시트지가 일어난 싱크대 문짝과 욕실 스위치 주위의 얼룩덜룩한 손때. 수화기가 사라진 인터폰. 식탁 펜던트 전구 주위로는 먼지가 촘촘하게 내려앉아 있었다.

진아 씨가 냉동실에서 비닐 팩에 싸인 뭉치를 꺼내더니 식탁 위에 올려놓았다. 덥다는 느낌이 점점 차올랐다. 목 뒤와 겨드랑이로 땀이 본격적으로 배어나오는 게 느껴졌다. 진아 씨는 옷을 껴입고 사우나에 들어간 사람처럼 이미 몸 전체가 땀범벅이었다. 그 모습이 말할 수 없게 후줄근하게 느껴졌다.

"선풍기라도 좀 꺼내 와, 진아 씨!"

나는 치밀어오르는 뭔가를 숨기지 않고 말했다. 진아 씨가—마치 닥치라는 듯이—의자를 확 빼며 몸을 일으키고는 내 쪽으로 상체를 숙였다.

"야구모자 벗긴 그 동기 애, 내가 어떻게 했는 줄 알아?"

"어쨌는데."

"……."

"죽였어?"

"결혼했어."

진아 씨가 냉동실에서 꺼낸 비닐 뭉치를 펼치기 시작했다. 나는 이마로 흘러내리는 땀을 쳐내면서 입을 벌리고 진아 씨를 보았다.

그러니까, 장난삼아 그냥 벗겨본 거라는 그 남자랑, 아이 앞에서 자기 와이프를 진아야, 진아야아아아! 하고 소리쳐 부르는 그 남자랑, 발기만 되고 사정을 못해서 할 때마다 사람 진을 다 빼놓는다는 남자, 항문이 아니면 하기 싫다고 졸라대는 남자, 자기 뜻이 안 받아들여지면 이상한 장막을 치면서 주말마다 온 가족을 불편한 분위기로 몰아넣는 남자, 서윤이 아버지인 남자, 자기 면도기로 겨드랑이 제모를 하면 개정색을 한다는 그 남자랑 살려고, 질 타이트닝 시술 후기에 정보 좀 달라고 댓글로 구걸을 했어?

"숨 막혀서 더 못 있겠어, 진아 씨. 에어컨 틀 거 아니면 다음에 얘기하자."

"그냥 있어."

식탁 의자에 젖은 솜뭉치처럼 웅크리고 앉아서 진아 씨가 말했다. 웅크리고 웅크리다가 한 계기만 생기면 몸을 부풀리며 터져버릴 것 같았다. 나는 그때 진아 씨를 보며 분명 그런 느낌을 받았다.

"이거 다 녹을 때까지만, 그때까지만 있어."

나는 식탁 위를 보았다. 진아 씨가 펼쳐놓은 건 언젠가 가래떡을 꺼내다 진아 씨가 지나가듯 말해주었던, 냉동을 시켜놓은 모유였다. 손바닥만 한 유축 팩이 여섯 개였다. 그 위로 수성펜으로 쓴 글씨가 보였다. 2008년 8월 21일 100ml, 2008년 8월 26일 130ml, 2008년 9월 3일 80ml, 2008년 9월 10일 150ml. 모유는 우유보다 누르스름한 빛깔로 단단하게 얼어 있었고, 기온차로 생긴 물방울들이 팩 위로 빠르게 돋아오르고 있었다.

지난 10년간 냉장고 청소를 할 때마다 이 팩들이 녹을까봐 아이스박스에 넣고 번개같이 청소를 했다고 진아 씨는 말했었다. 처음엔 젖량을 맞추기 위해서 짜놓았던 것들이겠지. 또 어느 날은 외출을 해야 하니까. 젖을 뗄 무렵엔 혹시라도 아이가 다시 찾을 수도 있어서. 그래서 얼려놓았던 것들을 어느 순간엔 버릴 방법을 찾지 못했겠지. 언 떡을 버리듯이 그냥 버릴 수는 없었겠지. 그렇게 10년을 얼어 있던 것들이 그런데 지금, 진아 씨와 내 눈앞에서 실시간으로 녹고 있었다.

실내 온도가 몇 도쯤 되는 걸까. 40도? 45도? 옥상으로 내리꽂힌 태양열이 아무런 여과 없이 꼭대기층을 달구는 게 느껴졌다. 나는 진아 씨가 저걸 10년 동안 갖고 있었다는 것에 기함을 하면서도 저것이 녹고 있다는 것이 안타까웠다.

"진아 씨, 이러다 정말 다 녹겠어."

진아 씨는 꼼짝을 하지 않았다.

"난 오늘 이걸 녹일 거야. 녹여서 흘려버릴 거야. 싱크대 개수대에 남은 물을 버리듯이 그렇게 버릴 거야."

그러면서 진아 씨가 옆 의자에 놓여 있던 종이 다발을 집어 내밀었다. 한때 만점을 받았던 착실한 학생 같은 표정으로. 모유 수유표였다. 생후 9일, 생후 30일, 생후 56일, 생후 98일, 생후 7개월까지 하루도 빠짐없이 수유 시간과 좌우 수유량, 아이 몸무게에 따른 목표 수유량과 아이의 소변 횟수, 대변 횟수가 기록되어 있었다.

"영지 씨, 아이를 가진 걸 알자마자 그때부터 내 목표는 자연분만과 모유수유가 되었어. 옆에서 누가 뭐라 한 것도 아닌데 내 달성 목표는 그게 됐어. 정말 열심히 했어. 서윤이를 데리고 소아과에 갔는데, 의사가 아이 몸무게를 보더니 수유를 정말 잘하고 있다고 칭찬해주더라. 기뻤어. 난 말이야 영지 씨, 아이가 돌이 될 때까지 완모를 하는 게 목표였어. 근데 서윤이가 7개월이 됐을 때 더 이상 젖을 먹일 수가 없었어. 젖을 끊어야 했어. 왠지 알아?"

식탁 위의 모유 팩은 이제 고체가 가진 형태가 허물어지고 있었다.

"아이가 먹어선 안 되는 걸 내가 먹어야 했기 때문이야. 그래야 내가 살 수 있었거든."

이게 그 7개월 무렵에 내 몸을 돌던 것들이야. 아이한테 먹일 수 있었던 마지막 모유. 잠든 아이를 보면서 밤새 울다가 짜놓은 모유. 수십 번씩 천장과 바닥을 오가던 그때의 하루, 그때의 나, 그때의 윤이까지도 다 동결돼 있는 여섯 개의 덩어리야. 이제 이게 녹을 거야.

머리칼이 땀으로 뺨에 다 붙어버린 진아 씨가 말했다.

"이게 나야."

그리고 이어 말했다.

"이게 다야."

잘 지내. 진아 씨는 분명히 그렇게 말했다. 잘 지내, 영지 씨.

*

진아 씨가 잘 지내,라고 했기 때문에 나는 이제 진아 씨가 나를 안 보려나 보구나 생각했다. 내 인간관계는 또 한 번 이렇게 실패하는구나. 다음주면 아이들이 개학을 할 것이라는 생각을 하자 진아 씨네서 보내던 여름 저녁들이 말할 수 없이 그리워졌다.

하지만 그게 마지막일 리는 없었다. 우리에게 남은 방학 일정이 있다는 걸 예매 알림이 알려왔던 것이다. 폭염이니 저녁에 나가보자며 방학 초, 진아 씨와 함께 야행이라는 이름이 붙은 궁궐 기행 프로그램을 예매해두었던 게 떠올랐다. 나는 하윤이한테 그날이 다가왔음을 슬쩍 흘렸고 하윤이는 서윤이한테 알렸으며 서윤이가 진아 씨를 조른

끝에 우리 넷은 그 방학의 처음이자 마지막 외출을 하게 되었다.

지하철에 나란히 앉아서도 슬라임을 손에서 안 놓던 윤이들의 정수리가 생각난다. 윤이들이 슬라임을 만들 때 넣은 윤이 아빠들의 셰이빙 폼 냄새가 주위를 떠돌던 것도. 아이들은 한 손에는 슬라임 통을 들고 한 손에는 그 여름의 필수품이 되어버린 미니선풍기를 든 채 우리 앞에서 나란히 걸어갔다. 진아 씨와 나는 20년쯤 같이 산 부부처럼 서로 말도 섞지 않고 아이들만 보면서 앞서거니 뒤서거니 걸었다. 도심의 막바지 열기가 내려앉은 보도를 걸어 덕수궁 쪽으로 가는 동안 해가 졌다. 세종대로를 오가는 퇴근 차량들을 보면서 밑도 끝도 없는 외로움에 사로잡혔던 기억이 난다. 궁 입구에서 아이들은 문화유산해설사가 나눠준 모기퇴치제를 엄마들한테 뿌려주고는 서로의 몸에도 뿌렸다.

한여름이라 야간 느낌이 천천히 온다며 해설사는 그날 야행 팀들을 중화문 옆 회랑에 오래 앉아 있게 해주었다. 해설사의 목소리를 배경음처럼 들으면서 나는 궁을 둘러보는 척 고개를 돌려 옆에 앉은 진아 씨를 보았다. 냉장고바지 대신 스키니 청바지에 운동화를 가뿐하게 신은 진아 씨는 무언가가 빠져나간 것 같은 허허로운 얼굴로 중화문 기단을 두른 전구에 불이 들어오는 것을 지켜보고 있었다. 나는 진아 씨가 적어도 지금 이 순간엔 편안해져 있다는 느낌을 받았고 그러자 안도감이 들었다.

전각 몇 개를 지나 석어당 앞까지 갔을 때는 날이 어두워져 모든 전각들이 창살 무늬를 드러내면서 안에서부터 불빛을 밝혀오는 게 보였다. 해설사가 말했다. 중층 건물인 석어당은 살구꽃이 필 때만 개방을 한다고. 윤이들은 그때 꼭 다시 와서 저 안엘 들어가보자고 습관처럼 엄마들을 졸랐다. 해설사가 또 말했다. 이 층으로 올라가는 계단은 지금도 볼 수 있다고. 그러자 아이들이 석어당 기단을 뛰어올라 문에 달라붙었다. 해설사가 포토 타임을 주어서 우리는 사진을 찍었다. 고종이 커피를 마셨다는 정관헌을 지나 최초의 유치원이라는 준명당 앞으로 갔을 때는 다리가 아플 타임이라며 해설사가 일행 모두를 다시 계단에 앉아 쉬게 해주었다.

그날의 덕수궁을 떠올리면 넷이서 나란히 준명당 계단돌에 앉아 있던 짧은 시간이 생각난다. 낮 동안의 폭염에 달구어진 돌이 저녁이 되도록 따끈따끈했다. 윤이들이 말했다. 엄마, 엉덩이가 따뜻해.

그러게, 그렇게 더웠는데, 이렇게 또 여름이 가나보다, 준명당 돌에 손바닥과 종아리를 대보면서 나는 궁을 둘러싼 빌딩 불빛들을 올려다보았다.

윤이들은 금세 계단에서 일어나 서로 잡고 잡히면서 앞뜰을 뛰기 시작했다. 어린 남자아이와 함께 온 부부가 아이한테 막대사탕을 까주는 게 보였다. 내내 손을 잡고 다니던 커플이 얼굴을 맞대고 셀카를 찍었다. 해설사는 태블릿 화면을 넘기며 물을 마셨다. 진아 씨는 윤이가 내려놓은 미니선풍기를 만지면서 오스스하게 감겨오는 저녁 공기에 팔을 맡기고 있었다. 나는 땀을 흘리던 날을 생각했다. 여기 있는 이 사람들 모두 지난 111년 동안 누구도 겪지 않은 더위를 막 겪어낸 사람들이라는 생각을 하면서 몸을 일으켰다.

궁을 나와 돌담을 따라 걸어가면서 나는 진아 씨에게 하윤이가 한 남자아이와 주고받은 메시지 얘기를 해주었다. 하윤이가 남자아이한테 이런 말을 보낸다. '나 오늘 학원 가다 너 봤다.' 어느 날은 그 남자아이가 하윤이한테 보낸다. '나 아까 복도에서 너 봤다.' 또 어느 날은 둘이 이런 메시지를 주고받는다. '어디야?' '치과.' '송곳니 빼?' '아니,

어금니.'

돌담 불빛을 따라 저만치 앞서 걸어가는 윤이들을 보면서 우리는 "아직 유치도 안 빠진 것들이" 하며 조금 웃었다. 비슷한 길이로 자른 두 윤이의 머리카락이 어깨쯤에서 찰랑거리며 멀어졌다. 지금은 유치도 다 안 빠진 저 아이들이 어느 날부터는 영구적으로 써야만 하는 이를 가지고 살아가겠지. 지금보다 기다란 팔다리로 허우적거리면서 누군가한테 다가가고, 멀어지고, 사랑이 가져오는 것들을 모른 채로 사랑하고, 알고도 사랑하면서. 윤이들이 시기마다 겪어갈 상실감의 무늬들을 생각하자 가슴 제일 깊은 곳이 아려왔다.

진아 씨와 나는 그날 이런 얘기도 나누었던 것 같다. 나중에 윤이들이 아이를 봐달라고 하면 봐줄 거야? 한 명은 나는 절대 못 봐줘,라고 말했다. 다른 한 명은 안 봐주기가 어려울 것 같아,라고 했다. 이렇게 힘들게 키운 아이들이 이렇게 힘들어하는 걸 어떻게 봐. 우리가 봐주지 않아도 저 애들이 힘들지 않을 때가 올까? 와야지. 그런 얘기를 하는 와중에 윤이들이 몸을 휙 돌리고는 멈춰 서서 엄마들을 기다렸다. 지하철역이었다.

"한 것도 없는데 방학이 다 갔어."

아이들이 울상을 지었다. 한 게 없다니. 아이들의 그 말에 진아 씨와 나는 그제야 눈을 맞추며 방전된 듯 웃었다. 늘 그랬지. 실컷 놀고도 또 놀고 싶고, 더 놀고 싶고, 더 더 놀고 싶어 하는 이 악동들.

*

집으로 돌아오는 지하철에서 우리는 제주 아래쪽에서 태풍이 올라오고 있다는 보도를 보았다. 주말이면 남쪽에 상륙해 주초에 중부지방으로 북상할 거라고 했다. 태풍이 오는 걸 보니 폭염이 꺾이려나보다고, 우리는 지하철에 앉아서 그런 얘기를 심상하게 주고받았다. 동 사이에서 헤어지면서 윤이들은 월요일 개학날에 보자고 서로 인사했다. 서윤이와 함께 아파트 입구로 들어가는 진아 씨를 보면서 나는 가볍게 손을 흔들었다.

여름이 그렇게 마무리될 줄만 알았다.

다음날은 토요일이었고 눈을 뜨자 온통 태풍 소식이었다. 비보다 바람이 위험한 태풍이라고 했다. 태풍이 도착한 남쪽 도시에서 강풍 때문에 가로수가 뿌리째 뽑히고 있다는 말이 들렸다. 보도 기사 아래에는 무서워서 아무것도 못하고 있다는 댓글과 이런 바람 소리를 처음 들어봤다는 댓글이 달리고 있었다. 그런 소식을 듣는 중에도 나는 이 태풍이 나한테 영향을 줄 거라고는 전혀 생각하지 않았다. 대구의 어느 아파트 유리창이 조각나는 영상을 보기 전에는.

아이 실내화를 빨아서 들고 나오다 그 영상을 보고 나는 불현듯 깨달았다. PVC 창호가 아닌 알루미늄 창, 오래된 아파트의 고층, 그중에서도 제일 고층. 내 집은 이 태풍에 타격을 받을 최적의 조건 속에 있었던 것이다. 나는 주방에 서서 마찬가지로 알루미늄 창에 탑층인 진아 씨네를 건너다보았다. 다른 주말 때와 같이 모든 창에 블라인드가 내려져 있었다. 진아 씨는 지금 어떤 상태인 걸까 생각하다가 나는 진아 씨가 아파트 고층 화재로 일가족이 사망한 사건 바로 다음날 소화기를 주문하는 사람이었다는 걸 생각해내고는 왠지 안심이 되는 마음으로 주방 창문을 닫았다.

태풍 특보가 내려졌고 개학날은 휴교를 한다는 알림이 왔다. "방학이 하루가 더 늘었어." 윤이가 말했다. 나는 뇌를 비상 체제로 작동시키고 모든 촉수를 태풍 소식에 열어놓았다. 지역맘카페에 들어가니 유리창 파손 대비—테이프 붙이실 거예요, 신문지 붙이실 거예요?—에 대한 얘기가 대부분이었다.

태풍 전야 일요일 밤, 나는 남편과 함께 외부 창에 엑스 자로 테이프를 붙이면서 우리처럼 창문에 무언가를 붙이고 있는 앞동과 뒷동의 사람들을 보았다. 어수선하고 불안한 채로 일요일 밤이 지나갔고 태풍 당일이 왔다.

아이들의 개학날이었지만 방학 마지막 날이 된 그날을 떠올리면 분무기로 신문지에 물을 뿌리던 칙칙 소리가 기억난다. 거인이 집을 잡고 흔드는 것 같던 무시무시한 소리도. 정오로 갈수록 바람은 거세졌고 나는 테이프를 붙인 창문 위에 신문을 빼곡히 붙이고는 분무기로 계속 물을 뿌렸다. 마르면 붙인 효과가 없다고 해서 쉬지 않고 뿌렸다. 사거리 신호등이 강풍에 꺾어졌다는 소식을 들으면서 뿌리고 인천대교가 통제됐다는 얘기를 들으면서 뿌리고 옆 단지 어느 집 창이 깨졌다는 소식을 들으면서 뿌리고 식구들 중 누구도 나만큼 집 걱정을 하지 않는다는 것을 이상해하면서 뿌렸다. 이쪽을 뿌리면 저쪽 신문이 마르고 앞쪽 창을 뿌리면 뒤쪽 창이 말라서 울고 싶은 심정이 된 채로 이럴 줄 알았으면 60개월 할부로라도 창호를 바꾸는 건데, 생각하면서 뿌렸다. 괜찮느냐는 메시지를 보내도 확인하지 않는 진아 씨를 야속해하다가 건너다보면 진아 씨네 창 전체가 앞뒤 좌우 위아래로 마구 흔들리는 게 보였다. 그것은 실로 놀랍고 무서운 장면이었다. 내 집을 울리는 이 소리가 창이 저렇게 흔들리면서 나는 소리였구나, 나는 진아 씨네 집을 보면서 실감했다.

동네를 뒤흔들던 태풍은 늦은 오후가 되면서 서쪽 바다로 점차 이동했다. 관리사무소에서 안내방송을 했다. 강풍이 남아 있습니다. 방심하면 안 됩니다. 건물 밖 외출도 아직 하지 마세요. 창문 잠금장치를 풀지 마세요. 창문을 열지 마세요.

나는 탈진한 듯 싱크대로 걸어가 손을 씻으며 밖을 보았다. 비는 거짓말처럼 그치고 왼쪽 하늘에선 햇빛이 조금씩 새어나오고 있었다. 아래쪽에서 몸을 뒤채는 나무 우듬지만이 바람이 아직 약해지지 않았다는 것을 알려주고 있었다. 진아 씨네는 어느새 블라인드가 걷혀 있었다. 다행이야, 생각하며 거실 쪽으로 돌아서다가 나는 어, 하고 멈췄다.

어떻게 잊을 수 있을까.

설명할 수 없는 기미에 다시 몸을 돌리고, 진아 씨네 창으로 눈의 초점을 맞추던 순간을. 어, 어, 하는 찰나, 안에서부터의 압력으로 부풀고 부푼 듯 진아 씨네 유리창이 하얗게 터져나오는 것을 나는 보았다. 집을 감싼 전면 창이 한순간에 산산조각이 나는 것을 보았다. 그걸 본 사람이 나 혼자가 아닌 듯 비명인지 탄성인지 알 수 없는 소리들이 동과 동 사이를 메아리처럼 메웠다.

진아 씨……. 멍하게 내뱉으며 나는 그 자리에 얼어붙었다.

그날 이후로 나는 진아 씨도 서윤이도 보지 못했다. 덕수궁에서 돌아오며 동 앞에서 인사를 한 게 마지막이 되었다. 서윤이가 전학을 갔다는 말을 하윤이는 담임선생님한테 전해 들었다. 태풍 일주일 후, 진아 씨네의 깨진 창으로 기다란 사다리가 올라왔고 가구와 짐들이 빠져나갔다. 적어도 나한테는 한마디라도 하고 갔어야 한다는 서운함과 그럴 수밖에 없었을 상황에 대한 걱정으로 나는 한동안 어느 일에도 집중하지 못했다. 붙어 있던 유리 조각까지 다 정리된 진아 씨네 창은 텅 빈 채 아무것도 반사하지 않았다.

집으로 택배 상자가 하나 배달된 건 은행알들이 막 노랗게 익기 시작하던 9월 말경이었다. 상자 속엔 스프레이형 소화기가 포장도 뜯지 않은 채 들어 있었다. 보내는 사람 이름이 '김진아'가 아니라 '김지나'인 걸 보고 처음엔 잘못 쓴 거라고 생각했다. 택배 송장을 뜯어 냉장고에 붙여두고 이틀이 지난 뒤에야 나는 SNS를 하지 않는 진아 씨의 SNS 계정들을 찾기 시작했고, 진아 씨의 이름이 '지나'인 것을 알게 되었다. 8년이 넘는 시간 동안 나는 진아 씨의 이름을 잘못 불러왔던 것이다.

진아 씨는 내가 자신의 이름을 잘못 알고 있는 걸 알았을까? 메시지에도 수시로 진아 씨라고 썼기 때문에 몰랐을 리 없었다. 그렇다면 왜 내 이름은 지나라고 말하지 않은 걸까. 나를 그 정도로밖에 생각하지 않은 걸까? 아니면 지나라는 이름을 내내 싫어한 걸까? 그렇다면 지금은 왜 김지나라고 써서 보낸 걸까. 습관대로 그냥 쓴 것일 뿐일까? 다른 뜻이 있는 걸까? 나는 대혼란에 빠져버렸다.

휴대전화로는 연락이 닿지 않는 상태였기 때문에 나는 진아 씨에게 편지를 써서 보내볼 생각이었다. 처음엔 진아 씨,라고 썼다. 지우고 다시 지나 씨,라고 썼다. 하지만 지나라고 부르자 아무 말도 써지지가 않았다. 내가 진아 씨한테 갖고 있던 어떤 느낌도 살아나지 않았다. 세 살 윤이들을 어린이집에 들여보내고 출근길 지하철역으로 같이 뛰던 사람, 잠들기 전에 한 번씩 내 집 쪽을 살펴봐주던 사람, 작은 쪽지 하나도 그냥 버리지 못하던 사람, 폭염과 태풍을 함께 겪은 사람이 진아이지 어떻게 지나란 말인가. 하지만 그 사람은 착한 모범생이던 시절에도 김팀장이던 시절에도 산모님이자 윤이 어머니일 때도 은행에서도 운전면허시험장에서도 지나라고 불리던 사람이었다.

나는 진아라고도 지나라고도 쓸 수 없었기 때문에 진아 씨한테 편지를 보낼 수가 없었다. 그런 채로 이 사람은 대체 뭔지, 누군지, 어떤 사람인지에 대해 계속 생각할 수밖에 없었다.

진아 씨 생각에 골몰하면서도 진아 씨한테 연락을 하지 못하는 상태가 되어 진아 씨한테 시간을 줄 수밖에 없는 처지가 되고 만 것이다.

나는 멈춰 서서 입술을 물었다.

그래, 당신이 원하는 게 그거라면 그렇게 할게.

그래서 나는 쓸쓸한 대로 혼자서 윤이한테 할로윈 분장을 해주고, 에어컨에 커버를 씌우고, 두꺼운 외투들을 꺼내 걸어놓는다. 당신을 기다리기로 한다. 묻고 싶은 말들을 내려놓으면서. 지금은 보낼 수 없는 편지를 쓰면서.

진아 씨, 잘 지내는지. 이제는 고무장갑을 냉장고에 넣지 않아도 녹지 않는 가을이 되었어. 어느 날은 이런 말로 시작하는 꽤 긴 얘기도 쓴다. 진아 씨, 어렸을 때 내 별명은 영지버섯이었어.

식탁에 앉아 써내려가다 보면 저만치에서 여전히 슬라임을 만지고 있는 나의 윤이가 보인다. 그러면 어쩔 수 없이 진아 씨네 집이 떠오르고 나는 달랠 길 없는 마음을 안고 아이 곁에 가서 앉는다.

"윤이야, 너는 서윤이 안 보고 싶어?"

"보고 싶지."

어딘지 의연한 말투로 윤이가 말한다. 이제 슬라임을 만지는 윤이 모습은 숙련된 파티시에처럼 절도가 있고 거침이 없다. 내가 아무 말이 없자 윤이가 자기가 만지던 슬라임을 내민다. 이걸 만지고 있으면 좀 괜찮다는 듯이. 그래서 나는 이제 슬라임까지 만진다. 술을 먹어볼까 하다가도 그냥 슬라임을 만진다. 바닥 풍선도 시도해보지만 대부분 실패한다. 하지만 난 바닥에서 부푸는 풍선보단 하늘을 나는 풍선을 좋아하니까. 식탁에 앉아 한 시간째 슬라임만 만지던 어느 날엔 윤이가 다가와 이런 말을 들려준다.

"엄마. 서윤이가…… 살구꽃이 피면 톡 하겠대."

나는 그 말을 듣자마자 눈물이 그렁그렁해진 채로 고개를 끄덕인다. 기약만 있다면 더 오래도 기다릴 수 있다고, 겨울이 다가온 창밖을 보면서 생각하고 생각한다. ■

제13회 김유정문학상 수상작품집

1판 1쇄 발행 2019년 11월 8일
1판 4쇄 발행 2020년 8월 7일

지은이 · 편혜영 외
펴낸이 · 주연선

총괄이사 · 이진희
책임 편집 · 백다흠 박연빈
디자인 · 손주영 이다은 김지수
책임 마케팅 · 이한솔
마케팅 · 장병수 김진겸 이선행 강원모
관리 · 김두만 유효정 박초희

(주)은행나무
04035 서울특별시 마포구 양화로11길 54
전화 · 02)3143-0651~3 | 팩스 · 02)3143-0654
신고번호 · 제 1997-000168호(1997. 12. 12)
www.ehbook.co.kr
ehbook@ehbook.co.kr

ISBN 979-11-89982-61-4 03810